URSULA HAHNENBERG

Teufelstritt

GOLDMANN
Lesen erleben

Buch

Zwei Schüsse zerreißen die morgendliche Stille im Wald. Doch anstelle des erwarteten gewilderten Hirsches stößt die junge Försterin Julia Sommer auf die Leiche ihres Chefs, des Waldbesitzers Ludwig Voss. Obwohl Julia die Polizei verständigt, ist sie schnell die Hauptverdächtige: Jemand hat sie vom Tatort weglaufen sehen, obendrein hat sie Schmauchspuren an den Händen und Voss' Blut an ihrer Kleidung.
Erst vor Kurzem hatte Julia ihre Stelle als Försterin im Ebersberger Forst angetreten. Hier wollte sie sich mit ihrem kleinen Sohn Florian und ihrer Großmutter Martha, die Julia nach dem Unfalltod ihrer Eltern aufgezogen hat, ein neues Leben aufbauen. Doch die Dorfbewohner sind verschlossen, die Eingewöhnung fällt schwer. Und auch mit ihrem Chef ist sie immer wieder aneinandergeraten. Für die Leute im Dorf und scheinbar auch die Kripo ist klar, wer die Täterin ist.
Also muss Julia sich selbst darum kümmern, den wahren Schuldigen zu finden. Sie beginnt Nachforschungen anzustellen. Und stellt schnell fest, dass auch in diesem scheinbar so idyllischen Dorf nicht alles mit rechten Dingen zugeht und so manch einem unwohl wird, wenn eine resolute Zugezogene allzu gründlich nachfragt. Bald häufen sich seltsame Zwischenfälle in Julias Alltag – und je näher sie der Wahrheit hinter Ludwig Voss' Tod kommt, desto gefährlicher wird es für die Försterin …

Autorin

Ursula Hahnenberg, Jahrgang 1974, lebt mit Mann, zwei Jungs und zwei Katzen in einem kleinen Dorf in der Nähe von München. Sie studierte Forstwissenschaften, entschied sich dann aber für das Leben als Schriftstellerin. Heute ist sie als freie Autorin und Lektorin tätig und schreibt neben Büchern auch Artikel und Kolumnen. »Teufelstritt« ist ihr Romandebüt, momentan arbeitet sie an Julia Sommers nächstem Fall.

Ursula Hahnenberg

Teufelstritt

Kriminalroman

GOLDMANN

Der Verlag weist ausdrücklich darauf hin, dass im Text enthaltene externe Links vom Verlag nur bis zum Zeitpunkt der Buchveröffentlichung eingesehen werden konnten. Auf spätere Veränderungen hat der Verlag keinerlei Einfluss. Eine Haftung des Verlags ist daher ausgeschlossen.

Dieses Buch ist auch als E-Book erhältlich.

FSC
www.fsc.org
MIX
Papier aus verantwortungsvollen Quellen
FSC® C014496

Verlagsgruppe Random House FSC® N001967

Originalausgabe Juli 2016
Wilhelm Goldmann Verlag, München,
in der Verlagsgruppe Random House GmbH

Neumarkter Str. 28, 81673 München
Umschlaggestaltung: UNO Werbeagentur, München
Umschlagmotiv: FinePic®, München
Th · Herstellung: Str.
Satz: DTP Service Apel, Hannover
Druck und Bindung: GGP Media GmbH, Pößneck
Printed in Germany
ISBN: 978-3-442-48415-7
www.goldmann-verlag.de

Besuchen Sie den Goldmann Verlag im Netz

Für Kilian, Wolfgang und Benedikt.

Prolog

Bevor sie das schwere schmiedeeiserne Tor zum Kirchhof aufschob, sah sich die zierliche Frau gewissenhaft um und vergewisserte sich, dass sie in der einsetzenden Dunkelheit allein war. Sie zog die Kapuze ihres wattierten Mantels tiefer ins Gesicht, um sich gegen den beißenden Graupel zu schützen, und trat in die zweite Reihe der Gräber, die von der Straße aus nicht einsehbar war. Wieder blickte sie sich um. Sie hatte nur wenige Minuten, bevor Scheinwerfer die Kirche in gleißendes Licht tauchen und die düsteren Februarschatten vertreiben würden. Sie huschte in die nächste Grabreihe, ihr Weg wurde nur vom rötlichen Schein der Grablichter schwach erhellt.

Noch wenige Schritte, dann stand sie vor dem Kirchturm. Dort, nur einen halben Meter von der schmutzig-weißen Mauer entfernt, kniete sie sich auf die kalte, feuchte Erde und faltete die Hände zum Gebet. Im vertrockneten Gras waren zwei längliche Stellen mit brauner Erde zu erkennen, die wie Fußabdrücke aussahen. Der Teufelstritt.

Der Sage nach war in dunkleren Zeiten ein Kirchenräuber in die Pfarrkirche eingedrungen. Ob ihn damals die Not oder reine Habgier getrieben hatte, war mittlerweile in Vergessenheit geraten. Er raffte in dem Gotteshaus zusammen, was er an Wertgegenständen finden konnte: Kerzenleuchter, Kreuze und sogar die Monstranz. Doch plötzlich hörte er ein Geräusch an der Kirchentür. Der Pfarrer wollte in der Kirche nach dem Rechten sehen. Voller Panik suchte der Dieb nach einem Ausweg, kletterte die schmale Treppe im Glockenturm nach oben und sprang aus dem Fenster des Kirchturms. Doch kaum unten angekommen, wurde er mitsamt seiner Beute vom Blitz getroffen. An der Stelle, an der seine Füße den Boden vor der Kirche berührt hatten, war seitdem kein Grashalm mehr gewachsen.

Die Frau kannte die alte Geschichte, aber mit ihrer Andacht hatte sie nichts zu tun. Sie öffnete die Knöpfe ihres Mantels und holte ein Sträußlein Schneeglöckchen heraus, das sie an ihrem Herzen gewärmt hatte. Mit zitternden Fingern bettete sie die Blumen auf den Teufelstritt. Dann stand sie hastig auf, wischte sich mit einem zerknitterten Taschentuch die Tränen aus dem Gesicht und wandte sich ab. Gleich darauf war sie in der Dunkelheit verschwunden.

Samstag, 18. Juli 2015

Sonnenaufgang:	05:35 Uhr
Sonnenuntergang:	21:04 Uhr
Minimaltemperatur:	12,1°C
Maximaltemperatur:	28,4°C
Erdbodenzustand (6 UTC):	trocken
Niederschlag:	0 l/m²
Sonnenscheindauer:	13,8 h
Waldbrandgefahrenstufe:	4 (hoch)
Namenstage:	Annegret, Elias, Margarete

Eins

Frieden fand man nur im Wald.

Julia presste ihr rechtes Auge an das Zielfernrohr, ihre Wange fest am Holz des Schaftes. Schon seit einer Stunde harrte sie fast bewegungslos in der Morgendämmerung auf ihrem Ansitz im Ebersberger Forst aus. Jetzt endlich bekam sie den Lohn für ihre Geduld. Nur etwa sechzig Meter entfernt auf der gegenüberliegenden Seite der Lichtung stand der alte Rehbock, auf den sie gewartet hatte. Das rhythmische Rauschen ihres Herzschlags verdrängte das Vogelgezwitscher aus ihren Ohren. Der Bock zupfte ein paar Grashalme, richtete sich auf, schien sie anzustarren. Dann bog das Tier den schlanken Hals, um wieder ein paar Triebe zu naschen. *Komm schon,* beschwor Julia den Bock in ihren Gedanken, *dreh dich. Zeig mir deine schöne Seite!*

Endlich schien der Jagdgott ein Einsehen zu haben, und das Tier stakte durchs hohe Gras ein paar Schritte nach links. Jetzt hatte Julia den freien Blick auf seine Flanke. Sie atmete ruhig und gleichmäßig. Mit einer kaum wahrnehmbaren Bewegung lenkte sie das Fadenkreuz in die richtige Position. Ihr Zeigefinger suchte den Abzug, fand ihn.

Der Schuss zerriss den Frieden. Der Bock machte einen kleinen Luftsprung und fiel zappelnd ins hohe Gras. Dann war für einen Moment alles totenstill. Selbst die Vögel schwiegen. Nur der Schuss klang in Julias Ohren nach.

Sie sicherte und entlud das Gewehr und reckte die steifen Glieder. Ihre Fingerspitzen kribbelten, während sich das Adrenalin in ihrem Körper abbaute. Sie hob das Fernglas an die Augen und sah nach dem Rehbock. Er rührte sich nicht. Ein guter Schuss. Waidgerecht. Einer der wenigen Punkte, in denen sie mit ihrem Chef übereinstimmte: Kein Tier sollte leiden müssen.

Julia blickte nach oben: Durch das Blätterdach der Buche blitzte der blaue Sommerhimmel. Das matte Grün und Blau war eine Wohltat für ihre brennenden Augen. Nach ein paar Minuten kletterte sie die Ansitzleiter hinunter und machte sich auf den Weg. Das Reh lag ganz am anderen Ende der Lichtung, sie reckte den Hals, konnte jedoch keine Bewegung ausmachen. Das hohe Gras befeuchtete ihre Hosenbeine mit Morgentau. Schließlich erspähte sie den braunen Körper zwischen den Halmen. Ein paar Meter entfernt blieb sie stehen und hielt den Atem an. Wenn das Tier noch lebte, konnte der Anblick eines Menschen es in Panik versetzen – so sehr, dass es unter Aufbietung der letzten Lebensgeister aufspringen und im Dickicht verschwinden würde. Angeschossen, verletzt, wie es war, würde es elend leiden und nur langsam zu Grund gehen. Das durfte nicht passieren.

Lautlos nahm Julia ihre Waffe wieder von der Schulter und tastete in der Jackentasche nach Munition. Bewegte sich der Brustkorb des Tieres? Automatisch beschleunigte sich ihr Herzschlag, und ihre Muskeln spannten sich an.

Ein Schuss krachte. Dann noch einer.

Julia stockte der Atem.

Der Wilderer? Sollte sie den Mistkerl endlich zu fassen bekommen? Sie warf einen entschuldigenden Blick auf den

Bock, der sich nicht bewegt hatte, dann wandte sie sich um und rannte entschlossen in die Richtung, aus der die beiden Schüsse zu hören gewesen waren. Sie würde diesen Kerl finden!

Auf dem Forstweg, nur wenige Meter vor dem Ebersberger Aussichtsturm – einem Betonkoloss, von dem aus man beste Sicht über das Voralpenland bis weit in die Berge hatte –, bemerkte sie Ludwig Voss' silberfarbene Mercedes G-Klasse am Wegrand und zögerte. Ihr Chef also. Doch kein Wilderer, wie sie befürchtet hatte. Julia blieb stehen. Sollte sie wirklich zu ihm gehen? Nach dem gestrigen Streit mit Ludwig hatte sie keine große Lust. Allein der Gedanke daran ließ in ihrem Magen Wut grummeln.

Unter den aktuellen Umständen war sie sich nicht sicher, ob sie die Fassade aufrechterhalten und ihrer Pflicht als guter Angestellter, ihm höflich einen guten Morgen zu wünschen, wirklich nachkommen konnte. Andererseits musste sie sich irgendwann ansehen, was er mit den zwei Schüssen erlegt hatte, schon allein, weil sie es später ohnehin in den Abschussplan eintragen musste. Das gehörte zu ihrem Job, das war oberste Pflicht. Danach konnte sie sich wieder um ihre eigenen Angelegenheiten kümmern. Widerstrebend ging sie weiter.

Hinter dem Auto lag ein Körper, nur wenige Meter neben dem Weg zwischen den kniehohen Farnbüscheln.

Bäuchlings.

Regungslos.

Instinktiv rannte Julia auf ihn zu. Es war ein Mann, er trug Jagdkleidung, eine tannengrüne Lodenjacke und eine beige Cargohose. Die Füße steckten in ledernen Bergschuhen, die Arme waren links und rechts weit vom Körper weggestreckt. Im Rücken hatte die Jacke mitten zwischen den Schultern zwei kleine ausgefranste Löcher.

Julia ließ sich in den weichen Waldboden neben dem Körper auf die Knie fallen und beugte sich hinunter. Mit beiden Händen bewegte sie vorsichtig den Kopf des Mannes ein wenig, so dass sie sein Gesicht sehen konnte. Sie schnappte nach Luft, denn die dunkelbraunen Augen, die nur leicht ergrauten Schläfen und das glattrasierte Gesicht kannte sie nur allzu gut.

Ludwig. Kein Zweifel.

Julia wollte ihn rütteln, ihn aufwecken, besann sich dann aber. Lieber vorsichtig.

Lebte er noch? Sie hielt das Ohr nah an sein Gesicht und hoffte, betete, das leise Geräusch seines Atems wahrzunehmen.

Nichts. Nervös tastete sie mit zwei Fingern vorsichtig an seinem Hals entlang und versuchte das Pulsieren der Schlagader zu finden.

Vergeblich. War er tot?

Ja. Sie spürte weder Atem noch Puls. Hier lag Ludwig Voss, in voller Jagdmontur, und er lebte nicht mehr. Sein Gesicht, trotz seiner fünfundsechzig Jahre noch jugendlich, war ein bisschen blass, das übliche überhebliche Grinsen durch einen erstaunten, nein, erschrockenen Ausdruck ersetzt.

Julia kämpfte die aufsteigende Übelkeit zurück und ertrug den sauren Geschmack im Mund.

Irgendwie fiel ihre Hand auf Ludwigs Rücken, als wolle sie sich entschuldigen, ihm die Schulter tätscheln. Als sie sich dessen bewusst wurde, zog sie hastig die Hand zurück und starrte die Handfläche an. Da war Blut, Ludwigs Körper war noch warm. Vor wenigen Minuten hatte dieses Herz noch geschlagen. Ihr wurde wieder übel.

Sie rappelte sich auf und stolperte zurück auf den Weg. Sie musste Hilfe holen. Sofort. Für den Mann, dem sie gestern noch den Tod gewünscht hatte.

Wo war das Handy? Ein lauter Fluch entfuhr ihr, als sie sich erinnerte, dass sie es in ihrem Wagen gelassen hatte. Wie immer, schließlich störte es bei der Jagd mehr, als es nutzte.

Irgendwo knackte ein Ast, Blätter raschelten und Julia fuhr herum, suchte mit den Augen die Umgebung ab. War der Mörder noch in der Nähe? Ihre Sinne waren plötzlich hellwach, ihr Puls raste. Doch ihre Ohren vernahmen nichts als den erwachenden Sommerwald mit seinem Blätterrauschen und Vogelgezwitscher. Ihre Augen sahen nichts außer Bäumen, Sträuchern und dem Forstweg. Und Ludwigs Auto. Der Kofferraum stand offen. Vielleicht hatte ja auch Ludwig sein Telefon im Auto liegen lassen.

Oder es war in seiner Jacke. Sie drehte sich um, betrachtete die Leiche zweifelnd und schüttelte leicht den Kopf. Nichts in der Welt würde sie dazu bringen, die Hände in Ludwigs Jackentasche zu stecken.

Stattdessen warf Julia einen Blick in den Kofferraum, in dem sich nur eine große weiße Plastikwanne für eventuelle Jagdbeute, eine Tasche für ein Jagdgewehr und Ludwigs Etui mit den Jagdmessern befanden. Automatisch griff sie nach der Tür des Kofferraums und ließ sie ins Schloss fallen. Dann ging sie zur Fahrertür vor und öffnete sie. Obwohl Ludwig den Mercedes nun schon ein paar Monate hatte, stieg ihr immer noch der Duft von neuem Leder und poliertem Holz in die Nase. Julia stieg in den blitzsauberen Wagen und öffnete die Klappe der Mittelarmlehne, dann beugte sie sich vor, um das Handschuhfach zu erreichen. Sie fand Papiere, Kleingeld und eine gefüllte Brotdose. Aber kein Telefon.

Sie stieg wieder aus dem Auto. Alles nur Zeitverschwendung. Sie hätte gleich zu ihrem eigenen Wagen laufen sollen. Julia warf einen letzten Blick auf Ludwigs Körper, dann drehte sie sich um und rannte los.

Als sie endlich atemlos an ihrem beigen Landrover ankam, schnappte sie sich ihr Handy vom Beifahrersitz. Mit immer noch pochendem Herzen lehnte sie sich ans Auto und wählte die Notrufnummer. Während sie mit dem Telefon am Ohr wartete, wippte ihr Fuß nervös auf und ab. Doch es tutete nicht, sie bekam keine Verbindung. Sie starrte das schwarze Display an: Der verdammte Akku war mal wieder leer. Julia steckte das nutzlose Ding fluchend in die Hosentasche. Wie viel Pech konnte man haben? Früher, als die Dinger nur telefonieren konnten, hielt der Akku eine gefühlte Ewigkeit. Jetzt war er ständig leer, auch, weil sie natürlich immer anderes im Kopf hatte, als dieses lästige Teil jeden Tag dreimal aufzuladen. Sie bettete ihr Gewehr sorgsam in das Etui im Kofferraum, stieg in den Wagen, ließ den Motor an und trat wütend das Gaspedal durch.

Noch bevor der Landy vor dem Forsthaus in Grafenried ganz zum Stehen gekommen war, riss Julia die Wagentür auf und sprang aus dem Auto.

Die Haustür öffnete sich, und Martha, ihre Großmutter, stand im Türrahmen. Julia rannte zu ihr und schloss die kleine Frau in ihre Arme. Sie konnte nichts dagegen tun, dass ihr ein paar Tränen über die Wange liefen. Wie froh war sie, zu Hause zu sein, weg von all dem. In Sicherheit.

»Kind, was ist denn passiert? Du bist ja ganz außer dir.« Martha fasste sie an den Schultern und schob sie ein Stückchen von sich. Mit ihrer faltigen Hand strich sie Julia zärtlich eine Träne aus dem Gesicht.

Julia schluckte. Dann straffte sie sich und drückte Martha sanft zur Seite. »Ich muss schnell telefonieren, Oma!«

Sie eilte in die gemütliche Wohnküche des Forsthauses, nahm das Telefon und rief die Polizei an. Stockend berichtete sie, wie und wo sie Ludwig gefunden hatte. Oma war ihr ins Haus gefolgt und hörte zu. Bei Julias Worten wurde sie immer blasser. Sie suchte nach ihrer kleinen Handtasche und kramte darin nach den Herztabletten.

Am Ende des Telefonats wurde Julia um ihre Daten gebeten. Dann verfügte die Stimme am Telefon: »Vielen Dank für die Nachricht. Halten Sie sich bitte zu unserer Verfügung und bleiben Sie zu Hause, bis sich die Kollegen bei Ihnen melden.«

Julia murmelte eine Zustimmung und legte auf. Auf einmal zitterten ihre Knie. Noch einmal nahm sie Martha, deren Gesicht mittlerweile jede Farbe verloren hatte, in die Arme und drückte sie fest an sich. Ihrer Oma ging es wirklich schlecht, also musste sie selbst sich jetzt erst mal zusammenreißen. Sie ließ am Spülbecken etwas kaltes Wasser in ein Glas laufen und gab es Martha. »Nimm bitte eine Tablette, Oma. Du musst auf dich aufpassen. Wir brauchen dich noch.«

Martha nickte, drückte eine Tablette aus dem Blister und schluckte sie tapfer.

Als sie sicher war, dass es Martha ein bisschen besser ging, ließ Julia sie auf der Eckbank in der Küche zurück, holte ihre Waffe aus dem Auto und verstaute sie im Tresor in ihrem kleinen, vollgestopften Büro. Dann zog sie die Fleece-Jacke und die Bergstiefel aus und eilte die Treppe hinauf ins Badezimmer. Sie wusch sich Hände und Gesicht. Das kalte Wasser tat gut, und mit Hilfe eines Waschlappens ließ sie sich etwas davon in den Nacken laufen. Ihr Spiegelbild sah sie fassungslos an. Das linke Auge zuckte nervös.

Sie strich sich über die zerzausten blonden Haare, entfernte das Haargummi und versuchte, mit der Haarbürste eine Ordnung herzustellen, die sie nicht empfand. Es war sinnlos. Sie hielt den Kopf ganz unter den Wasserhahn mit dem fließenden, eiskalten Wasser, das ihr über die Wangen, in die Nase und in den Kragen ihres T-Shirts lief. Doch immer wieder tauchte Ludwig vor ihren Augen auf, wie er da lag, zum ersten Mal, seit sie ihn kannte, hilflos. Unterlegen. Warme Tränen vermischten sich mit dem kalten Wasser.

Julia tastete nach einem Frotteehandtuch, legte es über den Kopf und rubbelte die Haare. Dann machte sie sich einen neuen Pferdeschwanz und straffte die Schultern.

Als Julia in die Küche zurückkam, schien Martha sich wieder von ihrem Schwächeanfall erholt zu haben. Sie stand vor dem Herd, beorderte ihre Enkelin mit einem resoluten »Setz dich hin, Kind« auf die alte Eckbank und hantierte mit dem Wasserkocher. Julia wischte sich eine Träne aus dem Gesicht, atmete durch und beobachtete ihre Großmutter. Wärme und Dankbarkeit stiegen in ihr auf. Sie war so froh, dass sie die alte Dame nach dem Umzug nach Grafenried zu sich geholt hatte. Zusammen mit ihrem Sohn Florian waren sie nun eine richtige kleine Familie. Sie wohnten in demselben Forsthaus, in dem Julia früher mit ihren Eltern gelebt hatte. Nun war Julia die Försterin von Grafenried, wie es früher ihr Vater gewesen war.

Vier Stiele von der Pfefferminzpflanze abzupfen. Liebevoll in die Kanne geben und mit kochendem Wasser übergießen. Die Blätter einige Minuten ziehen lassen und dabei mehrmals umrühren.

Sie verfolgte jede Bewegung, obwohl sie das alles schon tausend Mal gesehen hatte. Vielleicht sogar noch öfter. Sie war erst vier Jahre alt gewesen, als sie nach dem tödlichen Verkehrsunfall ihrer Eltern zu ihrer Großmutter nach Mühldorf gezogen war, wo Martha als Schneiderin arbeitete. Fort aus Grafenried, weg aus diesem Haus. Fort von der Vergangenheit ihrer Eltern, die hier geheiratet und gelebt hatten. Julia war hier geboren. Und nun war sie nach fast dreißig Jahren zurückgekehrt. Es fühlte sich fast an wie Heimat. Das Forsthaus war viel kleiner, als sie es in Erinnerung hatte, aber trotz der fast dreißig Jahre, die sie weg gewesen war, war es ihr sofort vertraut gewesen.

Oma goss den Tee durch ein Sieb in eine Tasse. Langsam beruhigte sich Julias Herzschlag. Das Bild stieg in ihr auf, wie sie in derselben Küche an demselben Tisch als kleines Kind ihren Kakao getrunken hatte. Ihr Stammplatz war die kurze Seite der Eckbank gewesen, dort hatte sie sich auf dem Polster ausgestreckt. Einmal hatte sie einen Bleistift auf dem Tisch gefunden und eine Zeichnung unten an die Tischplatte gemalt. Sie unterdrückte den Impuls, sich jetzt auf der Eckbank auszustrecken und unter den Tisch zu beugen, um nachzusehen, ob ihr Gekritzel noch da war.

Als ihre Großmutter ihr die Tasse mit dem dampfenden

Tee in die Hand drückte, hatte Julia das Gefühl, endlich wieder tief Luft holen zu können.

Hilft zuverlässig, wenn man zu lange in der Kälte gespielt hat, bei aufgeschlagenen Knien und Liebeskummer. Ob's auch hilft, wenn man einen Toten gefunden hat?

Als hätte sie ihren Gedanken laut ausgesprochen, murmelte Martha mit grimmigem Gesicht: »Schaden tut es jedenfalls nicht. Jetzt trink. Aber vorsichtig, Kind, es ist noch heiß.« Sie blieb neben Julia stehen, stemmte die Hände in die Seiten und gab acht, dass sie von dem Tee trank. Julia nippte gehorsam daran, schloss die Augen und versuchte, an gar nichts zu denken.

Als es kurz darauf an der Tür klingelte, lautete Omas Befehl: »Sitzen bleiben!«

Sie eilte hinaus und kam gleich darauf mit einem Mann in Jeans und bunt gemustertem Hemd zurück, der unter dem Türrahmen den Kopf einziehen musste.

»Frau Julia Sommer?«

Es war ein blonder Kerl, vielleicht Ende zwanzig. Er sah sich unschlüssig in der Küche um.

Julia nickte. »Das bin ich.«

»Winkler, Kriminalkommissar, Kripo Erding«, stellte er sich vor. »Würden Sie bitte mitkommen, Frau Sommer? Ich habe den Auftrag, Sie abzuholen.«

Zwei

Mit wenigen Worten und vielen »Ähs« hatte Kriminalkommissar Winkler Julia gebeten, in seinen Dienstwagen zu steigen. Julia sei eine wichtige Zeugin und solle eine Aussage machen. Die Kommissarin erwarte sie am Tatort.

Julias Magen grummelte nervös beim Gedanken an Ludwig, wie er da im Farn gelegen hatte. Sie hatte gehofft, diesen Anblick schnell vergessen zu können, aber daraus würde jetzt wohl nichts werden.

Nach etwa zehn Minuten Fahrt über die Staatsstraße und dann auf holprigen Forstwegen quer durch den Wald kam zum zweiten Mal an diesem Tag der betongraue Aussichtsturm in Sichtweite. Julia blinzelte ein paar Mal, während sie an dem Ding hochsah. Eigentlich mochte sie den seltsamen Kontrast, den der helle Stahlbetonkoloss zum umgebenden Grün darstellte. In seiner künstlichen Geradlinigkeit betonte er das Ursprüngliche des Waldes, auch wenn man den lichten Buchenforst an dieser Stelle nicht gerade wild und natürlich nennen konnte. Ein paar Laub- und Obstbäumchen hatte man gesetzt, um dem Einerlei die Monotonie zu nehmen. Das Ergebnis war, nun ja, etwas bunter, aber dennoch sehr aufgeräumt und ordentlich. So, wie es der durchschnittliche Waldbesucher eben mochte.

Als sie um eine letzte Kurve bogen, konnte sie das rhythmische Leuchten von Blaulicht sehen, und Julia staunte über das riesige Aufgebot an Polizeiautos, das die enge Forststraße verstopfte.

Winkler manövrierte den Wagen an der langen Schlange vorbei. Ein uniformierter Beamter hielt sie auf, und Winkler streckte seinen Dienstausweis aus dem Fenster. Der Mann warf Julia einen neugierigen Blick zu und gab Winkler den Ausweis zurück. Dann rollten sie langsam weiter. Mit schusssicheren Westen gepanzerte Polizisten suchten den Waldboden in der Umgebung ab. Und direkt unter dem Aussichtsturm, innerhalb einer mit rotweißem Flatterband abgesperrten Zone, liefen drei Männer in weißen Overalls herum. Da, wo Ludwig lag. Julia bekam Gänsehaut. Gleich an der Flatterbandgrenze parkte ein heller VW-Bus, vor dem eine Art Partyzelt aufgestellt war.

Kriminalkommissar Winkler parkte den Wagen am Ende der Autoschlange halb im Straßengraben, den schmalen Forstweg wollte er wohl für den herannahenden Leichenwagen freihalten. Er glitt aus dem Wagen und entfaltete seine langen Glieder. Julia öffnete ihre Autotür, doch der Wagen stand so schief, dass der Waldboden im Weg war. Julia drückte vorsichtig, da spürte sie einen Ruck. Winkler hatte einen Stein unter der Tür weggetreten und riss jetzt die Autotür auf. Julia kletterte mühsam aus dem Auto.

»Wollen Sie den Gentleman raushängen lassen?«, blaffte sie den Polizisten an. »Ich kann ganz gut alleine aussteigen.« Das riesige Polizeiaufgebot machte sie irgendwie nervös, obwohl es eigentlich keinen Grund dafür gab.

Winkler ging gar nicht auf sie ein: »Ich bringe Sie jetzt zu Kriminalhauptkommissarin Baumgartner. Bei ihr können Sie dann Ihre Aussage machen.« Er deutete auf eine Frau mittleren Alters in Jeans, weißer Bluse und dunkler

Lederjacke. Pechschwarze Haare, ein breites Gesicht, wache Augen. Julia taxierte die Kommissarin, die sich gerade mit zwei älteren Frauen in Jogginganzügen und Walkingstöcken unterhielt. Sie kannte die beiden vom Sehen aus dem Dorf und auch im Wald hatte sie sie schon gesehen. Walker. Die mochte sie noch weniger als Jogger.

Die Läufer waren im Wald auf sich selbst konzentriert, schwitzten, keuchten, aber sie redeten nicht und hatten auch kein Auge für Details. Sie waren wie ein Rauschen im Hintergrund, fügten sich aber einigermaßen in ihre Umwelt ein.

Spaziergänger und Walker dagegen hatten Zeit. Viel Zeit. Kritisch beäugten sie alles, was sie von den befestigten Waldwegen aus erkennen konnten, beschwerten sich über umgestürzte Bäume, Totholz und wehe, ein Polter unverkäuflicher Stämme setzte ein bisschen Moos an. Als gehöre ihnen der Wald wie ihre spitzendeckchenbewehrten Wohnzimmeranrichten, forderten sie Ordnung und Sauberkeit in der Natur. Ausgerechnet.

Es gab sogar spezielle Programme, wie man die Forstwege spaziergängerfreundlich gestalten konnte, und Julia hasste sie von ganzem Herzen. Was hatte das bitte mit Natur zu tun?

Die beiden Damen gehörten definitiv zur Spitzendeckchenfraktion. Was sonst.

Die eine, mit akkuratem Kurzhaarschnitt, redete wichtigtuerisch gestikulierend auf die Kommissarin ein. Die andere, vielleicht Mitte fünfzig mit einer großen Narbe quer über das Gesicht, nickte bekräftigend. Julia hatte sie schon öfter im Wald gesehen. Sie tauchten immer im Doppelpack mit ihren Walkingstöcken auf, Madame machte sich wichtig und die andere nickte dazu eifrig.

»Die war's!« Ein Walkingstock pikste kurz vor Julia in die Luft. »Die hab ich weglaufen sehen! Das ist die Mörderin!«

Julia schnappt nach Luft. »Was? Sie haben ja nicht alle Tassen im Schrank!«

Zusammengekniffene Augen starrten sie böse an. Dann wandte sich Madame würdevoll an die Kriminalhauptkommissarin: »Doch, ich bin mir sicher. Diese Frau ist vom Tatort weggerannt!«

Baumgartner klatschte begütigend in die Hände. »Gut, vielen Dank für den Augenblick, meine Damen, Sie haben uns sehr geholfen. Wir melden uns bei Ihnen.« Mit einem Nicken bedeutete sie Winkler, dass die Audienz beendet sei.

Julia beobachtete stirnrunzelnd, wie Kriminalkommissar Winkler die Spitzendeckchen-Damen wegführte. Mit den Walkingstöcken in der Hand gestikulierten die beiden weiter wild in der Luft herum und redeten dabei auf den stoisch dreinblickenden Kommissar ein.

Dann spürte Julia einen intensiven Blick und wandte sich Baumgartner zu. »Ein bisschen verschroben, die beiden, oder?«, meinte sie.

Die Kommissarin blickte sie aus ihren fast schwarzen Augen forschend an.

Na gut, dann eben kein Small Talk. Sie konnte auch anders. »Was wollten Sie von mir wissen? Warum haben Sie mich holen lassen?« Julia starrte zurück. Sie würde bestimmt nicht zuerst wegsehen.

»Frau Sommer, vielen Dank, dass Sie hergekommen sind. Sie sind unsere wichtigste Zeugin, Sie haben den Toten gefunden. Deswegen wollte ich mich gerne hier mit Ihnen unterhalten. Sollen wir ein paar Schritte gehen?«

Julia nickte zögernd, und Baumgartner führte sie am abgesperrten Bereich entlang.

»Wissen Sie, meist erinnern sich unsere Zeugen am Tatort am besten an das, was passiert ist. Und ich glaube, Sie sind auch die zuständige Försterin hier?« Eine tiefe, fast männliche Stimme. Baumgartner zog eine Zigarettenschachtel aus der Ledertasche.

Julia zuckte mit den Schultern. »Ja, das bin ich. Ludwig Voss war mein Chef. Ihm gehören der Grafenrieder Forst und einige umliegende landwirtschaftliche Flächen, aber die sind an einen Bauern aus der Gegend verpachtet.«

»Was sind denn Ihre Aufgaben hier?« Die Kommissarin war am Forstweg stehen geblieben und schüttelte eine Zigarette aus der Packung.

»Ich leite den Forstbetrieb. Das heißt, ich mache die Einschlagsplanung und bestimme, welche Bäume geschlagen werden. Wir arbeiten mit externen Holzwirten, also Waldarbeitern zusammen, aber ich organisiere die Arbeiter. Ich kümmere mich um die Bewirtschaftung, die Aufforstung und darum, dass für den Freizeitwert für Erholungssuchende gesorgt wird. In den Ebersberger Forst kommen sehr viele Besucher.«

»Gehört die Jagd auch zu Ihren Aufgaben?« Jetzt blitzte ein Feuerzeug.

»Ja.« Julia schüttelte langsam den Kopf und starrte auf die Zigarette in der Hand der Kommissarin. »Es tut mir leid, aber Sie dürfen hier nicht rauchen.«

Baumgartner zog fragend die Augenbrauen hoch.

»Waldbrandgefahr«, ergänzte Julia. »Es hat seit Wochen nicht geregnet. Wir haben die zweithöchste Waldbrandgefahrenstufe, jeder Funke könnte eine Katastrophe auslösen.«

Die Kommissarin warf ihr einen finsteren Blick zu, nahm einen tiefen Zug und trat dann die Zigarette aus. Julia bückte sich und sammelte die Überreste ein.

»Die höchste Stufe würde bedeuten, dass wir den Wald für Besucher sperren müssten. Es hat einfach zu wenig geregnet.«

Baumgartner wies mit einer Kopfbewegung zu den beiden Damen hinüber. »Also, wie meine beiden Zeuginnen da drüben sagen, sind Sie heute Morgen im Wald unterwegs gewesen.«

Julia verzog den Mund. »Ja, ich war auf der Jagd, habe Schüsse gehört und dann Ludwig gefunden.«

»Haben Sie dabei etwas gesehen oder gehört?« Baumgartner ließ sie nicht aus den Augen. Ihr intensiver Blick war irgendwie unangenehm. Julia schluckte, atmete tief durch und erzählte ihr von dem Rehbock, den beiden Schüssen und wie genau sie ihren Chef gefunden hatte. Baumgartner runzelte die Stirn. »Wieso haben Sie uns denn nicht sofort verständigt und hier auf das Eintreffen der Kollegen gewartet?«

»Also wirklich«, verteidigte sich Julia, »auf dem Ansitz habe ich kein Telefon dabei, auf der Jagd wäre es fatal, wenn es im falschen Moment klingelte. In Ludwigs Auto lag kein Telefon, ich habe extra nachgesehen. Im Kofferraum und auch vorne. Dann bin ich zu meinem Auto gerannt. Aber als ich endlich mein Handy im Auto gefunden hatte, war der Akku leer. Also musste ich nach Hause fahren, um zu telefonieren.«

»Wann sind Sie denn zur Jagd aufgebrochen, Frau Sommer?«

»Gegen fünf Uhr morgens.«

»Haben Sie jemanden gesehen?«

»Nein. Meine Großmutter hat noch geschlafen.«

»Was haben Sie dann gemacht?«

»Ich bin in die Nähe meines Ansitzes gefahren, ein paar Meter gelaufen, auf den Hochsitz geklettert, habe mich eingerichtet und gewartet.«

»Und was ist dann passiert?«

»Nichts«, Julia stöhnte. »Sehr, sehr lange ist nichts passiert, dann kam endlich der Bock.«

»Herr Voss?«

»Was? Nein, ich spreche von einem Reh! Herrn Voss habe ich nicht gesehen!« Julia zögerte. »Ich meine, den habe ich erst später gesehen.«

»Was ist dann passiert?«

»Ich habe den Bock geschossen, bin runtergeklettert und zu dem Tier gegangen.«

»Haben Sie dabei jemanden gesehen?«

»Nein, ich war auf meine Arbeit konzentriert. Aber auf der Wiese waren nur das Reh und ich, da bin ich mir sicher.«

»Und Sie haben nicht bemerkt, dass noch jemand im Wald war?«

»Nein, habe ich nicht. Das habe ich Ihnen doch schon gesagt! Erst als die Schüsse fielen, wurde mir klar, dass noch jemand da sein musste. Ich habe aber zuerst an einen Wilderer gedacht.«

»Wilderer? So etwas gibt es doch nur in alten Heimatfilmen, oder?«

Julia seufzte. »Leider nicht. Seit einigen Jahren nimmt die Wilderei wieder zu. Es gibt Menschen, die einfach so zum Spaß auf Tiere schießen. Oft einfach aus dem Auto heraus. Denen ist es auch egal, wenn sie ein Tier nur anschießen. Diese Schweine.«

»Ich dachte, Wilderern ginge es um das Fleisch?«

Julia lachte bitter auf. »Früher einmal, ja. Da haben die Leute gejagt, weil sie nichts zu essen hatten. Heute ist es ein Sport geworden, ein besonders grausamer Sport. Diese Leute schießen, weil sie es können. Für den Nervenkitzel. Das Wild ist ihnen egal. Auch wenn es jämmerlich verendet.«

Baumgartner machte ein interessiertes Gesicht. »Und das gibt es hier im Ebersberger Forst auch?«

»Leider ja. Erst letzte Woche habe ich eine Geiß gefunden, die angeschossen worden ist. Sie ist verblutet. Dabei haben die Geißen noch Schonzeit. Wenn ich den Kerl erwische …« Julias Puls beschleunigte sich wieder bei dem Gedanken an das arme Tier.

»Dann werden Sie sicherlich meine Kollegen verständigen, nicht wahr, Frau Sommer?« Baumgartners Stimme hatte fast einen begütigenden Ton.

»Natürlich werde ich das tun«, gab Julia zurück. »Wir haben längst Anzeige erstattet. Gegen unbekannt. Aber soweit ich weiß, beschränkt sich der Wilderer nicht nur auf den Grafenrieder Forst, sondern schießt im ganzen Ebersberger Forst wild um sich. Herr Voss war auch ganz außer sich.«

»Herr Voss war also über den Vorfall informiert?«

»Natürlich. Er hätte, genau wie ich, alles getan, um den Kerl zu erwischen.«

»Das ist interessant. Und es ist gut, dass Sie bereits mit den Kollegen im Gespräch sind. Vielleicht haben die ja auch schon einen Verdacht. Aber wie ist das mit Ihnen, Frau

Sommer. Haben *Sie* einen Verdacht, wer der Wilderer sein könnte?«

»Nein. Aber eigentlich muss es jemand aus der Gegend sein. Wahrscheinlich einer der jungen Burschen aus dem Dorf. Einer aus dem Burschenverein oder von der Feuerwehr oder so. Ein fremdes Autokennzeichen, das regelmäßig im Forst auftaucht, würde doch sofort auffallen.«

»Das ist interessant«, meinte Baumgartner nachdenklich, »wir haben einen Toten. Und Sie haben einen Wilderer.«

Julia versuchte im Gesicht der Kommissarin zu lesen, was sie dachte. Vergeblich, deren Miene blieb undurchdringlich. Julia wurde ein wenig mulmig zumute. War sie jetzt ein wenig vorschnell gewesen mit ihren Beschuldigungen der Burschen im Dorf? Aber irgendjemand musste hier ja rumballern, und sie fand es skandalös, dass die Polizei nicht aktiv dagegen vorging.

Baumgartner hob kurz die Schultern, ließ sie dann fallen und atmete geräuschvoll aus. »Gut, Frau Sommer, dann haben Sie sicher nichts dagegen, meinen Kollegen nachher zu zeigen, wo Sie gewesen sind und wo das Tier jetzt liegt.«

Julia antwortete nicht. Sie dachte an das Reh, das in der beginnenden Sommerhitze auf der Wiese im prallen Sonnenlicht vor sich hinschmorte.

»Das liegt doch noch da?«

»Das will ich sehr hoffen!«, fuhr Julia auf. »Ich zeige Ihnen oder Ihrem Kollegen auch gerne, wo ich gewesen bin, aber warum ist das denn wichtig?«

Baumgartner sah sie nachdenklich an und antwortete nicht. Stattdessen fragte sie: »Haben Jäger nicht normalerweise einen Hund?«

Julia runzelte die Stirn wegen des Themawechsels. »Viele, ja, aber nicht alle.«

»Wie ist es mit Ihnen?«

»Wir haben leider keinen Hund. Ich bin alleinerziehend, mein Sohn ist erst sechs Jahre alt. Wir mussten zudem in den letzten Jahren oft umziehen, und nun lebt meine Großmutter bei uns. Ich hatte bisher nicht das Gefühl, auch noch einem Tier gerecht werden zu können. Aber vielleicht bekommen wir irgendwann einen Hund.«

»Und wie ist das mit Ihrem Chef, mit Ludwig Voss?«

»Er hat eine Deutsch-Drahthaar-Hündin. Sie heißt Cora von Langenberg. Aber er nimmt sie schon länger nicht mehr mit auf die Jagd, weil sie schon ziemlich alt ist.«

»Sie sind sicher, dass der Hund nicht im Wald war?«

»Sicher kann ich mir natürlich nicht sein, aber wenn sie hier gewesen wäre, dann hätte Ludwig sie sicher im Auto eingeschlossen, bis er sie für eine eventuelle Nachsuche gebraucht hätte.«

»Hätte der Hund nicht gebellt, als die Schüsse gefallen sind?«

»Nein, niemals, Cora ist ein erfahrener Jagdhund und absolut schussfest. Außerdem habe ich doch im Auto nachgesehen, da war kein Hund.«

»Hm. Okay«, machte Baumgartner. »Ich würde Sie dann einmal zu den Kollegen von der Spurensicherung bitten.« Sie drehte sich um und schritt auf den weißen Plastikpavillon zu, zu dem die weißverhüllten Kriminaltechniker hin und wieder pendelten.

Julia protestierte: »He, muss das sein? Ich will nach Hause. Brauchen Sie das wirklich?« Sie hatte kein gutes Gefühl bei der Sache.

Doch Baumgartner machte eine ungeduldige Handbewegung, ohne sich auch nur umzudrehen.

Julia blieb stehen. »Ich möchte das nicht.«

Baumgartner kam zu ihr zurück und machte ein genervtes Gesicht. »Ich rechne mit Ihrer Kooperation, Frau Sommer! Wir brauchen Vergleichsdaten. Schließlich waren Sie am Tatort. Sie sollten uns unterstützen, in Ihrem eigenen Interesse!«

Julia sah sie unsicher an. Natürlich würde sie helfen. Sie nickte ergeben.

»Kollege?«, rief Baumgartner und winkte.

Eines der weißen Männchen drehte sich zu ihr um.

»Ich bräuchte einmal das ganze Programm für Frau Sommer.« Sie deutete auf Julia.

Der Kriminaltechniker kam herüber, nahm aber nicht einmal seine Maske ab. Er zog ein langes Wattestäbchen aus einer Plastikverpackung und strich damit über Julias Hände.

»Schmauchspurenschnelltest«, nuschelte er. Er tunkte den Tupfer in ein Röhrchen und strich den Schlonz auf einen Papierstreifen. Dann zückte er schon das nächste Wattestäbchen und strich damit noch einmal Julias Hände ab.

»Da sind ganz bestimmt Schmauchspuren, ich hab doch heute Morgen schon geschossen.«

Der Kriminaltechniker sah nicht einmal auf. »Ich sammle hier nur die Daten ein. Die Interpretation liegt bei den Kollegen«, brummte er.

Julia sah sich um. Frau Baumgartner kümmerte sich definitiv nicht um Daten und Tatsachen, sie sprach wieder mit der Spitzendeckchenfraktion. Ausgerechnet den beiden, die sie lauthals als Mörderin beschimpft hatten.

Ein weiteres Wattestäbchen wurde vor ihrer Nase geschwenkt.

»Könnten Sie mal eben den Mund aufmachen, bitte?«, fragte der Datenbeschaffer.

Julia öffnete ergeben den Mund und kämpfte kurz mit Würgereiz, als die DNA-Probe genommen wurde.

Fingerabdrücke auch noch. Als Nächstes wurde sie bestimmt in Handschellen abgeführt. Vorher schnappte sich der Beamte aber ihre rechte Hand und drückte die Finger erst in ein Stempelkissen und dann auf ein Papier. Einen nach dem anderen. Dann kam die andere Hand an die Reihe, die Julia ihm widerwillig überließ.

»Himmel, was wollen Sie denn noch alles?« Julia ballte die freie Hand zur Faust. »Urinprobe, Losung, Lügendetektor, oder was?«

»Wie gesagt, junge Frau, wenden Sie sich an die Kollegin Baumgartner, wenn Sie Fragen haben.« Lakonisch drückte er ihr ein Feuchttuch in die Hand, damit sie sich die Finger abwischen konnte, und wandte sich dann wieder seiner Arbeit zu.

Julia knüllte wütend das Tuch in den Händen, da stand Baumgartner plötzlich wieder neben ihr. Sie schaute den Kriminaltechniker fragend an, der nickte nur kurz.

»Frau Sommer, vielen Dank für Ihre Mithilfe. Eine Bitte hätte ich noch: Geben Sie doch dem Kollegen Ihr Mobiltelefon, dann können wir Ihre Aussage nachprüfen.«

»Wieso müssen Sie meine Aussage nachprüfen? Glauben Sie mir etwa nicht? Ich habe doch nichts gemacht! Außerdem ist der Akku leer – wie schon gesagt!« Sie zog das Telefon aus der Gesäßtasche ihrer Jeans und hielt es unschlüssig in der Hand.

»Das ist kein Problem, die Kriminaltechnik bekommt das schon hin. Und die Überprüfung von Zeugenaussagen ist Routine. Pflichtprogramm, sozusagen.«

Der vermummte Kollege nickte brav und ignorierte Julias bösen Blick.

»Aber … nein, das geht nicht. Das ist ein Arbeitsgerät, das ich täglich brauche. Auf dem Smartphone sind Apps zur Holzvermessung und zur Bestandsaufnahme. Außerdem mein Terminkalender und alle Kontakte.«

Baumgartner runzelte die Stirn.

Der Kriminaltechniker schaltete sich ein: »Also, wenn Sie mir die PIN verraten, dann lese ich das Telefon im Labor in den Computer aus. Das dauert nur ein paar Stunden. Danach können Sie es eigentlich wiederhaben, die Auswertung kann ich später machen.«

Baumgartner lächelte süßlich. »Wir bringen es Ihnen so schnell wie möglich zurück. Morgen ist doch Sonntag.«

Julia seufzte. »Also gut.« Sie gab sich geschlagen und reichte das Telefon an den Kriminaltechniker.

Der sah sie auffordernd an. »Die PIN-Nummer?«

»Null, null, vier, zwei.«

Der Techniker wandte sich grinsend ab.

»Frau Sommer«, meldete sich Baumgartner wieder, »wir sind hier noch nicht fertig. Ich möchte mich aber gerne später nochmals mit Ihnen unterhalten und den Ablauf des Morgens noch einmal gemeinsam nachvollziehen. Wenn Ihnen in der Zwischenzeit etwas einfallen sollte, rufen Sie mich bitte sofort an. Kriminalkommissar Winkler«, sie machte eine kurze Pause, winkte, und der Polizist kam angetrabt, »Kriminalkommissar Winkler wird Sie jetzt nach Hause bringen. Auf dem Weg zeigen Sie ihm bitte noch genau, wo Sie heute Morgen gewesen sind und wo das Reh liegt. Zu Hause halten Sie sich bitte zu unserer Verfügung. Wir werden nachher noch einmal vorbeikommen, um Ihre Aussage zu Protokoll zu nehmen.« Baumgartner verteilte ihre Anweisungen, ohne Julia anzusehen. Sie kritzelte in einen kleinen Notizblock.

»Was soll das denn heißen?«, protestierte Julia. »Soll ich mich jetzt zu Hause hinsetzen und die Hände in den Schoß legen? Was ist mit meinem Bock? Der muss zerwirkt werden.«

Baumgartner und auch Winkler sahen sie verwirrt an.

»Er muss versorgt werden, ausgenommen werden, schnellstens, bei dem Wetter! Es soll heute wieder ziemlich heiß werden. Und duschen muss ich auch mal.« Julias Stimme klang etwas schriller, als ihr lieb war. Sie fühlte sich so elend, dass ihr die Tränen wieder in die Augen stiegen, doch sie biss die Zähne zusammen und hielt den Blick starr auf die Kommissarin gerichtet.

»Duschen ist kein Problem, denke ich«, gestattete Kriminalhauptkommissarin Baumgartner gnädig und musterte sie von unten nach oben. »Der Bock muss aber warten, zeigen Sie Kommissar Winkler nur, wo er ist. Danach bleiben Sie bitte zu Hause. Ich sage Ihnen Bescheid, wenn Sie das Tier dann abholen können und … Winkler?«

Der Angesprochene trat eifrig einen Schritt vor. Julia erwartete fast, dass er salutierte.

»Nehmen Sie sich einen Kollegen mit und beschlagnahmen Sie die Waffen von Frau Sommer.«

Julia riss die Augen auf und öffnete schon den Mund, um erneut zu protestieren, doch die Kommissarin kam ihr zuvor.

»Wir werden Ihre Waffen in der Ballistik untersuchen lassen müssen, das werden Sie sicher verstehen. Es ist in Ihrem eigenen Interesse, wenn wir Ihre Waffen als Tatwaffen ausschließen können. Ich habe schon mit dem Staatsanwalt telefoniert. Er faxt den Durchsuchungsbefehl ins Auto. Die Kollegen bringen ihn mit.«

Damit zündete sich Kriminalhauptkommissarin Baumgartner eine Zigarette an und inhalierte tief.

Drei

Der Widerstand dagegen, Winkler und seinen Kollegen ins Forsthaus zu bitten, war schier unendlich groß. Julia überwand sich und versuchte sogar, freundlich zu lächeln, obwohl sie innerlich kochte. Sie führte die beiden Polizisten durch den engen Flur in ihr Büro. Dort schloss sie den Waffentresor auf, der hinter der Zimmertür versteckt war. Dann trat sie nach einem kurzen Zögern beiseite, setzte sich auf ihren Schreibtisch und sah mit verschränkten Armen zu, wie ihre beiden Gewehre und ihre Pistole beschlagnahmt wurden. Ach nein: Zur Untersuchung in die Ballistik gebracht, Frau Sommer, das verstehen Sie sicher.

Julia schnaubte. Dachte denn diese Kommissarin wirklich, dass sie, Julia, Ludwig ermordet hatte? Wie bescheuert war die eigentlich? Warum stürzte sie sich nicht auf den wirklichen Täter? Wer immer das sein mochte.

»Ähm«, meldete sich Winkler, »wir hätten es dann jetzt, Frau Sommer. Auf Wiedersehen.« Er hielt Julias Revolver und die andere Langwaffe in seinen schlanken, mit Gummihandschuhen geschützten Fingern.

»Auf Wiedersehen, die Herren«, Julia hüpfte vom Tisch und bugsierte die beiden schnell zur Haustür hinaus. Sie winkte ihnen nicht nach, sondern drehte sich schnell um und hätte fast die Tür ins Schloss gepfeffert.

Oma kam aus der Küche und nach einem Blick in Julias

Gesicht sagte sie: »Ich glaube, du kannst eine Dusche vertragen, Kind. Geh nur, ich hab das warme Wasser angestellt.«

Damit machte sie wieder kehrt und ging zurück in die Küche. Julia beschloss, der Anweisung zu folgen, streckte die steifen Glieder und stieg die knarzende Treppe ins Obergeschoss hinauf. Vorbei an ihrem alten Kinderzimmer, in dem jetzt Florian wohnte, an Omas Zimmer und der kleinen Schlafkammer, die Julia für sich selbst eingerichtet hatte. Am Ende des Flurs öffnete sie die Tür zum Bad, dessen Wände noch die gleichen grünen Siebziger-Jahre-Fliesen zierten wie in ihrer Kindheit. Der große Boiler neben der Badewanne arbeitete, ächzte und klopfte. Es war ziemlich warm im Raum, aber das war nur den Außentemperaturen geschuldet, schon seit Tagen kühlte es auch nachts nicht mehr richtig ab.

Das Wasser in der Dusche dagegen war fast kalt. Julia hatte Gänsehaut, und doch beruhigte sie sich unter dem Wasserstrahl. Wenigstens ein bisschen. Wenn sie so wütend war, gab es nur zwei Auswege, um nicht zu platzen: Holz hacken oder eine Dusche nehmen. Leider machte ihre Wahl ihr nur zu bewusst, dass sie sich vor dem Winter auch noch um die Reparatur des Boilers kümmern musste. So sehr sie das alte Forsthaus mit den vielen Erinnerungen auch liebte, gegen eine moderne Wohnung oder wenigstens eine neue Heizung wäre nichts einzuwenden gewesen. Aber hier hatte sie mit ihren Eltern gelebt, außerdem das Haus war Bestandteil der Arbeitsstelle, und von genau dieser hier hatte sie immer geträumt. Es mochte interessantere Stellen und sogar schönere Wälder geben, für sie würde der Wald von Grafenried immer *ihr* Wald sein. Der

Wald ihrer Kindheit. Und der Wald, in dem sie arbeiten wollte.

Der Grafenrieder Forst, der Ludwig Voss gehörte, war Teil des riesigen Ebersberger Forsts, eines der größten zusammenhängenden Waldgebiete Deutschlands. Nur durch die Hilfe von Markus, ihrem Exmann und Florians Vater, hatte sie die Chance bekommen, sich zu bewerben. Markus kannte Ludwig Voss schon lange, sie waren im gleichen Jagdverein. So einem, in dem Förster unerwünscht waren. In dem man Leute finden konnte, die Kontakte hatten, die wiederum Leute kannten, die einem einen Braunbär-Abschuss vermittelten. Oder Safaris nach Afrika zu den Big Five, allerdings mit scharfer Munition, nicht nur mit Fotokameras.

Das hatte natürlich nicht gerade für Ludwig Voss als Arbeitgeber gesprochen.

Julia wusste von vornherein, dass sie ihn nicht mögen würde. Was für ein Mensch musste man sein, um als Hobby die Jagd auf gefährdete Tierarten zu haben?

Doch das war egal, denn sie wollte genau diese Stelle. Sie *brauchte* genau diese Stelle. Ein bisschen hatte das mit dem wunderbaren Wald zu tun, der nun ihr Arbeitsplatz war. Sehr viel mehr aber mit der Tatsache, dass ihr Vater hier gearbeitet hatte. Julia war hier aufgewachsen, hatte in diesem Wald Verstecken gespielt und Höhlen gebaut. Dann waren ihre Eltern gestorben, und Julia war zu ihrer Großmutter gezogen. Martha war zwar ebenfalls in der Nähe von Grafenried aufgewachsen, aber mit zwanzig als alleinerziehende Mutter zu einer Verwandten nach Mühldorf gezogen. Auch für sie war Grafenried so etwas wie Heimat. Nun waren sie zurück, hier, wo sie aufgewachsen waren, wo Julias

Vater gearbeitet hatte und mit Julias Mutter glücklich gewesen war. In jedem Waldstück, in jedem Baum, überall bei der Arbeit konnte sie seine Nähe spüren. Hier wollte sie endlich die Heimat für sich und Florian aufbauen, die sie so lange vermisst hatte.

An ihrem ersten Tag im neuen Job hatten sich sowohl ihre schlimmsten Befürchtungen als auch ihre höchsten Hoffnungen erfüllt. Morgens um 8 Uhr hatte sie sich zum Dienst in der Villa in Grafenried gemeldet. Eine gut aussehende Frau öffnete die Haustür und führte sie durch den dunklen Flur zu Ludwigs Arbeitszimmer. Ganz Gutsherr begrüßte er sie in seinem Büro hinter einem schweren Eichenschreibtisch sitzend. Er schickte die junge, rothaarige Frau, die er *Tanja, mein Liebling,* nannte, mit einer Handbewegung hinaus.

Dann richtete er mit sonorer Stimme ein paar feierliche Worte an sie, die ihr vor allem deutlich machten, wie wichtig Ludwig sich selbst nahm. Und danach *durfte* sie zum ersten Mal seine umfangreiche Waffensammlung mit den antiken Schätzen und die Trophäensammlung im Herrenzimmer nebenan ansehen. Die üblichen Reh- und Hirschgeweihe konnte sie mit einem Lächeln bewundern. Ein paar Tiere, wie eine Gämse oder ein Mufflon fand sie ganz interessant. Dann aber beugte sich Ludwig zu ihr und raunte: »Die besten Trophäen habe ich natürlich in meinen privaten Räumen oben untergebracht. Ich zeige sie Ihnen gerne!«

Der vertrauliche Ton verursachte Julia Gänsehaut. Sie wich einen Schritt zurück, schüttelte den Kopf und bedankte sich für das Angebot. Daran sei sie nicht interessiert. Ludwig grinste nur.

Dann hatte er sie verabschiedet, und Julia war zum ersten Rundgang in *ihrem* Wald aufgebrochen.

Das alles schien heute, an diesem unheiligen Tag, schon eine Ewigkeit zurückzuliegen, auch wenn es erst vor ein paar Monaten gewesen war. Julia stellte fest, dass auch die Dusche ihr jetzt nicht mehr weiterhelfen konnte – zumal der Boiler endgültig den Geist aufzugeben drohte. Sie drehte das inzwischen gänzlich kalte Wasser ab, schnappte sich ein steifes Handtuch und rubbelte sich trocken, bis ihre Haut rosa leuchtete und das Wasser nicht mehr aus ihren Haaren tropfte. Dann schlang sie das Handtuch um den Körper, steckte das Ende über der Brust fest und stellte sich vor den Badezimmerspiegel. Sie warf ihrem Spiegelbild einen bösen Blick zu.

»Der Bock muss warten, Frau Sommer, halten Sie sich zur Verfügung.« Sie brummte so tief wie möglich, doch der rauchigen Stimme der Hauptkommissarin kam das nicht annähernd nahe.

Julia drehte ihre langen blonden Haare zu einem Knoten und steckte ihn im Nacken fest.

»Es ist in Ihrem eigenen Interesse, wenn wir die Waffen untersuchen. Wir brauchen das Telefon, um Ihre Aussage zu überprüfen. Pah! Aber vielen Dank, dass Sie uns helfen«, brummte sie.

Sie streckte ihrem Spiegelbild die Zunge heraus und sagte: »Wenn es sein muss. Aber Ihnen zu helfen, dazu habe ich wirklich keine Lust, Frau Kriminalhauptkommissarin.«

Vier

Julias Büro lag an der Nordseite des Forsthauses. Hier war es dämmrig und die Raumtemperatur jetzt am Nachmittag erträglich. Ein bisschen wie im Wald, wo Julia gerade wesentlich lieber umhergestreift wäre. Wenigstens hatte sie vom Schreibtisch aus durch das Fenster die Straße im Blick. Eigentlich von jedem Quadratzentimeter des Raumes, der so klein war, dass er mit dem Schreibtisch, zwei alten Holzstühlen, einem Aktenschrank und dem Waffentresor in der Ecke fast überfüllt wirkte. Sie spähte die Straße hinunter. Irgendwann musste die Frau Hauptkommissarin ja auftauchen.

Julia setzte sich an ihren kleinen, mit Unterlagen übersäten Schreibtisch und überlegte, was sie tun sollte. Irgendwie fühlte es sich nicht richtig an, jetzt zu arbeiten, aber nach etwas anderem stand ihr auch nicht der Sinn. Sie wollte die schrecklichen Bilder aus dem Kopf bekommen, sich irgendwie ablenken. Sie schaltete den Computer an, wartete, bis er hochgefahren war, und öffnete dann den Internet-Browser. In die Suchmaske tippte sie »Wilderer« und »Ebersberg« ein. Ein Artikel über eine getötete Geiß aus dem letzten Jahr erschien. Da hatte so ein widerwärtiger Kerl eine Drahtschlinge ausgelegt, und das arme Tier, das sich darin verfangen hatte, war erstickt. Julia schnaubte. Anscheinend war der Übeltäter nicht gefunden worden. Julia schnaubte wieder. Lächerlich.

Das Telefon klingelte. Julias Herz setzte einen Moment aus, denn auf dem Display des Mobilteils sah sie, dass Ludwigs Nummer angezeigt wurde. Die Nummer der Villa Voss. Ein Frösteln überlief sie. Dann griff sie entschlossen zum Hörer.

»Ja, hallo?«, meldete sie sich.

»Frau Sommer? Hier ist Tanja Bogdanowa.«

Ah, natürlich. Ludwigs russische Freundin. Verlobte nach eigenen Angaben. Sie studierte BWL an der Ludwig-Maximilians-Universität in München, soweit Julia wusste. Unter der Woche wohnte sie in einer Wohnung in der Stadt, Schwabing oder Haidhausen?, aber die Wochenenden verbrachte sie in Grafenried, manchmal auch den ein oder anderen Abend. Was wollte so ein junges Ding nur von einem alten Lüstling wie Ludwig? Vor allem, wenn der immer wieder andere Frauen anmachte. Julia vermutete, dass Ludwig sehr großzügig zu seiner Freundin gewesen sein musste.

»Frau Bogdanowa, wie geht es Ihnen?«, Julia stockte. Himmel, was sagte man zu einer Frau, die gerade ihren Lebensgefährten verloren hatte? *Machen Sie sich nichts draus, Sie sind jung und hübsch und finden einen anderen?* »Mein Beileid«, fügte sie schließlich hinzu.

»Oh ja, danke.« Die Stimme klang gefasst.

»Kommen Sie zurecht? Kann ich irgendetwas für Sie tun?«

Julia hörte, wie Tanja sich leise die Nase putzte. »Nein, ich meine, ja. Ich komme zurecht. Und nein, vielen Dank für das Angebot, ich habe alle Hilfe, die ich brauche.«

Eine kurze Pause entstand, und Julia wünschte sehnlichst, sie wüsste, was sie sagen sollte.

»Frau Sommer, hier hat ein Herr angerufen.« Wieder eine Pause. »Er … er wollte mit Ludwig reden.«

»Oh.« *Wie schrecklich.* »Soll ich mit ihm sprechen?«, fragte Julia hilfsbereit.

»Ich habe im Kalender nachgesehen, er hat am Montag um 8.00 Uhr einen Termin mit Ihnen und Ludwig. Irgendwas mit Einschlagsplanung.«

»Stimmt«, bestätigte Julia leise und suchte nach ihrem Notizbuch, das irgendwo auf dem Schreibtisch liegen musste. »Das ist ein Holzkäufer, der sich einen Bestand ansehen wollte.«

»Ich habe den Termin verschoben.«

»Natürlich, kein Problem«, beeilte sich Julia zu sagen.

»Gut. Passt Ihnen 14.00 Uhr? Ich wäre gerne mit dabei.«

»Am Montag?« Julia war überrascht.

»Natürlich am Montag. Also, geht das?«

Julia blätterte im Kalender auf den Montag um. Mit einem Bleistift zog sie einen Strich vom 8.00 Uhr-Termin nach unten, malte eine Pfeilspitze, die auf 14.00 Uhr zeigte, und malte die Buchstaben MIT TANJA daneben. »Ja. Das geht«, bestätigte sie dann.

»Perfekt. Das Geschäft muss ja weiterlaufen. Sie holen mich ab. Ich muss Schluss machen. Da ist jemand an der Tür.«

Es knackte im Hörer, und das Gespräch war weg. Julia drückte nachdenklich den Knopf zum Beenden der Verbindung.

Julia grübelte noch immer über das seltsame Gespräch, als das Knirschen von Autoreifen auf dem Kies sie aufsehen ließ. Eine große dunkelblaue BMW-Limousine parkte vor dem Forsthaus. Kriminalhauptkommissarin Baumgartner stieg aus. Julia stand auf und eilte zur Haustür.

»Hallo Frau Sommer!« Die Kommissarin blieb stehen und musterte das kleine Forsthaus. Die Holzverkleidung hätte einen neuen Anstrich nötig gehabt, an manchen Stellen war die braune Schutzlasierung einem gebrechlichem Silbergrau gewichen. Baumgartners Blick richtete sich auf Julia. »Hübsches Häuschen.«

Julia glaubte, darin leise Kritik zu hören. Sie nickte trotzdem zum Gruß. Ja, es war noch viel zu tun, bis das Haus wieder ganz in Stand gesetzt war. Ihr Vorgänger als Förster hatte es vorgezogen, in einer Mietwohnung im Nachbarort zu leben. Deswegen hatte das Forsthaus lange leer gestanden, aber es war doch wieder bewohnbar. Um klappernde Fensterläden, die verwilderte Hofeinfahrt und einiges andere würde sich Julia jedoch bald kümmern müssen. Die Heizung nicht zu vergessen.

Als Martha sich zu ihnen gesellte, wurde Julia bewusst, dass sie die Kommissarin wortlos anstarrte.

Oma drängelte sich an ihr vorbei durch die Tür. »Grüß Gott, ich bin Martha Klein, Julias Großmutter. Und wer sind Sie?«

Baumgartner lachte und streckte ihr die Hand zum Gruß entgegen. »Maryam Baumgartner, Kriminalhauptkommissarin. Nett, Sie kennenzulernen, Frau Klein.«

»Sie sind die, die herausfinden will, was mit dem armen Herrn Voss passiert ist? Dann sind Sie wahrscheinlich auch schon lang auf den Beinen. Bestimmt brauchen Sie einen Kaffee.« Oma lud die Kommissarin ein, ihr ins Haus zu folgen. Julia trottete hinter ihnen her in die Küche.

»Ein Kaffee wäre wunderbar, Frau Klein, vielen Dank. Ihre Enkelin hat Ihnen bestimmt erklärt, was passiert ist.«

Martha nickte, füllte den Wasserkocher mit Leitungswasser und stellte ihn an. Julia bot der Kommissarin einen Platz auf der Eckbank an und setzte sich selbst auf einen Stuhl am anderen Ende des Tisches.

»Kannten Sie Herrn Voss?« Baumgartners leise Frage war an Martha gerichtet.

»Ja, natürlich. Ich hab ihn schon ab und zu gesehen. Im Dorf oder wenn etwas gewesen ist.«

Die Kommissarin runzelte die Stirn. »Was heißt denn, wenn etwas gewesen ist?«

»Ach, er war einmal da, weil ja am Haus einiges repariert werden muss. Und dann hat er ein paar Mal nach der Julia gefragt, wenn sie nicht da gewesen ist.«

»Und wie fanden Sie ihn?«

»Ob er nett war, meinen Sie? Ach, wie soll denn eine alte Frau wie ich das beurteilen.« Martha nahm eine Porzellankanne aus dem Oberschrank. Baumgartner beobachtete sie mit einem seltsamen Blick, holte ihr Smartphone aus der Tasche und tippte eine Notiz ein. Einige Augenblicke war es ganz still im Zimmer.

»Aber haben Sie denn schon etwas Neues herausgefunden? Bekomme ich mein Telefon zurück?« Julia fragte sich, was Baumgartner eigentlich von ihnen wollte. Oma ausfragen?

»Auf das Telefon müssen Sie noch ein bisschen warten, unsere Techniker sind dran. Allerdings«, und damit wandte sie sich Julia zu, »haben wir festgestellt, dass sich an Ihren Händen Schmauchspuren befinden, Frau Sommer.«

Julia schüttelte ungläubig den Kopf. »Das hab ich aber doch schon gesagt. Ich habe mit meiner Bockbüchsflinte geschossen. Ich weiß überhaupt nicht, warum Sie das untersuchen lassen.«

»Da zerbrechen Sie sich mal nicht meinen Kopf. Es wird ein Weilchen dauern, aber die Kollegen haben mir versichert, sie könnten genau sagen, ob die Schmauchspuren an Ihren Händen nur von Ihrer Waffe stammen oder vielleicht auch von einer anderen.«

Ein lautes Geräusch ließ sie aufschrecken. Oma hatte den Kaffeefilter fallen lassen. Julia sprang auf und hob das Plastikteil auf. Dann griff sie nach einer Filtertüte und füllte Kaffeepulver hinein. Sie sah Martha besorgt an.

»Ich mach das, Oma, setz dich hin«, sagte sie und rückte den Stuhl für Martha zurecht.

»Frau Klein, ich habe noch einige Fragen an Sie. Wann hat Ihre Enkelin heute Morgen das Haus verlassen?« Baumgartner ließ Martha nicht aus den Augen.

»Um fünf ungefähr.«

»Ach, waren Sie da auch schon wach?«

»Nein, ich bin erst um sechs aufgestanden, als alte Frau hat man ja nicht mehr so viel zu tun wie die jungen Leute.«

»Woher wissen Sie denn dann, dass Frau Sommer um die Zeit losgefahren ist?«

»Na, sie hat es mir doch gesagt.«

Baumgartner nickte bedächtig, tippte eine weitere Notiz ins Telefon und erhob sich. »Ich muss dann wieder.«

In diesem Moment war der Wasserkocher fertig. Martha stand ebenfalls auf. »Sie können jetzt doch noch nicht gehen. Sie haben noch keinen Kaffee getrunken.«

»Vielen Dank für die Einladung, Frau Klein. Aber ich muss jetzt wirklich weiter. Die Arbeit wartet.« Sie nickte Julia kurz zu und war schon aus der Tür.

Julia sprang auf und folgte ihr. »Was ist jetzt mit meinem Reh?«

Baumgartner, die schon fast an ihrem Auto war, drehte sich noch mal um. »Ach ja, das dürfen Sie abholen, wenn Sie wollen.«

Julia blieb in der Haustür stehen, bis der BMW in den Staubwolken auf dem Schotterweg nicht mehr zu sehen war.

Julia erwachte aus ihrer Erstarrung, als sich am Ende der Straße etwas bewegte. Eine Gestalt kam auf sie zu. Zu Fuß. Julia schüttelte sich, um sich ganz in die Realität zurückzuholen, und schaute genauer hin. Natürlich war es ihre Freundin Teresa, die sich, wahrscheinlich von Neugierde angetrieben, auf den Weg zum Forsthaus gemacht hatte. Sie balancierte eine etwas unförmige Tüte in einer Hand. Julia hatte sie gleich an einem der ersten Tage in Grafenried kennengelernt, als sie gerade Florian im Kindergarten abgeliefert hatte. Teresa, die ein kleines Appartement über der Schreinerei direkt gegenüber dem Kindergarten bewohnte, war gerade aus der Haustür gekommen und hatte anscheinend bemerkt, wie schwer Julia der Abschied von ihrem Sohn gefallen war. Sie hatte sie angesprochen und bei einem Becher Kaffee, den sie sich beim Bäcker geholt hatten, hatten sie festgestellt, dass sie sich auf Anhieb gut verstanden. Julia grinste. Wenigstens ein Lichtblick an diesem schrecklichen Tag. Sie empfing Teresa an der Haustür mit einer Umarmung.

»Hallo, meine Liebe. Was machst du denn hier?«

Teresa schob sie ein wenig von sich, musterte sie besorgt und zeigte dann auf ihr Mitbringsel. »Hey, Julia. Wie geht es dir? Ich habe Kuchen mitgebracht.«

Julia zog die Freundin mit in die Küche.

Marthas Miene hellte sich auf, als sie Teresa sah, und noch mehr, als diese den Kuchen auf den Tisch stellte.

»Teresa! Kind, was hast du uns denn da mitgebracht. Dann können wir jetzt ja doch den Kaffee trinken«, freute sie sich.

Ein paar Minuten später saßen die drei rund um den Holztisch. Martha schnitt den Kuchen an. Doch als sie Julia einen Teller mit einem Stück hinstellen wollte, lehnte diese ab.

»Danke, Oma, ich nehme nur einen Kaffee. Ich glaub, ich bekomme nichts runter.« Ihr Magen fühlte sich immer noch flau an. Trotzdem war es gut, mit den beiden Menschen, die sie hier in Grafenried am meisten mochte, am Tisch zu sitzen und über nichts Wichtiges zu reden. Teresa hatte natürlich wissen wollen, was am Morgen passiert war und wie es Julia ging. Auch um Marthas Gesundheit hatte sie sich Sorgen gemacht und der Großmutter das Versprechen abgenommen, sich nach dem Kaffee ein bisschen hinzulegen. Julia sah sie dankbar an. Die Geschehnisse am Vormittag hatten alles gründlich durcheinandergebracht. Es war gut, dass jemand auf die normalen Abläufe achtete und Oma daran erinnerte, sich nachmittags auszuruhen. Teresa war ihr in der kurzen Zeit in Grafenried ans Herz gewachsen. Erstaunlicherweise hatte Teresa sonst fast niemanden im Dorf. Julia fragte sich manchmal, ob das daran lag, dass sie als Mesnerin so viel Zeit in der Kirche verbrachte. Für eine ungebundene Frau Anfang dreißig konnte das doch nicht gesund sein. Sie sollte ausgehen, Discos unsicher machen oder wenigstens mal etwas anderes sehen als ein Kuhdorf ohne S-Bahn-Anschluss. Julia hatte den Duft der großen weiten Welt schon zur Genüge geschnuppert. Jetzt hatte sie Florian und Oma und legte auf Partys keinen Wert. Aber wie die Kirche, der Maibaum und die Störche auf dem Dach der alten Metzgerei schien Teresa felsenfest mit dem Dorf verbunden zu sein. Dabei sah sie mit ihren großen dunkelbraunen Augen und den dunklen Haaren gar nicht mal schlecht aus. Sie hätte unter anderen Umständen bestimmt schnell Anschluss gefunden.

Doch Teresa schien keinerlei Ambitionen auf ein Leben jenseits von Grafenried zu haben, sondern voll und ganz in ihrer Rolle hier aufzugehen. Und die Leute nahmen das dankbar an. Selbst wenn sie mit Julia im Wald unterwegs war, waren schon Leute aus dem Dorf auf Teresa zugekommen und hatten sich über den Zustand des einen oder anderen Grabes auf dem Kirchenfriedhof beschwert. Julia dachte eigentlich, dass die Angehörigen selbst für die Grabpflege zuständig sein sollten, aber in Grafenried hatte sich irgendwie eingebürgert, dass Teresa für alles zuständig war, was man ihr auftrug. Sie konnte sich beim besten Willen nicht vorstellen, mit Teresa zu tauschen. Aber von ihrer Freundin hatte sie nie ein Wort des Jammers vernommen, sie schien zufrieden zu sein, wirkte sogar dankbar, wenn sie in der Kirche oder auf dem Friedhof arbeiten konnte.

Als Julia ihren Kaffee ausgetrunken hatte, stand sie auf und klatschte in die Hände. Auch wenn der Rehbock nun sicher nicht mehr zu retten war, wollte sie endlich in den Wald und das Tier abholen.

»Soll ich dir helfen?«, bot Teresa sofort an.

Julia zögerte. Einerseits wäre sie ganz gerne allein gewesen. Andererseits konnte ihr gerade heute ein wenig Beistand wirklich nicht schaden. Sie nickte, und Teresa stieg mit ihr in den Landrover.

Fünf

Heute waren besonders viele Spaziergänger im Wald, je näher der Aussichtsturm kam, desto mehr.

Gaffer.

Erst ein bisschen die Schaulust befriedigen und dann im Biergarten vom Forsthaus Hubertus eine Maß Bier gegen den Durst trinken. Was für ein schöner Nachmittagszeitvertreib für einen heißen Samstag im Juli.

Julia wich den Leuten aus, winkte höchstens zum Gruß, wenn sie jemanden erkannte. Sie wollte keinen Small Talk führen müssen oder Fragen beantworten, auf die sie keine Antwort wusste. Sie war froh, dass Teresa mit ihr zusammen schwieg. Es war ein einträchtiges Schweigen, nicht diese peinliche Stille, die sich oft einstellte, wenn Julia in der Gegenwart von fremden Menschen nicht wusste, was sie sagen sollte.

Die kleine Lichtung, auf der sie heute Morgen den Bock erlöst hatte, lag zum Glück gut versteckt abseits von den bekannten Forstwegen und war nur wenig bekannt. Julia fuhr mit dem Landrover auf einem kaum erkennbaren Forstweg durch dichten Wald bis auf die Wiese. Mücken tanzten im gleißenden Licht auf den sommerschweren Grashalmen.

Sie stiegen aus und betrachteten den Tierkörper. Der Bauch war durch das lange Liegen in der Sommerhitze schon ziemlich aufgebläht. Julia zog Einmal-Handschuhe über und reichte Teresa ebenfalls ein Paar. Dann zückte sie resigniert das Jagdmesser. Der Bock war nur noch ein Fall für das Veterinäramt, eine Schande. Und das alles, weil sie gezwungen gewesen war, bis zum Nachmittag mit der Versorgung des Tieres zu warten. Sie machte sich an die Arbeit und bat Teresa, ein Stück entfernt zu warten. Das Fleisch hatte einen scharfen, stickigen Geruch, und sie wünschte sich eine der Masken von diesem Kriminaltechniker. Sie fuhr sich mit dem Arm über die Stirn, um den Schweiß abzuwischen. Dann ließ sie sich zurücksinken und rang nach frischer Luft. Teresa wollte näher kommen, aber Julia schüttelte den Kopf. Das konnte sie am besten alleine erledigen.

Julia warf die stinkenden Innereien ins Gebüsch und wischte das Jagdmesser im Gras sauber. Ein Fuchs würde sich um die Reste kümmern, und in ein paar Tagen wäre nichts mehr zu finden. Sie holte die große Plastikwanne aus dem Kofferraum des Landys. Jetzt musste der Kadaver da hinein und dann ins Auto.

Sie sah Teresa an und bemerkte, wie diese mit dem Würgereiz kämpfte und durch den Mund atmete. »Ist dir nicht gut?«

Teresa räusperte sich. »Doch, äh. Nein. Macht dir das gar nichts aus?« Sie deutete auf den Tierkadaver, den Julia mit einem sauberen Schnitt geöffnet und ausgeweidet hatte.

»Das? Ach nein, Teresa. Daran gewöhnt man sich.«

Sie dachte an das erste Reh, das sie zerwirken hatte müssen. Das war vor vielen Jahren zu Beginn des Pflichtpraktikums im Studium gewesen. Der Revierförster, der wohl nicht besonders glücklich darüber gewesen war, eine Frau ausbilden zu müssen, hatte sich für sie viele kleine Gemeinheiten einfallen lassen. An diesem Tag saß sie mit den Waldarbeitern gerade beim Mittagessen in einer kleinen Waldhütte, als der Förster sie abholte. Er sagte nicht, warum. Aber als sie vor dem in der kalten Winterluft noch dampfenden toten Reh standen, drückte er ihr einfach ein Messer in die Hand.

Julia nahm das Messer und befolgte konzentriert seine Anweisungen. Sie kämpfte mit sich, hütete sich aber davor, auch nur die geringste Regung zu zeigen. Sie würde sich von diesem Ekel von einem Förster nicht unterkriegen lassen. Auch an diesem Tag nicht. Also hatte Julia sich keine Blöße gegeben und keinen Fehler gemacht.

»Ist schon gut, Teresa, du musst mir nicht helfen, wenn du dich ekelst. Das ist schon in Ordnung.« Julia wollte Teresas Freundlichkeit auf gar keinen Fall ausnutzen.

Doch Teresa schüttelte heftig den Kopf. »Ich will dir aber helfen. Sag mir, was ich tun soll!«

Julia seufzte. Na gut. Sie packten den Rehbock an den Läufen, hievten ihn gemeinsam in die Plastikwanne und diese dann in den Kofferraum des Landrovers.

»Geschafft, ich danke dir. Soll ich dich wieder mit ins Dorf nehmen und nach Hause bringen?« Julia streifte ihre Handschuhe ab und griff nach der Autotür. Sie musste jetzt eigentlich zum Veterinäramt nach Ebersberg fahren und den Kadaver dort abgeben, konnte aber einen kleinen Umweg durch den Wald machen und Teresa zuerst vor ihrem winzigen Appartement abliefern.

»Ja, danke. Ich glaube, das wäre gut«, murmelte Teresa. Sie war ein bisschen grün im Gesicht und kletterte schnell auf den Beifahrersitz.

Julia setzte den Landrover langsam zurück, wendete

und fuhr in Schrittgeschwindigkeit über die Wiese bis zum Forstweg.

»Wer, glaubst du, war es?«, fragte Teresa in die Stille.

Julia warf ihr einen schnellen Blick zu, stieß geräuschvoll die Luft aus und antwortete: »Puh, keine Ahnung.« Dann konzentrierte sie sich wieder auf die ruckelige Fahrt.

Sie spürte Teresas Blick auf sich. Die schien immer noch auf eine ausführlichere Antwort zu warten.

»Nein, wirklich. Ich war es jedenfalls nicht, so viel ist sicher. Vielleicht jemand aus der Familie? Was meinst du denn?« Sie warf ihr nochmals einen schnellen Seitenblick zu. Teresas Miene wirkte unbeteiligt wie so oft. Immerhin sah sie jetzt weniger grün aus.

»Ich weiß es auch nicht«, antwortete sie dann nach ein paar stillen Sekunden. »Wie geht es dir denn? War es schlimm, die Leiche zu finden?«

Julia rutschte auf dem Autositz herum. »Es geht schon wieder.« Sie kurbelte die Fensterscheibe nach unten. »Ganz schön heiß heute, findest du nicht?« In Wahrheit stank der Kadaver aus dem Kofferraum bestialisch.

Teresa kurbelte ihr Fenster ebenfalls herunter, und Julia beugte den Kopf nach links und genoss das bisschen Fahrtwind, das sich ins Auto verirrte. Dann musste sie abbremsen, weil plötzlich zwei Spaziergänger aus dem Wald auf den Weg traten. Julia winkte freundlich aus dem Fenster, doch der Mann und die Frau auf dem Weg starrten sie nur an. Der Wagen rollte weiter, dicht an dem Pärchen vorbei.

Julia wollte gerade Gas geben, da hörte sie, wie die Frau ihrem Mann zuraunte: »Das war sie. Das war die Mörderin!«

Sechs

»Mama, ich war mit Papa beim Baden. Ich hab ganz viel geübt, und jetzt kann ich schon drei Schwimmzüge!« Florians Stimme quiekte aufgeregt aus dem Telefonhörer. Julia lächelte und sah versonnen aus dem Fenster im Büro. Die Abendsonne tauchte den Hof in ein warmes Licht.

Florian war noch ganz aufgedreht. Seine Stimme zu hören wärmte wie immer ihr Herz. Und nach einem Tag wie heute besonders.

»Das ist ja super, mein Schatz! Bald schwimmst du wie ein Delfin.«

»Ja, Mama, kann ich noch hierbleiben? Bei Papa muss ich gar nicht immer so früh ins Bett. Aber ich habe schon Zähne geputzt und den Schlafanzug angezogen! Und Papa hat im Garten auch einen Pool aufgebaut, und da kann ich immer reinspringen und weiter üben. Kann ich bleiben, Mama? Bitte!«

Julia überlegte. Eigentlich war vereinbart, dass Markus ihren Sohn am nächsten Tag nach Hause bringen sollte. Florians Besuch bei seinem Vater in Freising dauerte schon zwei Tage, und sie vermisste den Kleinen schrecklich. Andererseits, und der Gedanke wurde immer stärker, wäre es eigentlich vernünftig, wenn Florian noch bei seinem Vater bleiben könnte und von dem ganzen Trubel hier, der Polizei und dem Mord nicht so viel mitbekommen würde.

Sie konnte im Kindergarten anrufen und ihn für den Rest der Woche entschuldigen, in diesem Sommer musste er ja noch nicht zur Schule gehen, solche Freiheit musste man doch ausnutzen, bevor im September der Ernst des Lebens für ihn begann.

»Hm. Mal sehen. Gib mir mal Papa, mein Schatz«, antwortete sie zögernd. Sie hörte ein Rumpeln und wusste, dass Florian das Telefon einfach irgendwohin geknallt hatte, um Markus zu holen.

Wenig später meldete der sich offensichtlich wenig begeistert: »Ja?«

»Hey Markus. Wie geht es dir?«

»Was willst du?«

Julia seufzte. Sie hatten ihre guten Phasen, aber der heutige Abend schien nicht dazuzugehören. Nicht einmal die üblichen Höflichkeitsfloskeln kamen durch. Na ja, sie hatte Florian versprochen, wenigstens zu fragen. »Markus, hör mal. Der Kleine scheint sich bei dir ganz wohl zu fühlen.«

»Ja schön. Und?«

»Kann er nicht noch ein Weilchen bleiben?«

»Nein.«

In Julias Bauch grummelte es bei der brüsken Antwort, aber sie riss sich zusammen. Schließlich ging es um Florian.

»Markus«, sagte sie, so sanft sie konnte, »hier geht es drunter und drüber. Ludwig Voss ist ermordet worden.« Sie wartete auf eine Antwort, hörte aber nicht mehr als ein Räuspern.

»Es wäre wirklich gut, wenn er bei dir bleiben könnte, bis sich die Aufregung ein bisschen gelegt hat«, schob sie nach.

»Du klingst, als wolltest du ihn loswerden. Tut mir leid,

dass dein Chef tot ist, aber in so einem Moment hätte ich an deiner Stelle meine Familie gerne um mich. Ich verstehe nicht, warum du Florian unbedingt hierlassen willst.«

Julia zögerte. »Ich bin es, die Ludwig gefunden hat, und jetzt will dauernd die Polizei mit mir sprechen. Das ist wirklich kein Spaß, Markus! Vielleicht erschrickt Florian, sieht oder hört Sachen, für die er noch zu klein ist, und schläft dann schlecht. Das ist im Moment kein Platz für ein Kind.«

Sie hörte, wie am anderen Ende der Leitung scharf die Luft eingezogen wurde. Jetzt, da sie es ausgesprochen hatte, kam ihr die Begründung selbst fadenscheinig vor.

»Das ist ja nun wirklich kein Grund. Kann Oma nicht auf den Kleinen aufpassen, während die Polizei mit dir sprechen will? Da steckt doch noch was anderes dahinter! Hast du einen Kerl bei dir?«

»Natürlich nicht!«

»Vielleicht hat dein Lover deinen Chef ermordet, weil der dir an die Wäsche wollte?«

»Markus, red nicht so einen Unsinn!«

»Oder warst du es selbst?«

»Spinnst du?«

»Könnte doch sein, so nervös, wie du klingst!«

»Markus, quatsch' bitte nicht so einen Mist. Florian könnte dich hören. Kannst du ihn nicht doch noch ein paar Tage behalten? Es wäre besser für ihn.«

»Vergiss es. Florian geht vor, das gilt für dich genauso wie für mich. Also wirst du dich nächste Woche um ihn kümmern, so wie ausgemacht.«

»Markus, bitte!« Julia kochte innerlich.

»Ich will nichts hören. Was du machst, wenn Florian bei

mir ist, das kann ich nicht beeinflussen, aber damit ist es genug. Ich lasse mich nicht von dir ausnutzen.«

»Kein Mensch will …« Er hatte aufgelegt. Julia starrte wütend das tutende Telefon an.

Ich wusste es.

Nein eigentlich wusste ich es nicht. Meine Eltern wussten es. Sie haben mich gewarnt. Aber jung, naiv und verliebt, wie ich war, habe ich nicht auf sie gehört. Wer hört schon auf seine Eltern, wenn er jung ist? Ich dachte, er sei der Mann meines Lebens. Und warum sollte man den Richtigen nicht schon mit siebzehn kennenlernen? Als er mich damals ansah, traf sein Blick direkt in mein Herz. Es war, als hätte ich nur auf ihn gewartet, mein ganzes Leben lang. Eigentlich wollte ich gar nicht zu dieser Gartenparty meiner Eltern gehen. Ich wollte mich mit einem Buch in mein Zimmer zurückziehen und nichts von dem Trubel und dem Small Talk mitbekommen, und vor allem wollte ich von niemandem mit diesem falschen, mitleidigen Lächeln bedacht werden. Sie reden sowieso nur mit mir, um Papa zu beeindrucken. Oh, wie geht es Ihnen denn, Fräulein Kirsten? Wie schön, Sie auch einmal kennenzulernen, was macht die Höhere-Töchter-Schule? Und dann bricht die Unterhaltung schon ab. Erstens, weil sie sich nicht die Mühe gemacht haben, mehr über mich herauszufinden. Sie wissen nicht, was ich tue und was mich interessiert. Und zweitens sehen sie dann meine Hand und trauen ihren Augen nicht. Sie müssen meine Finger nachzählen, und es ist wirklich nicht zu glauben, wie lange erwachsene Menschen brauchen können, um im Kopf bis sechs zu zählen. Dann kommt dieser kleine

Kontrollblick auf die eigene Hand – ja, da sind es immer noch fünf Finger. Dann sehen sie mir doch noch einmal ins Gesicht, und man merkt, dass sie nicht wissen, was sie sagen sollen. Eine Stille herrscht zwischen uns, die immer lauter wird. Panik flackert auf in ihren Augen. Endlich verabschieden sie sich höflich, gehen zum nächsten Gast, aber ich bemerke, wie sie aus der Ferne meine Hände anstarren. Dann zählen sie die Finger an meiner Linken und Juchhe: Es sind nur fünf, sie haben sich geirrt.

Ich habe das so satt. Ich hatte es mit siebzehn satt, und ich habe es immer noch satt. Der einzige Unterschied ist, dass ich heute keine fremden Menschen mehr treffe, ich treffe fast überhaupt niemanden mehr.

Und das ist gut so.

Sonntag, 19. Juli 2015

Sonnenaufgang:	05:36 Uhr
Sonnenuntergang:	21:03 Uhr
Minimaltemperatur:	12,8°C
Maximaltemperatur:	28,2°C
Erdbodenzustand (6 UTC):	trocken
Niederschlag:	0 l/m²
Sonnenscheindauer:	14,5 h
Waldbrandgefahrenstufe:	4 (hoch)
Namenstage:	Ambrosius, Christina, Vinzenz

Sieben

Julia saß auf der Bank vor dem Forsthaus und genoss die Ruhe des Sonntagmorgens. Neben ihr begannen die Brennholzstapel in der aufkommenden Hitze des Sommertages zu ächzen. Der süße Duft von Hortensien und reifen Kirschen lag in der Luft.

Jetzt mahnte die Kirchenglocke die braven Kirchgänger, dass es Zeit für den Gottesdienst war. Viertel nach zehn.

Martha kam aus der Tür des Forsthauses, fein gemacht für den Gottesdienstbesuch mit einem sommerlichen Rock und heller Bluse. Dazu die weiße Kurzhaarfrisur sorgfältig hochtoupiert, die Lippen dezent geschminkt und, obwohl es schon ziemlich warm war, die Beine in Feinstrumpfhosen. *Eine Dame zeigt ihre Beine nicht in der Öffentlichkeit, mein Kind.* In der einen Hand hatte sie eine beige Sommerjacke, die andere hielt ihre kleine Handtasche. Julia wusste, dass der Inhalt aus einem Zwei-Euro-Stück für den Klingelbeutel, einer Packung Taschentücher und der Schachtel mit den Herztabletten bestand.

»Komm doch heute mit in die Kirche, Julia.« Martha trat zu ihr heran. »Das würde dir nach der Aufregung sicher guttun.«

Julia lächelte und schüttelte nur den Kopf.

»Ach Kind, wenn du nur mitkommen würdest. Nach diesem Tag gestern wäre es gut, wenn du ein bisschen Ruhe und Frieden beim Beten finden könntest. Dein Herz beim lieben Gott ausschütten. Du würdest dich bestimmt besser fühlen. Glaub das einer alten Frau.«

»Das ist lieb, Oma, aber wenn ich mich besser fühlen möchte, dann gehe ich in den Wald oder nehme ein heißes Bad.« Sie wechselte das Thema. »Hast du keine Sorge, dass du deine Schwestern in der Kirche triffst? Bestimmt ist die Nachricht von Ludwigs Tod schon quer durchs Dorf getrieben worden.«

Martha zuckte mit den Achseln. »Ach, weißt du, Kind, für die werde ich immer das Dirndl mit dem Bankert bleiben, ein Frauenzimmer, das sich ein lediges Kind von einem Hallodri anhängen hat lassen. Meinst du wirklich, dass ich etwas auf deren Meinung gebe? Der liebe Gott allein ist unser Richter. Und es tät bestimmt nicht schaden, wenn du auch wieder einmal bei ihm daheim vorbeischauen würdest.«

Julia winkte ab. Sie bewunderte Martha für den Großmut, mit dem sie über die herablassende Haltung ihrer Familie hinwegging, die sie und auch Julia konsequent ignorierte. Zwar wusste sie nicht, was zwischen ihnen vorgefallen war – dazu schwieg Martha wie ein Grab –, aber dass Martha in ihrer ehemaligen Heimat wie eine Fremde aufgenommen wurde, kam ihr schon sehr seltsam vor.

Martha hatte es in der Zwischenzeit aufgegeben, Julia zum Mitkommen zu bewegen. Sie hätte bestimmt gerne noch länger mit Julia über den Wert eines Gottesdienstbesuchs diskutiert, auch wenn sie die Einstellung ihrer Enkelin zur Genüge kannte, doch nun hatte sie es eilig. Julia schmunzelte. Sie sah ihrer geliebten Großmutter nach, wie sie der Dorfkirche entgegenstrebte. In eineinhalb Stunden würde sie angeregt und mit reichlich Klatsch von den anderen Kirchgängerinnen versorgt zurückkehren. Denn zum Glück gab es auch jenseits von Marthas seltsamer Familie immer jemanden, der für Klatsch und Tratsch zu haben war.

Julia war derweil froh, ihren Sonntagvormittag in aller Ruhe hier in der Sonne verbringen zu können. Eine Kirche betrat sie nur, wenn es sich nicht vermeiden ließ. Oder aus touristischer Neugier. Einmal, kurz nachdem sie im März in Grafenried angekommen war, hatte Teresa sie in der Dorfkirche herumgeführt. Für Julia war es nach all den Jahren, in denen sie in keiner Kirche mehr gewesen war, als beträte sie einen fremdartigen Raum. Das Gotteshaus war an diesem Tag von der Sonne durchflutet gewesen, die kalkweißen Wände hatten mit dem Gold an den Altären um die Wette gestrahlt. An den leuchtenden Augen der Mesnerin hatte Julia gemerkt, wie wichtig dieser Ort für Teresa war, und brav die Blumengestecke, die gewienerten Heiligen und die Sauberkeit des Marmorbodens bewundert. In der Sakristei schloss Teresa ehrfürchtig einen raumhohen Schrank auf und zeigte das prächtige Messgewand für den Priester und die schlichteren für die Messdiener.

Alles war sauber geputzt und ordentlich aufgeräumt, goldene Kelche und Schalen blank poliert. Nach der Kirchenführung verließen sie die Sakristei durch eine kleine Tür, die nach draußen führte, und Teresa wies auf die gepflegten Gräber auf dem Kirchenfriedhof und den weißen, geharkten Kies dazwischen. Die besondere Attraktion der Dorfkirche war ein Teufelstritt, eine Stelle im Rasen vor dem Kirchturm, an der kein Gras mehr wuchs. Er sei entstanden, als ein Kirchenräuber nach dem Sprung aus dem Fenster vom Blitz erschlagen wurde, erklärte Teresa. Julia musste ein Lachen unterdrücken. Eine nette Geschichte, mit der man abergläubische Touristen unterhalten konnte. Plötzlich ertönte eine krächzende Stimme: »Teresa! Wo sind die Gießkannen? Warum sind die alle leer? Und wie schaut's hier überhaupt aus?« Ein alter Mann schwenkte eine kleine Schaufel drohend über seinem Kopf, machte sich aber nicht einmal die Mühe, zu ihnen herüberzukommen.

Teresa schien peinlich berührt zu sein. »Es gibt immer etwas zu tun«, sagte sie entschuldigend zu Julia. Dann war sie zu dem Friedhofsbesucher geeilt, um ihm seine Gießkanne voll Wasser zu bringen. Julia schüttelte beim Gedanken daran den Kopf. Sie lehnte sich zurück und genoss die Sonnenstrahlen auf ihrem Gesicht.

Als Julia das nahende Auto hörte, öffnete sie die Augen und blinzelte gegen die Sonne an. Frau Hauptkommissarin Baumgartner und ihr Kollege Winkler stiegen aus ihrem BMW und kamen auf Julia zu. Baumgartner winkte mit Julias Smartphone in der Hand.

Julia blieb sitzen und schaute zu den beiden hoch.

»Guten Morgen, Frau Sommer. Ich bringe Ihnen, wie versprochen, Ihr Telefon zurück.« Baumgartners Körper warf einen Schatten auf Julia.

Julia versuchte, unbeteiligt auszusehen. Ihr gestriger Ärger über die Kommissarin war noch nicht verflogen. »Guten Morgen auch. Vielen Dank.« Sie streckte die Hand aus, und die Polizistin reichte ihr das Telefon.

Winkler war zwei Meter entfernt stehen geblieben und sah in seinem breit-karierten Hemd wie ein großer Schuljunge aus. Fehlten nur noch kurze Hosen – wobei die bei dem Wetter mit Sicherheit angenehm gewesen wären.

Baumgartner grinste und setzte sich, ohne um Erlaubnis zu bitten, neben Julia auf die Bank. Sie zog ein Päckchen Zigaretten hervor, schüttelte eine heraus und zündete sie sich an. Auch ohne zu fragen. Julia rückte ein bisschen von ihr weg.

»Wir haben noch ein paar offene Fragen, bei deren Beantwortung Sie uns helfen könnten, Frau Sommer«, fing Baumgartner an. »Auf Ihrer Kleidung haben wir das Blut des Opfers gefunden, das hat die Laboruntersuchung ergeben.«

»Das kann ich erklären. Ich habe mich über Ludwig gebeugt, um ihm zu helfen.«

»Hm, ja«, machte Baumgartner und stieß eine Rauchwolke aus. »Könnten Sie uns das vormachen?«

Julia starrte sie ungläubig an. »Wie, vormachen? Ich habe mich runtergebeugt und seinen Kopf gedreht, um nachzuschauen, ob er noch lebt.«

»Aber an seinem Kopf war doch gar kein Blut«, stellte Baumgartner fest.

»Nein, das Blut war an seinem Rücken. Da waren zwei Einschusslöcher und irgendwie habe ich ihn da angefasst. Ich hatte wohl gedacht, ich müsste ihn bewegen. Oder spüren, dass sich sein Brustkorb hebt und senkt.« Sie lehnte sich zurück und vor ihren Augen erschien wieder das Bild von der Leiche. Ihr wurde auf einmal ganz kalt, und sie verzog das Gesicht.

Baumgartner schien ihre Gedanken zu lesen. »Es tut mir leid, Sie schon wieder diesen Bildern auszusetzen. Ich weiß, wie schwer das für Sie sein muss. Aber manchmal erinnern sich Zeugen am nächsten Tag an Details, die sie vorher ausgeblendet haben. Deswegen ist es wichtig, die Situation immer wieder durchzugehen. Berichten Sie uns doch noch einmal alles ganz genau.«

Julia stöhnte. »Das habe ich Ihnen doch alles schon erzählt. Glauben Sie mir denn nicht, was ich Ihnen sage? Ich habe die Schüsse gehört.«

»Wie viele Schüsse waren das genau?«

»Immer noch zwei.«

»Frau Sommer, ich verstehe, dass Sie sehr angespannt sind. Aber wir brauchen Ihre Hilfe dabei, den Mörder von Ludwig Voss zu finden. Sie sind unsere wichtigste Zeugin. Ich bitte Sie, denken Sie noch einmal genau nach. Was haben Sie getan, nachdem Sie die Schüsse gehört hatten?«

»Ich bin in die Richtung gegangen, aus der die Schüsse gekommen waren. Ich habe ja gedacht, es sei dieser Wilderer gewesen. Ich habe gehofft, ihn endlich auf frischer Tat zu erwischen. Dann bin ich an den Aussichtsturm gekommen und habe Ludwigs Auto gesehen. Und gleich darauf seinen Körper, der am Boden lag. Ich bin hingerannt und hab mich neben ihn gekniet. Er lag auf dem Bauch. Dann habe ich das Blut gesehen. Die Schusswunde am Rücken.« Sie verstummte und rieb sich die Arme. Sie war wieder am Aussichtsturm. Der Wind rauschte in den Blättern der Buchen, Vögel zwitscherten. Sie beugte sich über Ludwig, zitterte dabei. Zweige brachen.

Baumgartners Stimme holte sie in die Gegenwart zurück. »Ist Ihnen irgendetwas aufgefallen?«

Julia sah sie an, ohne sie wirklich zu erkennen. Sie war nicht allein gewesen. Mit einem Mal war sie sich sicher, dass da noch jemand gewesen war. Die Art, wie die Zweige gebrochen waren – das war kein Tier gewesen.

»Frau Sommer? Können Sie sich an etwas erinnern?«

Julia wandte sich ab. »Nein, was soll mir denn aufgefallen sein?«

»Ein fremdes Auto, ein Spaziergänger, etwas Ungewöhnliches.«

»Sie meinen etwas Ungewöhnlicheres als die Tatsache, dass mein Chef tot im Farn lag?« Julia starrte die Kommissarin an. Warum machte die nicht einfach ihren Job, anstatt sie mit sinnlosen Fragen zu löchern?

»Eine Waffe zum Beispiel?« Baumgartners Stimme war ganz leise. Sie ließ die Zigarette auf den Boden fallen und trat sie aus.

»Nein, außer meiner eigenen war da keine Waffe.«

»Warum hatten Sie Ihre Waffe dabei? Welche war das?« Immer noch leise, fast unbeteiligt.

»Ich hatte gerade einen Rehbock geschossen. Als ich die Schüsse gehört hatte, wollte ich nicht erst nach Hause fahren und die Bockbüchsflinte ordnungsgemäß in den Tresor einschließen. Hätte ja sein können, dass der Wilderer dann auch schon wieder zu Hause gewesen wäre, oder?« Julia konnte einen gereizten Ton in ihrer Stimme nicht mehr unterdrücken.

Unbeeindruckt und mit engelsgleicher Geduld fragte Baumgartner weiter: »Was haben Sie dann gemacht?«

»Ich wollte Hilfe holen. Ich bin zum Auto gerannt. Erst zu Ludwigs Auto. Ich habe im Kofferraum und vorne gesucht, aber kein Telefon gefunden. Ich wollte auf keinen Fall Ludwig noch mal anfassen und ihn durchsuchen. Deswegen bin ich weitergerannt bis zu meinem Auto, das einige hundert Meter entfernt stand. Mein Handy war darin, aber der Akku war leer. Daher bin ich nach Hause gefahren«, erklärte Julia.

»Und haben uns sofort angerufen.«

»Genau.«

»Ich würde auch gerne noch einmal mit Ihrer Großmutter sprechen«, sagte Baumgartner. »Könnten Sie sie holen?«

»Nein.« Julia schaute angestrengt die leere Teetasse in ihrer Hand an. Sie zählte im Stillen bis fünf. Dann ergänzte sie: »Sie ist nicht zu Hause. Sie ist in die Kirche gegangen. Sonntagvormittagsgottesdienst.«

Baumgartner zeigte kurz die Zähne. »Dann eben später. Wie war Ludwig Voss eigentlich so?«

Mittlerweile fühlte sich die Holzbank hart unter Julias Hintern an. Sie rutschte ein bisschen nach vorne, verschränkte die Arme, streckte die Beine aus, und hoffte, dass sie dabei lässig aussah. Sie musterte Kommissar Winkler, der vor ihnen stand und von einem Fuß auf den anderen trat.

»Er war mein Chef, aber ich kannte ihn eigentlich nicht besonders gut. Abgesehen von beruflichen Dingen habe ich ihn kaum gesprochen. Außerdem …«, sie zögerte.

»Ja?«

»Na ja, ehrlich gesagt, war er kein besonders netter Mensch.« Sie spürte Baumgartners forschenden Blick auf sich und schwieg.

»Wie meinen Sie das? Können Sie mir ein Beispiel geben?«

»Ach, ich weiß nicht. Er ist zum Beispiel gern auf Großwildjagd gegangen. Seltene Tiere und so weiter.« Sie sah Baumgartner hilflos an. Eigentlich wollte sie nicht über Ludwig sprechen. Jetzt, wo er tot war. Nichts Schlechtes über die Toten und so.

»Hm. Gut.« Baumgartner sah stirnrunzelnd zu Winkler

hinüber. »Worüber haben Sie denn beruflich miteinander gesprochen?«

»Ich bin ja noch nicht so lange in Grafenried. Da gab es schon einiges zu besprechen, er musste mir ja seine Vorstellungen darüber mitteilen, wie ich seinen Wald bewirtschaften soll. Also haben wir darüber geredet, welches Holz geschlagen werden, wo und was neu gepflanzt werden sollte. Ich habe Vorschläge gemacht, er hat sich dazu geäußert.«

»Seine Verlobte ist doch in Ihrem Alter, haben sich denn da keine gemeinsamen Gesprächsthemen ergeben?«

»Oh, vielen Dank.« Julia musste fast lachen. »Tanja ist bestimmt zehn Jahre jünger als ich. Ich war froh, dass er sein privates Interesse hauptsächlich auf seine Verlobte beschränkt hat. Mein Interesse gilt meiner Arbeit.«

»Sein Interesse an seiner Verlobten. Interessant. Worüber haben Sie denn beruflich noch gesprochen, über die Jagd vielleicht?«

»Ja, er wollte, dass ich auch jage, obwohl er selbst passionierter Jäger war.«

»Warum wollte er das?«

»Ich habe ihn das nicht gefragt. Ich nehme aber an, er wollte sich nicht allein um den geforderten Abschuss kümmern. Sonst hätte er einen Berufsjäger einstellen müssen, oder selbst sehr oft ansitzen. Zu den Aufgaben eines Försters gehört die Jagd aber dazu. Außerdem erledige ich auch den Papierkram, führe die Liste, in der die Abschüsse eingetragen werden müssen, stelle die Jagdgenehmigungen für Gäste aus und so weiter.«

»Hat er Ihnen gesagt, wenn er zur Jagd wollte?«

»Normalerweise schon.«

»Und gestern?«

»Gestern hat er nichts gesagt.«

»Warum hat er Ihnen gestern nichts gesagt?«

Julia dachte an den Streit vom Vortag, zog die Beine an, setzte die Füße vor sich auf der Bank ab und schlang die Arme um die Knie. Ihr Magen grummelte.

»Ich weiß es nicht. Vielleicht war es einfach so eine kurz entschlossene Sache. Oder er hat es vergessen.«

»Wusste er, dass Sie im Wald sein würden?«

»Nein. Wir haben gar nicht über den Samstag gesprochen.« Julia zögerte. »Eigentlich muss er es gehört haben. Ich habe ja zuerst geschossen. Was ist dann nur passiert?«

»Das, Frau Sommer, fragen wir uns auch.«

Acht

Ein kleines Rinnsal aus Blut lief über Julias Arm.

Selbst tief im Wald war es heute Mittag fast unerträglich heiß. Deswegen hatte sie keine Jacke mitgenommen, die sie vor den widerspenstigen dürren Zweigen in diesem Fichtenbestand hätte schützen können. Sie rieb sich mit ihrer Hand über die Stelle am Arm, reckte den Kopf hoch und trat einen Schritt zurück. Dann noch einen. Registrierte das leise Knacken, als sie dabei einige Zweige abbrach.

Dieser Baum konnte vielleicht ein Kandidat sein, aus dem konnte eine gute Fichte werden. Julia versuchte abzuschätzen, wie kräftig die Krone schon entwickelt war. Ja, nicht schlecht, aber was war mit dem Baum daneben? Sie machte einen vorsichtigen Schritt nach links und sah wieder nach oben. Der behinderte den Kandidaten. Sie zückte die Spraydose und verpasste dem Störer einen orangefarbenen Punkt. Weg mit den Störern. Wenn sie Glück hatte, fand sich jemand, der sie für den Brennholzpreis heraussägte.

Nur was, wenn sie selbst als störend empfunden wurde? Von ihrem zukünftigen Chef zum Beispiel. Wer immer das sein würde. Oder ihrer Chefin? Julia hatte keine Ahnung, ob Tanja etwas erben würde. Geschäftstüchtig war sie ja. Aber würde man so viel Besitz seiner Geliebten hinterlassen? Oder auch Verlobten? Wollte man nicht, dass das Land in der Familie blieb? Soweit sie wusste, hatte Ludwig einen

Sohn, auch wenn sie ihn noch nie getroffen hatte. In den vier Monaten, die Julia jetzt in Grafenried arbeitete, hatte er seinem Vater keinen einzigen Besuch abgestattet, soweit sie wusste. Das konnte alles heißen. Und nichts.

Julia seufzte. Wer wusste, ob Ludwigs Sohn überhaupt eine Försterin beschäftigen wollte, wenn er der Erbe war. Vielleicht wollte er sich selbst um die Bewirtschaftung des Waldes kümmern. Vielleicht war er gerade dabei, Forstwirtschaft zu studieren. Oder BWL. Oder was auch immer. Er hätte genug Arbeit und mehr Geld, wenn er sich selbst um alles kümmerte. Was würde dann aus ihr werden? Aus Florian und Oma? Wo sollten sie dann hin?

Ein Ast knackte. Julia fuhr herum.

War da jemand? Sie scannte die Fichtenstangen um sich herum. Nein. Niemand war zu sehen. Nur das Braun und Grün der Nadelbäume. Sie gab sich einen Ruck – schließlich konnte nicht hinter jedem Baum ein Mörder stehen –, und wählte den nächsten Kandidaten aus. Eine Fichte, aus der ein mächtiger Baum werden konnte. Wieder prüfte sie die umgebenden Stämme. Suchte nach den störenden Nachbarn. Markierte sie mit der Sprühfarbe. Sortierte sie aus.

Der Bestand musste ungefähr dreißig Jahre alt sein. Wahrscheinlich hatte ihr Vater ihn gepflanzt. Seine Hände hatten mit einer Hacke kleine Löcher in den Boden gehauen, die dünnen Pflänzchen zwischen die Erdkrumen geschoben und die Erde wieder festgetreten. Dann, in einer Schrittlänge Entfernung, hatte er das nächste Pflanzloch ausgehoben. Eigentlich sollte er hier sein und das Ergebnis seiner Arbeit sehen. Sie wünschte sich so sehr, dass er hier mit ihr stehen, ihr bei der Arbeit über die Schulter sehen könnte.

Julia fuhr sich mit dem Handrücken über das Gesicht und blinzelte mehrmals. Ihr Vater war der Grund, dass sie hier war. Wie hätte er an ihrer Stelle reagiert? Hätte er sich von den Umständen, wie widrig sie auch sein mochten, abhalten lassen, seiner Berufung nachzugehen? Hätte er die Flucht ergriffen, wenn er eine Leiche gefunden hätte? Wenn jemand ihn zu Unrecht verdächtigt hätte? Nein. Ihr Vater wäre sich selbst immer treu geblieben, dessen war sie sich sicher.

Sie wollte an dem weiterarbeiten, was er begonnen hatte. Sie würde dieses Erbe antreten und sich nicht vertreiben lassen. Durch nichts und niemanden.

Sie sprühte einen Punkt auf eine schmächtige Fichte. Brennholz. Dann einen weiteren auf den nächsten dünnen Stamm. Das war der Lauf des Lebens: Die Starken blieben stehen. Schwache mussten weichen.

Nun, schwach war Julia jedenfalls nicht, und gewichen war sie bisher auch nicht. Auch wenn sie schon intensiver darüber nachdenken hatte müssen, als ihr lieb war. Sie dachte an ihr Treffen mit Ludwig vor zwei Tagen.

Sie hatte ihn in seinem Büro aufgesucht, um ihm ihre Idee zur Aufforstung einer Windwurffläche am östlichen Waldrand vorzustellen. Buchen sollten es sein, am Rand der Fläche mit Feldahorn und Wildkirschen durchsetzt. Damit die Spaziergänger deren Anblick genießen konnten.

Julia stand über eine große Karte gebeugt, die auf dem Schreibtisch lag, und markierte mit einem Bleistift den Bereich im Wald, über den sie sprechen wollte. Ludwig war unbemerkt in sein Büro gekommen und stand plötzlich hinter ihr. Dicht hinter ihr. Links und rechts umschlossen sie seine Arme, sein schwerer Moschusduft in ihrem Nacken nahm ihr fast den Atem. Sein Körper presste sich an sie. Seine Hände umfingen ihren Busen und zogen sie an ihn, ein Arm umschloss sie in einem eisernen Griff, dann fuhr er ihr mit einer Hand über den Bauch in Richtung Hose. Julias Herz raste, gleichzeitig wurde ihr übel. Vor Schreck und Unglauben war sie erst ganz starr. Das konnte nicht Realität sein.

Mit einer energischen Bewegung befreite sie sich und wich einen Schritt zur Seite. »Lassen Sie das!«, fuhr sie ihn an, überrascht und entsetzt zugleich. Ihre Gedanken flogen, ihre Augen scannten den Raum nach Fluchtmöglichkeiten. Sollte sie schreien? Niemand würde sie hören. Tanja war in München.

Ludwig lachte leise in sich hinein, als gefiele ihm, dass sie sich wehrte. Er fixierte ihren Blick, schien in sie hineinzusehen, sie hypnotisieren zu wollen. Sie widerstand dem Drang wegzusehen und starrte wütend zurück.

Dann machte er eine Bewegung, als wolle er einen neuen Versuch wagen, doch plötzlich schwang die Tür auf und Pfarrer Neumann stand im Raum.

»Ludwig!«, hatte er nur gesagt und ihn warnend angesehen.

»Tun Sie das nie wieder oder Sie werden es bereuen!«, hatte Julia zitternd vor Wut gezischt. Sie hatte die Karte gepackt und war zur Tür hinausgerauscht, so schnell sie konnte.

Sie hatte nicht einschätzen können, ob ihre Drohung irgendeinen Eindruck hinterlassen hatte. Also hatte sie schweren Herzens gleich darauf im Internet nach einer anderen Arbeitsstelle gesucht. Denn sie war sich alles andere als sicher gewesen, ob sie Ludwigs Attacken auf Dauer gewachsen sein würde. Was, wenn Pfarrer Neumann nicht gekommen wäre? Wie weit wäre Ludwig wirklich gegangen? Hätte sie ihrem Spiegelbild noch in die Augen blicken können? Die Erinnerung ließ sie schneller atmen, und Julia schlug mit der Faust auf die Fichte vor ihr. Die raue Rinde zerkratzte ihr die Hand. Tränenblind markierte sie den nächsten Baum mit einem Sprühpunkt.

Jemand entfernte sich leise und brach dabei wieder einen Ast ab, aber Julia bemerkte es nicht.

Neun

Am frühen Nachmittag saß Julia in T-Shirt und kurzen Jeans schon wieder auf ihrer Lieblingsbank vor dem Haus und versuchte, sich auf einen Testbericht über eine neue App zur Erfassung von Holzvolumen im Holz-Zentralblatt zu konzentrieren. Den Akku ihres Mobiltelefons hatte sie endlich aufgeladen, und nun überlegte sie, ob sie die App installieren sollte. Aber ihre Gedanken schweiften immer wieder ab.

Das erlösende Knirschen von Reifen auf dem ungeteerten Forsthausweg enthob sie einer Entscheidung. Der Anblick von Markus' weißem Volvo ließ sie aufspringen und ans Gartentor eilen. Endlich!

Die Beifahrertür des SUVs wurde aufgestoßen, Florian stürmte heraus und flog in Julias Arme. Er drückte sie kurz, ließ sich einen Kuss geben, dann schob er sie aufgeregt von sich und hielt eine riesige bunte Plastikwaffe vor Julias Gesicht. »Mama, Mama, schau. Ist die nicht cool? Die kann total weit Wasser spritzen. Anke hat mir die geschenkt.«

Julia strich ihrem Sohn liebevoll über das verschwitzte blonde Haar. »Die ist echt cool«, bestätigte sie. »Wer ist denn Anke?«

Florian riss sich los und war schon auf dem Weg hinter das Haus, wo er die Wasserpistole auffüllen konnte. »Papas

Freundin. Ich brauch Wasser, dann zeig ich dir, wie weit die schießt!«

Papas Freundin?

Mit hochgezogenen Augenbrauen schaute sie Markus an, der Florians Übernachtungstasche aus dem Auto lud.

Papas Freundin?

Sie stemmte die Hände in die Hüften.

Er trat auf sie zu, stellte das Gepäck vor ihren Füßen ab und verschränkte zum Gruß die Arme. Julia musterte ihn wütend. Die blonden Haare hingen ihm jungenhaft in die Stirn, langsam zeichneten sich die ersten Lachfältchen um seine blauen Augen herum ab.

Was hatte sie nur jemals an diesem Sascha-Hehn-Typ gefunden? Als sie ihn in Freising kennengelernt hatte, hatte sie noch studiert. Schon damals war er eigentlich gar nicht ihr Typ gewesen. Zu gut aussehend und zu oberflächlich. Er hatte Landschaftsarchitektur studiert, ein Fach, das ihr damals ebenso wenig sagte wie heute. Es kam ihr abgehoben vor im Vergleich zu den bodenständigen Forstwissenschaften. Generell machte sich Julia wenig Gedanken über Studienfächer und -konzepte, ging selten aus und hatte wenig Kontakt zu anderen Studenten. Sie war voll und ganz auf ihr Studium konzentriert, traf sich nur hin und wieder mit einer Handvoll Kommilitonen aus ihrem Semester und einigen Doktoranden von der Uni. Da Oma sie nicht unterstützen konnte, musste Julia nebenbei arbeiten, um genügend Geld für ihren Lebensunterhalt zu verdienen. Alles in allem war Julia eine sehr ernsthafte Studentin gewesen, mit wenig Sinn für Zwischenmenschliches.

Markus' Weg hingegen war von Anfang an vorgezeichnet, er sollte das erfolgreiche Planungsbüro von seinem

Vater übernehmen. Deswegen kam es ihm auch nicht auf gute Noten an, und die Zeit, die Julia mit Lernen verbrachte oder während der sie arbeiten musste, verwendete er auf Partys. Seine Feste waren auf dem Campus berühmt und berüchtigt, Einladungen äußerst begehrt.

Er hätte jede haben können (und Julia war sich sicher, dass er das eine Zeitlang weidlich ausgenutzt hatte), aber ausgerechnet Julias spröde Art schien ihn unwiderstehlich anzuziehen. Regelmäßig lud er sie zu seinen Partys ein, auch wenn sie nie hinging. Doch er ließ nicht locker, lauerte ihr immer wieder auf, und eines Abends, nach einem von Brauerei-Studenten organisierten Freibierfest, war es so weit gewesen.

Julia hatte sich eigentlich gegen ihren Willen von einer Kommilitonin zum Mitkommen überreden lassen, Menschenansammlungen wie diese lagen ihr einfach nicht. Wie erwartet fühlte sie sich nach kurzer Zeit unwohl und schlich sich, obwohl das Fest noch in vollem Gange war, heimlich nach draußen. Sie war noch nicht ganz um die Ecke des Mensagebäudes gebogen, als Markus sie einholte. Er ging einfach neben ihr her und fing an zu plaudern, als sei es die selbstverständlichste Sache der Welt. Auf diese Art begleitete er sie bis in die Altstadt, wo sie ein kleines Zimmer in einer WG bewohnte. An der Haustür machte er keine Anstalten, sie alleine zu lassen, mit hinaufnehmen wollte sie ihn aber auch nicht. Also rannte Julia die Treppen bis zu ihrer Wohnung hinauf, stibitzte ihrer Mitbewohnerin eine Flasche Wein aus dem Kühlschrank, und am Ende saßen sie zu zweit mit der Flasche Wein auf einer der Brücken über der Stadtmoosach und redeten. Der Abend war lau. Markus erzählte von sich, von seinen Wünschen und Träumen, die sich eigentlich sehr von denen seines Vaters unterschieden. Er öffnete sich ihr, wie er es wohl nie zuvor bei jemandem getan hatte. Julia wagte im Gegenzug, ihm zu erklären, warum sie Försterin werden musste. Was mit ihren Eltern geschehen war. Sie sah an diesem Abend zum ersten Mal den Menschen hinter dem Sonnyboy. Der verletzlich war wie sie selbst, der ständig damit beschäftigt war, dem Bild, das andere von ihm hatten, zu entsprechen, und der tief drinnen sensibel war und die Natur liebte. Sie merkte, dass sie ihn mochte und ihm vertraute.

Und trotz aller spöttischen Blicke, aller abfälligen Bemerkungen seiner Ehemaligen und entgegen aller Erwartungen erwies sich die Verbindung dieser zwei Gegensätze stabiler als gedacht. Es war, als hätte sie diese Nacht, in der sie einander ihre innersten Geheimnisse anvertraut hatten, zusammengeschweißt. Sie bildeten eine Einheit, die lange nichts trennen konnte.

Nichts außer dem Alltag und der Zeit.

Geahnt hatte Julia es schon länger, aber kurz nach Florians zweitem Geburtstag hatte sie den Beweis bekommen. Sie hatte Markus mit einer seiner Praktikantinnen erwischt, und noch viel schwerer als die Enttäuschung über seine Untreue hatte die Erkenntnis gewogen, dass er wohl einfach keine Wahl hatte, als den Versuchungen um ihn herum nachzugeben. Er hatte seine Freiheit gebraucht.

Und sie die ihre.

Umso erstaunter war sie jetzt.

»Papas Freundin?«, fragte sie.

Markus grinste. »Natürlich Papas Freundin. Was hast du denn erwartet? Dass ich in ewiger Trauer ins Kloster gehe, nur weil du mich nicht mehr haben wolltest?« Er grinste über das ganze Gesicht.

Machte er sich über sie lustig?

»Nein, aber du hättest ja mal einen Ton sagen können.« Julia fühlte, wie ihr Hals heiß wurde.

»Ach«, Markus grinste noch breiter, »geht dich das etwa was an?«

»Vielleicht nicht«, musste Julia zugeben, »aber als Mutter hätte ich Florian gern selbst darauf vorbereitet, die neue Freundin seines Vaters kennenzulernen. Das wäre verantwortungsvoll gewesen.«

»Mensch Julia, jetzt stell dich doch nicht so an! Dir muss doch klar sein, dass ich nicht für immer Single bleiben werde. Wenn du alleine glücklicher bist, dann ist das deine Sache. Meine Anke ist echt ein liebes Mädel, sie ist Erzieherin in einem Kindergarten in Freising und kann super mit Kindern umgehen. Sie hat ihm gestern vor dem Einschlafen was vorgelesen und heute Morgen sein Nutella-Brot geschmiert.«

»Sie hat bei dir übernachtet, als Florian da war? Wir hatten doch mal ausgemacht, dass du deine Flittchen von Florian fernhältst!« Julia schnaubte.

»Anke ist kein Flittchen, sie wohnt bei mir!«

»Was?« Julia schnappte nach Luft. »Und wieso erfahre ich das nicht? Du kannst das Kind doch nicht so überrumpeln! Mich auch nicht, ich bin seine Mutter, ich muss wissen, wo er hingeht und bei wem er ist!« Sie schrie fast. Wenigstens war mittlerweile das dämliche Grinsen aus Markus' Gesicht gewichen.

»Und ich bin sein Vater! Ich kann sehr gut auf ihn aufpassen. Besser als du allemal!«

»Was willst du damit sagen?«

»Was für eine Mutter arbeitet denn Vollzeit, wenn sie ein Kind zu Hause hat? Eine Mutter gehört zu ihrem Kind nach Hause. Das gilt auch für dich.«

»Er geht in den Kindergarten, bald in die Schule, Oma ist da und zur Not nehme ich ihn mit in den Wald. Das klappt wunderbar, und das weißt du auch!«

»Du kannst ihm trotzdem keine richtige Familie bieten. Dazu gehört ein Vater, merk dir das. Ein männliches Vorbild. Dauert übrigens nicht mehr lange, bis ich Anke heirate. Wir fliegen heute Abend für ein paar Tage nach Paris. Vielleicht frage ich sie in einem schönen kleinen Café am Montmartre, ob sie mich heiraten will. Vielleicht bekommt Florian dann bald ein Geschwisterchen. Und spätestens dann solltest du dir mal die Frage stellen, ob meine richtige Familie für Florian nicht besser wäre als euer komischer Weiberhaushalt hier!«

Damit ließ Markus sie stehen, stieg in seinen Wagen, knallte die Autotür zu und brauste davon. Sprach- und fassungslos sah Julia dem Auto nach, bis sich die aufgewirbelten Staubwolken wieder gelegt hatten.

Er hatte überhaupt kein Problem mit der Tatsache, dass ein Gendefekt mir einen sechsten Finger an der rechten Hand beschert hatte. Er hat ihn auch nicht ignoriert, wie die meisten, denen es irgendwie peinlich ist. Kirsten, meine Elfe, hat er mich genannt, meine rechte Hand genommen und einen Kuss auf meine Finger gehaucht. Einen auf jeden Finger. Er war so anders, so erfrischend, so charmant.

Er kann so sein, wenn er will.

Ich ging mit ihm, ich war der Meinung, das wäre mein Schicksal. Meine Rettung. Er befreite mich aus meinem goldenen Gefängnis und streifte mir einen goldenen Ring über. Natürlich haben meine Eltern protestiert, aber ich bat und bekniete sie, und schließlich gaben sie mir die Erlaubnis, ihn zu heiraten. In der ersten Zeit war er nur für mich da und ich für ihn. Wir verließen die Villa kaum, wir verließen sogar das Schlafzimmer kaum. Manche seiner Wünsche waren ungewöhnlich, beängstigend, aber in meiner Verliebtheit hätte ich alles für ihn getan. Wir kosteten uns aus, gingen über Grenzen, von denen ich in meiner Unerfahrenheit gar nichts wusste. Ich war ihm zu Diensten, war stolz darauf, dass er mich als sein Eigentum bezeichnete. Wir bekamen keinen Besuch und gingen nie aus, so dass niemand die Spuren an meinem Körper bemerken konnte. Nach wenigen Wochen wurde ich schwanger und es ging mir so gut dabei, dass sich kaum etwas an unserem Leben änderte.

Dann wurdest du geboren, mein Schatz. Du warst mein größtes Glück. Mein Wunschtraum.

Ich dachte, es würde alles besser. Wir waren jetzt eine richtige Familie. Du warst der Stammhalter für den Gutsbesitzer. Ich dachte, sein größter Wunsch sei in Erfüllung gegangen, doch ich täuschte mich. Sein Verhalten änderte sich, wurde ernster. Die Verspieltheit und Verliebtheit fehlten

Er registrierte die Geburt, aber er nahm dich nie in den Arm, mein Sohn. Er verlor das Interesse an mir. Und als du anfingst zu schreien, erst nachts, immer wieder einmal, dann über Stunden und schließlich auch am Tag, eigentlich fast immer, als das geschah, da wurde er wütend. Als er mich zum ersten Mal deswegen schlug, konnte ich dich gerade noch aus seiner Reichweite bringen. Wir zogen in eine Kammer auf dem Dachboden. Da, wo er uns nicht hören musste, waren wir meist in Sicherheit. In der Einsamkeit unserer Dachkammer habe ich dich gewiegt und geschaukelt. Immer wieder habe ich die Finger an deinen Händen nachgezählt. Es waren alle da und keiner zu viel. Und ich wusste, es lag daran, dass du perfekt warst.

In den Momenten, in denen du nicht geschrien hast, war es mehr als perfekt. Er hat uns fast vergessen in dieser Zeit.

Er war mit dem Geld beschäftigt.

Zehn

Julia stand vor der historischen Villa Voss. Das stolze Gebäude, das nicht so recht in ein Dorf wie Grafenried passen wollte, strahlte die Hitze des Nachmittags ab. Sie war zu Fuß gegangen, Schritt für Schritt geschlendert, langsam und gemächlich. Sie hatte den Widerstand in ihrem Inneren gespürt und dagegen ankämpfen müssen. Nichtsdestotrotz war sie jetzt angekommen. Sie warf einen Blick auf die Uhr ihres Smartphones. 16.00 Uhr.

Der dunkelblaue BMW der Kommissarin stand vor der Tür, was nicht verwunderlich war, denn Baumgartner hatte Julia vor einer halben Stunde angerufen und herbestellt.

Irgendwas mit Ludwigs Waffen.

Julia gab sich einen Ruck. Es half ja nichts. Je schneller sie es hinter sich brachte, desto schneller konnte sie wieder zu Hause sein und mit Florian spielen, bis sie heute Abend zum Waldrandfest gehen würden. Und wenn sie dreimal keine Lust auf die Leute da drin hatte. Sie stöhnte, erklomm die drei Stufen zu der mächtigen grünen Eingangstüre und drückte den Klingelknopf.

Gleich darauf öffnete Tanja die Tür. Sie nickte Julia zu, ohne besondere Energie für ein Lächeln oder einen Gruß zu verschwenden, drehte sich um und verschwand wieder im Haus. Julia folgte ihr in den Salon.

Kriminalhauptkommissarin Baumgartner stand in napoleonischer Pose vor dem Kamin, während Kommissar Winkler ganz vorne auf der Kante eines viktorianischen Sofas saß und versuchte seine langen Beine in der Spalte zwischen Sofa und Couchtisch unterzubringen. Zierliche Teetassen mit Blümchenmuster standen vor ihm auf einem eleganten Kirschholztischchen und verbreiteten, was Tanja wahrscheinlich für Stil hielt.

Tanja nahm auf einem eleganten Sesselchen Platz und schloss einen Moment die Augen, eine Hand, an der ein Ring mit einem riesigen Diamant funkelte, an die Stirn gelegt. Sie sah umwerfend aus.

Julia überlegte, ob sie geweint hatte. Vielleicht hatte sie ein paar Tränchen zerdrückt, mit einem schneeweißen Seidentaschentuch unter den Augen, damit die Wimperntusche nicht verlief. Aber die Vorstellung einer tiefunglücklichen Frau, deren Gesicht rot verquollen vom vielen Heulen war, passte nicht zur perfekten Tanja. Sie hatte die flammend rote Haarpracht züchtig im Nacken hochgesteckt, so dass ihr Porzellanhals gut zur Geltung kam. Die blauen Augen waren stark geschminkt, auf Rouge und Lippenstift schien sie aber verzichtet zu haben. Ihr Gesicht strahlte in vornehmer Blässe. Vielleicht ein Zugeständnis an den Trauerfall, das die Wirkung bestimmt nicht schmälerte. Winkler jedenfalls schien die Augen nicht von ihr lassen zu können.

Da niemand Julia zum Hinsetzen aufforderte, blieb sie stehen. Sie stellte sich neben die doppelflügelige Terrassentür, die einen Spalt offen stand. Cora, Ludwigs alte Jagdhündin, lag davor und hechelte. Julia beugte sich hinunter und tätschelte ihr Fell. Die Ärmste litt bestimmt unter der Hitze. Vielleicht auch unter dem Verlust ihres Herrchens.

Sie kraulte Cora hinter dem Ohr, dann richtete sie sich wieder auf.

Immer noch hatte niemand im Raum ein Wort gesagt. Julia sah Hauptkommissarin Baumgartner fragend an, die ihr grüßend zunickte. Tanja schenkte sich eine Tasse Tee ein, blickte in sich hinein und schwieg ebenfalls beharrlich. Langsam wurde es wirklich unbehaglich.

»Schön, dass Sie kommen konnten, Frau Sommer.« Baumgartner ergriff endlich das Wort. »Wir brauchen Ihre Unterstützung. Leider hat Frau Bogdanowa keinen Überblick über die jagdlichen Aktivitäten ihres Lebensgefährten. Sie ist sich nicht sicher, ob alle Waffen in den Tresoren sind, die da sein sollten. Ich glaube, Herr Voss hat Ihnen die Sammlung gezeigt? Könnten Sie für uns feststellen, welche Waffen fehlen?«

Julia nickte. Kein Problem, das konnte sie, denn Ludwig hatte ihr seine Waffensammlung, seinen ganzen Stolz, mehrmals präsentiert, und sie hatte brav Interesse geheuchelt. Er war so unglaublich stolz auf seine perfide Sammlung gewesen und hatte ihr oft und gerne von seinen Jagdausflügen erzählt. Wie er damals in Afrika das Nashorn erlegt hatte. Dass er plante, nach Rumänien zu fliegen, um in den Karpaten Bären zu schießen. Wie allmächtig er sich fühlte, wenn er den Fuß in den Nacken eines einst so stolzen Wildtiers stellte. Julia fühlte wieder die Übelkeit in sich aufsteigen, die sie jedes Mal empfunden hatte, wenn er mit seinen Jagdtrophäen angegeben hatte. Nach ihrer letzten Begegnung konnte sie jetzt nicht anders, als an die zweibeinigen Trophäen zu denken, mit denen er vor ihr zwar nicht geprahlt hatte, die er sich aber ganz sicher auch genommen hatte, ob sie wollten oder nicht.

Sie führte die beiden Polizisten in das Herrenzimmer der Villa, und die alte Hündin folgte ihnen. Sie hinkte ein bisschen.

Julias eigener schmaler Waffentresor befand sich in der Ecke hinter der Bürotür im Forsthaus, damit er möglichst wenig auffiel. Ludwig dagegen besaß ein eigenes Zimmer zur Präsentation seiner umfangreichen Sammlung. In dem dunkel getäfelten Raum standen an einer Wand drei antike Schränke, die die schweren Stahltüren der Waffenschränke verbargen. Gegenüber waren unter den Fenstern vier tischhohe Vitrinen platziert, in denen antike Stücke ausgestellt wurden.

Alle Waffen in den Vitrinen waren an Ort und Stelle, es handelte sich um schussunfähig gemachte Ausstellungsstücke, wie Julia den Polizisten erklärte.

Sie öffnete den ersten Schrank, drehte sich um und streckte die Hand aus. Baumgartner schaute sie verständnislos an. »Die Schlüssel«, erklärte Julia, »geben Sie mir die Tresorschlüssel.«

Baumgartner nickte Winkler zu, der daraufhin Julia sanft beiseiteschob und mit einem Schlüsselbund hantierte. Dann schwang die Tür des ersten Tresors auf. Julia inspizierte den Inhalt aufmerksam – zumindest so gut wie das ging, mit Kommissar Winkler fast auf Tuchfühlung, der keine ihrer Bewegungen aus den Augen ließ. Baumgartners Blick klebte ebenfalls unangenehm in ihrem Nacken. Sie kniete sich hin, begutachtete den Inhalt des Schranks und nannte die Typenbezeichnungen der Waffen, damit Winkler sie auf einer Liste abhaken konnte.

»Nichts Auffälliges. Hier scheint alles drin zu sein, was reingehört«, fasste sie zusammen.

»Scheint oder ist?«

»Ist«, berichtigte sich Julia. Die Kommissarin wollte es wie immer ganz genau wissen.

Sie wandte sich dem zweiten Schrank zu, bei dem sich das Spielchen wiederholte. Auch darin fehlte keine Waffe.

Im dritten Schrank bewahrte Ludwig die Lieblingsstücke und meistgebrauchten Waffen auf.

Als Kommissar Winkler den Tresor öffnete, stutzte Julia. Der Repetierer, den Ludwig gewöhnlich zur Jagd auf Rehwild benutzte, fehlte. Dann erinnerte sie sich daran, dass sie ihn in Ludwigs Auto gesehen hatte. Außerdem vermisste sie einen Revolver. Den Taurus 605 Hunter.

Baumgartner nickte und bestätigte, dass die Langwaffe im Kofferraum des Mercedes gefunden worden war. Allerdings hatten die Kollegen keine weitere Waffe gefunden, und mit dem Gewehr war Ludwig, laut der ersten Einschätzung des Rechtsmediziners, nicht erschossen worden. Der Revolver mit dem Kaliber .357 war nicht gefunden worden.

Julia schloss den Schrank.

Baumgartner betrachtete sie stirnrunzelnd. »Frau Sommer, unsere Ballistikexperten sind mit der Analyse noch nicht fertig. Aber wir müssen diesen Revolver finden, mit hoher Wahrscheinlichkeit ist das die Tatwaffe, und Ludwig Voss hat sie selbst mitgebracht. Wer hat gewusst, dass er zur Jagd gehen wollte?«

Julia zuckte mit den Schultern. »Ich weiß es nicht, das habe ich Ihnen heute Morgen schon gesagt. Vielleicht hat er mit Tanja oder mit einem seiner Freunde darüber gesprochen, mit dem Pfarrer zum Beispiel.« Sie wusste es wirklich nicht.

Genauso wenig, wie sie wusste, wer ihre antike Pistole

aus Ludwigs Waffenschrank genommen haben konnte. Denn auch diese Waffe, die sie von ihrem Vater geerbt hatte, hatte Ludwig hier aufbewahrt. Vor einigen Wochen war Julia in einem Gespräch herausgerutscht, dass sie selbst eine antike Waffe hatte, und Ludwig hatte sich brennend dafür interessiert. Er hatte ihr versprochen, einem Experten, der ihn regelmäßig besuchte, die Pistole zu zeigen. Also hatte sie sie ihm überlassen. Den offiziellen Papierkram hatten sie dann irgendwann später erledigen wollen – doch dazu war es nie gekommen. Und jetzt fehlte die Waffe …

Als sie zurück ins Wohnzimmer kamen, saß Tanja in dem gleichen eleganten Sesselchen wie zuvor, jetzt mit übereinandergeschlagenen Beinen. Julia kam es so vor, als unterdrückte sie ein Gähnen.

»Vielen Dank für Ihre Kooperation, Frau Bogdanowa«, sagte Baumgartner, »Könnte es sein, dass Ihr Partner noch weitere Waffen hatte? Ich meine, welche, die er nicht in seiner Sammlung aufbewahrte?«

»Ich habe leider keine Ahnung, Frau Hauptkommissarin. Ich habe mit der Jagd und seinem Hobby nichts zu tun gehabt. Es hat mich einfach nicht besonders interessiert.«

»Was hat Sie nicht interessiert?«

»Die Jagd.« Tanja blinzelte und nahm mit spitzen Fingern die Teetasse in die Hand.

Julia zog die Augenbrauen hoch. Bisher hatte sie den Eindruck gehabt, Tanja wäre begeistert gewesen von allem, was Ludwig tat oder getan hatte. Einmal war sie dabei gewesen, als Ludwig morgens von der Jagd zurückgekommen war. Mit leuchtenden Augen hatte sich Tanja in Ludwigs Arme geworfen und sich die Jagdbeute zeigen lassen. Julia war da recht beeindruckt gewesen, wie wenig zimperlich Tanja war, obwohl sie so viel Wert auf ihr Äußeres legte. Hatte sie nicht sogar angefangen, für den Jagdschein zu lernen? Warum verschwieg Tanja ihr Wissen? Julias Neugier war geweckt.

»Haben Sie gewusst, dass Ihr Lebensgefährte gestern Morgen zur Jagd gehen wollte?«, fragte die Kommissarin.

»Nein. Ich war ja gar nicht zu Hause. Ich habe die halbe Woche an der Uni verbracht, weil ich für eine Prüfung lernen musste, und am Freitagabend haben Freunde von mir ein kleines Fest gefeiert. Ich habe in meiner Münchner Wohnung übernachtet und kam erst am späten Vormittag wieder hier heraus. Und dann hörte ich, was passiert war.«

Tanja betrachtete ihre manikürten Fingernägel so intensiv, dass Julia ihre eigenen schmutzigen Finger schnell hinter ihrem Rücken verbarg.

Winkler hingegen beugte sich zu Tanja hinunter und zückte seinen Schreibblock, um Namen und Adressen ihrer Freunde zu notieren.

Julia hörte nur mit halbem Ohr zu. Warum log Tanja? Sie überlegte, wie sie herausfinden konnte, ob Tanjas Alibi stimmte. Sie hätte definitiv die Mittel gehabt, Ludwig zu ermorden. Ein ganzes Zimmer voller Mittel. Sie brauchte ja nur zu behaupten, mit Ludwig auf die Jagd gehen zu wollen. Wenn sie das getan hatte, wäre es, abgesehen von ihrem Streit, auch eine gute Erklärung, warum er Julia nicht über seinen Jagdausflug informiert hatte. Wenn er seine Verlobte dabeihatte, sie schießen ließ, vielleicht sogar auf ein Tier, obwohl sie den Jagdschein noch nicht hatte, dann wollte er bestimmt nicht, dass Julia oder irgendjemand anderes das erfuhr.

»Brauchen Sie mich noch?«, wandte sich Julia jetzt an Baumgartner. »Wenn nicht, würde ich gerne gehen.«

Mit einem Nicken entließ sie die Hauptkommissarin, und Julia verabschiedete sich.

»Ich kenne den Weg, danke«, fügte sie hinzu, obwohl niemand die geringste Regung gezeigt hatte, sie hinauszubringen.

Elf

Stimmengewirr und Blasmusik. Die Hitze des späten Nachmittags hatte sich schwer über den Festplatz an der alten Mühle am Waldrand gelegt. Mit einem langen Kettenschloss kettete Julia Marthas, Florians und ihr eigenes Rad aneinander und wischte sich über die verschwitzte Stirn.

»Mama, mach schnell, ich hab schon sooo einen großen Hunger!« Florian hüpfte wie ein Flummi auf und ab.

Martha lächelte und nahm seine Hand. »Jetzt suchen wir uns erst einmal einen schönen Sitzplatz. Und dann holen wir was zu trinken und deinen Steckerlfisch.«

Florian schob die Unterlippe vor. Er schien sich nicht sicher zu sein, ob das auch schnell genug ging. Julia ging vor ihm in die Hocke und stupste mit dem Zeigefinger seine Nase an. »Na komm, mein Großer, ich weiß, was wir machen. Du und Oma, ihr holt schon mal eine Limo für dich und ein großes Radler für Mama und Oma. Und ich hole den Fisch.«

Florian nickte zufrieden und hüpfte an Marthas Hand davon.

Julia war froh über die Gelegenheit, alleine einen Rundgang über den Festplatz zu machen. Sie fühlte sich wohl hier, genoss die fröhliche Atmosphäre. In den wenigen Monaten in Grafenried hatte sie, teilweise auch durch ihren Beruf, einen guten Teil der Einwohner kennengelernt. Andere kannte sie bis jetzt nur vom Sehen. Für sie passte das so – in der relativ kurzen Zeit hatte sie es geschafft, sich hier fast perfekt wieder einzuleben, mit der für sie genau richtigen Distanz zu ihren Mitmenschen. Die Tatsache, dass ihr Vater, ihre Eltern hier gelebt hatten, jahrelang, schaffte eine Verbundenheit, die sie bisher so mit keinem anderen Ort empfunden hatte.

Ihr Mobiltelefon piepste. Eine Nachricht von Teresa. Sie war auch auf dem Fest und saß mit dem Pfarrer und seiner Haushälterin an einem Tisch. Julia nahm sich vor, sie nachher zu suchen, und sendete einen Smiley zurück.

Sie schlenderte weiter über den Festplatz. Biertische flankierten die Seiten des Hofs, Sonnenschirme glühten rot in der Abendsonne. Auf einer gezimmerten Bühne spielte eine Blasmusikkapelle, und davor tanzten einige Kinder ausgelassen. Es gab einen riesigen Holzkohlegrill, auf dem Steaks brutzelten, und mehrere Stände, an denen man Getränke kaufen konnte. Schließlich entdeckte Julia auch den Grill, an dem sie den ersehnten Steckerlfisch für ihren Sohn erstehen konnte. In jeder Hand ein in Zeitungspapier eingeschlagenes dampfendes Päckchen mit Fisch und mit einer großen Breze an einem Finger baumelnd, begab sie sich auf die Suche nach ihrer Familie.

»Schau an, das Fräulein Förster traut sich auch her. Ganz ohne Polizeischutz.«

Julia erstarrte. Sie drehte sich um und sah sich die Männer an, die an dem Tisch saßen. Sie kannte keinen davon persönlich, war sich aber sicher, dass sie sie alle schon im Dorf gesehen hatte. Waren die nicht bei der Feuerwehr? Oder im Burschenverein?

»Jetzt schaut sie recht blöd, die oide Rutschn.« Die Männer sahen sie nicht an, aber sie führten ihre *Unterhaltung* laut genug, dass eine Menge Leute in der Nähe sie mitbekamen. So wie Julia, die stehen geblieben war, so tat, als suchte sie jemanden, und sich verzweifelt fragte, wie sie reagieren sollte. Ein dunkelhaariger Mann mit buschigen Augenbrauen meinte beschwichtigend: »Ach geh, Franz, lass es gut sein. Wahrscheinlich fehlt ihr einfach ein Mann.«

Julia musterte den Angesprochenen, der ihr nun genau in die Augen schaute. Ein dunkelblonder Mann mit goldener Halskette, grauem T-Shirt und Lederhose, der ungefähr in ihrem Alter war. Aus einem Babyface heraus musterten sie kleine stechende Augen.

»Ich glaub nicht, Korbinian. Die braucht eine Lektion, damit sie lernt, wie man sich benimmt.« Dann grinste er frech, stemmte seinen Maßkrug hoch, und mit einem gewaltigen Krachen stießen die Männer auf seine Worte an.

Julia riss sich los.

Mit einem unguten Gefühl im Bauch ging sie weiter und suchte nach Oma und Florian.

Sie fand sie an einem der hinteren Biertische. Neben Martha saßen der Pfarrer Benedikt Neumann und seine Haushälterin und Pfarrsekretärin Johanna, gegenüber Teresa. Natürlich hatte ihre Großmutter die Nähe zum Pfarrer gesucht, auf den Julia sehr gut hätte verzichten können. Vor allem, weil sie nicht wusste, wie er zu Ludwigs Aufdringlichkeit stand – schließlich waren der Pfarrer und Ludwig seit Kindertagen befreundet. Aber trotzdem: Hätte er nicht gerade als Pfarrer seinem Freund ins Gewissen reden müssen? Jedenfalls hatte sie nicht das Gefühl, unbefangen mit ihm umgehen zu können.

Sie grüßte kurz in die Runde, was der Pfarrer mit einem finsteren Blick quittierte, und ließ sich neben Teresa auf die Bierbank fallen. Die Freundin drückte sie herzlich zur Begrüßung.

»Geht es dir besser?«

»Schon in Ordnung.« Vor all den Fremden und besonders vor Florian wollte Julia auf keinen Fall zugeben, wie müde und entmutigt sie war. Und wie sehr sie die Szene mit den Dorfrüpeln gerade mitgenommen hatte.

Während sie sich mit Florian und Martha den Fisch teilte, hatte sie mit einem Mal das Gefühl, beobachtet zu werden. Sie blickte sich suchend um, konnte aber niemanden entdecken, also wandte sie sich wieder ihrem Fisch zu.

»Was ist los?«, flüsterte Teresa, die ihr Frösteln bemerkt zu haben schien, in ihr Ohr.

»Ich …«, Julia sah sich noch einmal um, »ich weiß nicht. Du kennst doch das Gefühl, wenn du denkst, jemand starrt dich an.«

Teresa warf ebenfalls einen Blick über die Schulter. »Wer könnte das denn gewesen sein?«

»Ich weiß es wirklich nicht«, wisperte Julia. Sie sah sich suchend um, doch alles schien normal. Lachende, trinkende Gäste an den Biertischen und um sie herum, Männer, die für etwas zu trinken anstanden, Frauen, die Essen auf beiden Händen balancierten, Kinder, die ihnen zwischen die Beine liefen. Die ganz normale ausgelassene Stimmung eines Sommerfestes – nur auf Julia schien sie sich nicht mehr zu übertragen. Sie wandte sich wieder dem Essen zu.

Kaum war der Fisch verzehrt, sprang Florian auf, um sich zu den Kindern vor der Bühne zu gesellen und zu spielen. Julia sah ihm nach. Sie war stolz, weil er so unerschrocken Neues entdeckte. Ohne Scheu suchte er sich Spielkameraden, mit einer Leichtigkeit und Selbstverständlichkeit, die Julia normalerweise bewunderte. Aber im Moment musste sie sich zurückhalten, um ihn nicht zu bitten, am Tisch sitzen zu bleiben.

Bei ihr. In Sicherheit.

Johanna hatte ihren Blick anscheinend bemerkt, denn sie sagte: »So ein lieber Junge.«

Martha nickte bekräftigend. »Ja, er ist wirklich ein lieber Junge. Schade nur, dass sein Vater nicht ein bisschen vernünftiger ist.«

Julia war es unangenehm, aber hier am Tisch musste sie Markus verteidigen. »Ach Quatsch, Oma, er ist ein ganz normaler Vater.«

»Ganz normal ist es wohl nicht, wenn er einer Mutter das Kind wegnehmen will!«

Julia verfluchte sich selbst. Warum hatte sie ihrer Großmutter nur von Markus' Drohung erzählt?

»Ach«, meinte Johanna spitz, »warum will er das denn?« Sie beugte sich neugierig über den Biertisch, und ihr gewaltiger Busen wurde beinahe aus der Dirndlbluse gedrückt. Alle Blicke waren jetzt auf Julia gerichtet.

»Er will heiraten und meint, er könnte Florian dann zu sich nehmen«, presste sie heraus.

Der Pfarrer nickte zustimmend, als sei er von der Idee ganz angetan, aber von Johanna kam lauter Protest. »Aber ein Kind gehört doch zu seiner Mutter!«

Martha gab ihr Recht, und Julia musste über ihren Eifer lächeln. Die Bestätigung tat ihr gut, und ein Gefühl warmer Dankbarkeit durchströmte sie. Nur Teresa schien mit den Gedanken woanders zu sein, sie starrte mit unbeweglicher Miene einen Punkt in der Ferne an.

Eine kleine Pause entstand, und Julia zermarterte sich das Gehirn, wie sie das Gespräch in eine andere Bahn lenken konnte.

Johanna kam ihr unerwartet zu Hilfe. »Ein Kind braucht seine Mutter, das hat man ja bei den Voss' auch gesehen. Der Junge hat so gelitten, als die arme Kirsten gestorben ist. Und jetzt hat er auch noch den Vater verloren!«

Der Pfarrer verzog das Gesicht. »Man könnte fast meinen, manche wären froh, dass er tot ist.« Dabei sah er Julia direkt in die Augen.

»Der Herr Voss hatte einen Sohn?«, fragte ihre Großmutter unschuldig. Sie hatte den Blick des Pfarrers nicht bemerkt. »Den habe ich hier ja noch nie gesehen.« Sie richtete sich neugierig auf.

»Der Tom, ja«, antwortete Johanna. »Als er noch ein kleines Kind war, brachte ihn seine Mutter immer in den Kindergarten im Ort. Aber als er dann älter geworden ist, hat sie sich immer mehr zurückgezogen. Man hat sie nur noch selten im Dorf gesehen. Bis sie gestorben ist, fünf Jahre ist das jetzt her. Es heißt, danach hat sich Thomas mit seinem Vater zerstritten.«

Wieder trat eine kleine Pause im Gespräch ein. Julia überlegte, ob sie Mitleid mit dem Sohn haben sollte.

»Wie alt ist er denn jetzt?«, hakte Martha nach.

»Mitte zwanzig, oder Benedikt?« Johanna sah den Pfarrer an. »Der Benedikt ist nämlich der Taufpate.«

Pfarrer Neumann massierte sich den Nacken, bevor er antwortete: »Siebenundzwanzig, nein, sechsundzwanzig ist er. Ich glaube, er hat gerade sein Studium beendet. Ich habe ihn länger nicht gesehen. Aber lasst uns von etwas anderem sprechen.«

Martha hatte die letzte Bitte wohl nicht mitbekommen, denn sie fragte: »Und die Freundin vom alten Herrn Voss, diese Russin? Die ist doch auch nicht älter?«

Der Pfarrer wand sich, aber Johanna antwortete mit einem Blitzen in den Augen: »Ja, stell dir das vor: Diese Tanja ist tatsächlich noch keine fünfundzwanzig! Die studiert ja auch noch, ach nein, ich glaube, sie macht sogar schon ihren Doktor.«

»Sie macht ihren Master in Betriebswirtschaftslehre«, verbesserte der Pfarrer.

Julia nahm einen großen Schluck aus dem Bierkrug. Tanja kannte sie gut genug. Sie hatte sie schon oft in der Villa angetroffen, wenn sie zu Arbeitsbesprechungen gekommen war. Nur über seinen Sohn hatte ihr Chef wirklich nie auch nur ein Sterbenswort verloren. Sie stieß Teresa leicht an, die sich gar nicht an der Unterhaltung beteiligt hatte. »Was ist mit dir? Kennst du den Sohn vom Ludwig?«

Teresa drehte sich zu ihr und sah sie verständnislos an. »Entschuldigung. Ich habe nicht zugehört.«

»Wir haben überlegt, ob du wohl mehr über den Sohn vom Ludwig weißt. Ich meine, den Ludwig hast du doch ganz gut gekannt, oder?«

Teresa warf ihr einen nachdenklichen Blick zu, bevor sie antwortete: »Nicht so besonders gut. Und seinen Sohn habe ich nur ein paarmal gesehen. Wenn er zu Besuch war. Aber geredet hab ich mit dem noch nie.«

Julia wollte fast antworten, dass das kein Wunder sei. Teresa redete mit den meisten Leuten nicht viel. Aber dann biss sie sich auf die Zunge. Gleiches galt ja auch für sie selbst. Sie nahm einen großen Schluck aus dem Bierkrug.

Plötzlich zog sich ein unangenehmes Kribbeln vom Nacken ihren Hinterkopf hinauf. Unwillkürlich drehte Julia sich um, und sah direkt in die Augen eines blonden Hünen zwei Bankreihen hinter sich. Sie war dem Mann noch nie zuvor begegnet, und als sich ihre Blicke trafen, schaute er weg. Dennoch hatte sich das Gefühl einer unbestimmten Bedrohung bei Julia eingeschlichen.

»Teresa!«, sie stieß die Freundin leicht an und flüsterte: »Schau jetzt mal hinter uns. Den Blonden da, hast du den schon mal gesehen?«

Teresa sah sich um – viel zu auffällig, wie Julia fand – und musterte die Festgäste. »Hm«, machte sie dann. »Ich weiß, wen du meinst. Der ist nicht aus dem Dorf, aber ich glaube, ich kenne ihn. Ich weiß aber gerade nicht, woher.«

Julia beschloss, diesem unbehaglichen Gefühl, das sie schon den ganzen Nachmittag verfolgte, endlich nachzugeben und sich nach Hause aufzumachen. Sie verabschiedete sich von Teresa. »Ich will jetzt heim. Kommst du die Woche mal auf ein Glas Wein vorbei, Teresa?« Dann wandte sie sich an Martha: »Komm, Oma, wir müssen los.«

Die beiden Frauen standen auf, verabschiedeten sich von Johanna und dem Pfarrer, und sammelten Florian ein, der immer noch vor der Bühne herumsprang. Dann bahnten sie sich einen Weg an ausgelassen tanzenden Pärchen, rotnasigen Bierbauchträgern und Familien vorbei zur Straße zurück. Sie waren schon fast bei den Fahrrädern angekommen, als Julias Blick auf die mobilen Toiletten fiel, die etwas abseits hinter der Mühle standen. Sie zögerte, denn das Gefühl, beobachtet zu werden, hatte sich nicht verflüchtigt. Andererseits wurde es jetzt dringend. »Florian, komm mit, wir gehen noch schnell zur Toilette.«

Martha wollte so lange bei den Rädern warten. Doch

kaum waren sie bei den blauen Plastikboxen angekommen, hatte Florian es sich anders überlegt. Unter gar keinen Umständen würde er in so ein stinkendes Klo steigen, verkündete er lautstark. Also machte er einen kleinen Ausflug hinter die Boxen an die Wand der Mühle, wo niemand ihn sehen konnte. Insgeheim gab Julia ihm recht. Es hatte eben Vorteile, ein, wenn auch noch ein kleiner, Mann zu sein. Als Florian wieder da war, schaute sie sich nervös um.

»Kannst du kurz auf mich warten?« Julia stellte ihre Handtasche vor Florians Füßen ab. »Ich bin sofort wieder da.«

Sie betrat das Dixi-Klo. Der scharfe Geruch von Desinfektionsmitteln schlug ihr entgegen, vermischt mit beißendem Uringestank. Sie hielt die Luft an und versperrte die Tür. So schnell sie konnte, zog sie die Jeans herunter und hockte sich hin. Dann zog sie die Hose wieder hoch und pumpte mit dem Fuß ein bisschen Wasser, um sich die Hände zu waschen. Jetzt nichts wie raus. Mit spitzen Fingern drehte sie am Türschloss.

Die Tür klemmte. Ging nicht auf.

Julia erstarrte.

Böse Panik ballte sich in ihrem Magen. Sie atmete kurz und stoßweise durch den Mund. *Ruhig bleiben,* ermahnte sie sich selbst. *Versuch es noch einmal.* Sie bewegte den Türöffner erst nach links, dann wieder nach rechts und rüttelte.

Nichts. Julias Unterkiefer begannen zu kribbeln, von den Ohren bis zum Kinn.

Draußen ein Schrei: »Mamaaa!« Florian. Er brüllte und weinte.

»Florian?«, Julias Brust verkrampfte sich in einem eiskalten Griff. »Florian?«, rief sie wieder. Julia schlug erst mit der flachen Hand, ballte dann die Fäuste und hämmerte gegen die Tür. »Hallo? Hilfe!! Florian!« Sie horchte.

Keine Antwort. Das Weinen hatte aufgehört. Sie presste ihr Ohr gegen die Tür. Nichts. »Florian? Wo bist du? Schatz?«

Totenstille. Julia begann gegen die Plastikwände zu treten und zu schlagen. Fester, heftiger, sie spürte keinen Schmerz. Florian war da draußen, alleine.

Nach einer gefühlten Ewigkeit wurde endlich die Türe aufgerissen, und Julia fiel erschöpft heraus. Martha stand vor ihr und daneben: Florian. Tränenüberströmt. Sie riss ihn an sich. Nie wieder würde sie ihn auch nur eine Sekunde aus den Augen lassen. Sie atmete heftig und sog die frische Abendluft in ihre Lungen. Keine zehn Pferde würden sie jemals wieder in ein solches Klohäuschen bringen. Sie schob Florian eine Armlänge von sich. »Alles okay, mein Schatz? Ist dir was passiert?«

Florian schluchzte. »Da war einer, der hat mich umgeschubst. Da bin ich zur Oma gerannt. Schau Mama, mein Knie!«

Julia begutachtete die kleine Schürfwunde und drückte ihren Sohn wieder an sich. Er barg seine feuchte Nase an ihrem Hals.

»Weißt du, wie der ausgesehen hat?«, fragte Julia und strich ihm über den Kopf. Florian schüttelte den Kopf und verschmierte dabei etwas Feuchtes an Julias Hals.

Julia sah sich suchend um. In ihrer Handtasche musste ein Taschentuch sein. Wo war sie nur?

Zu dritt suchten sie die Umgebung ab, Julia überlegte panisch, was alles in der Tasche war. Geldbeutel, Hausschlüssel, ihr Telefon, alle drei wichtig, auf Taschentücher und Handcreme dagegen konnte sie verzichten.

Nichts neben den Toiletten, nichts in den Dixi-Klos und auch nichts in der näheren Umgebung. Nach zehn bangen Minuten fand Florian die Tasche schließlich in den Brennnesseln hinter der Scheune.

Oma schnaubte. »Heiliger Christophorus! Das Kind so zu erschrecken, mit einem Brett die Tür verklemmen und die Handtasche verstecken. Ich möchte mal wissen, wer so was tut!«

Julia untersuchte ihre Tasche. Ihr Portemonnaie war noch da, weder Geld noch Karten oder Ausweis fehlten. Sie atmete erleichtert auf.

Aber ihr Mobiltelefon war weg. Das konnte kein gewöhnlicher Dieb gewesen sein. Hier musste es darum gegangen sein, ihr einen tüchtigen Schrecken einzujagen.

Die braucht eine Lektion. Diese Männer von vorhin, dieser Franz und dieser Korbinian. Die mussten etwas mit dem Überfall zu tun haben, aber das konnte sie unmöglich Oma erzählen.

Sie sah Martha an. »Das möchte ich auch gerne wissen, wer so was tut!«

Zwölf

Nur der Bildschirm des Computers und der schwache Schein der Schreibtischlampe erhellten Julias Büro. Durch das offene Fenster drang angenehm kühle Nachtluft in den stickigen kleinen Raum. Leise spielte der CD-Player Klaviermusik von Ludovico Einaudi.

Julia saß am Computer und öffnete gerade mit einem Klick den Browser, als Martha ein Glas Weißwein vor sie auf den Schreibtisch stellte.

»Wenn du nicht zu mir nach draußen kommst, dann komme ich eben zu dir rein. Auch wenn es da draußen im Garten heute Nacht ganz wunderbar ist. Was wirst du wegen des Telefons unternehmen?«

»Anzeige erstatten. Muss ich ja. Das ist schließlich nicht mein Telefon, sondern ein Diensthandy.«

»Rufst du diese Kriminalkommissarin Baumgartner an?«

»Nee, Oma, das ist nur ein Diebstahl. Ich werde morgen zur Polizeidienststelle nach Poing fahren und es melden.«

Martha nickte zufrieden. »Was wolltest du gerade machen?« Sie setzte sich auf den alten Klappstuhl neben Julia. Für sich selbst hatte sie auch ein Glas Wein mitgebracht.

»Ich wollte etwas mehr über meine möglicherweise zukünftigen Arbeitgeber herausfinden. Wer von den beiden es auch immer werden mag.«

»Gute Idee. Was wolltest du denn herausfinden? Steht

etwas über Tanja Bogdanowa und den Sohn in dem Ding?« Martha rückte neugierig den Stuhl näher heran und beäugte den Bildschirm.

»Zum Beispiel wollte ich wissen, wo Tanja herkommt, wen sie kennt und so weiter. Und wo sie am Samstagmorgen war. Vielleicht finden wir etwas über sie.« Julia öffnete Facebook. Dann gab sie Tanjas Namen in die Suchfunktion ein.

Die Liste mit den Ergebnissen war nur kurz, und Julia erkannte Tanja schnell auf einem Profilfoto. Sie klickte es an.

»Na also, da haben wir schon mal etwas. Hier unter Info hat sie bei *Arbeit und Ausbildung* die Ludwig Maximilians Universität München eingetragen. Die kyrillischen Schriftzeichen stehen vielleicht für eine Universität in Sankt Petersburg, da war sie doch, oder?«

Ihre Großmutter nickte. »Das hab ich so gehört, ja.«

»Ehemalige Wohnorte: Grafenried. Sankt Petersburg. Hm, das gibt nicht viel her. Lass uns mal die Fotos ansehen.«

Es waren Partyfotos, die meisten jedenfalls. Leider waren keine vom letzten Wochenende dabei, die Tanjas Aussage hätten beweisen können. Dafür aber: Tanja umringt von lachenden jungen Leuten. Tanja in ihrem kleinen Cabrio. Urlaubsfotos in mehreren europäischen Städten. Interessanterweise war Ludwig auf keinem der Fotos mit drauf.

Dafür tauchte immer wieder ein anderer Mann mit auf den Bildern auf. Er war blond, hatte ein braungebranntes, kantiges Gesicht mit Dreitagebart, und Julia stutzte. Ja, das war der Typ, der sie am Abend auf dem Fest so angestarrt hatte. Er kannte Tanja, anscheinend sogar gut, das ließen die Fotos erkennen. Und einen Tag nach dem Mord saß er mitten in Grafenried, einem Dorf mit nicht mal 4000 Einwohnern auf einer Bierbank und … ja was hatte er eigentlich getan? Nichts, außer ihr Angst einzujagen und das nur mit Blicken. Sie klickte Tanjas Freundesliste durch, konnte seinen Namen aber nicht herausfinden, obwohl die Liste immerhin zweihunderteinunddreißig Einträge hatte.

Martha gähnte. »Ich glaube, mit Tanja kommen wir jetzt nicht weiter. Aber vielleicht finden wir ja heraus, wer dieser blonde Mann ist.«

Julia machte ein nachdenkliches Gesicht. Hatte der Blonde etwas mit dem Angriff auf sie beim Waldrandfest zu tun? Bis gerade hatte sie Franz und Korbinian und deren Freunde verdächtigt – die hatte sie nachher auch noch recherchieren und eventuell versuchen wollen, ihre Namen über die Website der Feuerwehr herausbekommen. Aber erst, wenn Oma im Bett war. Was aber, wenn Tanja und der Blonde etwas mit Ludwigs Tod zu tun hatten? Wenn sie zusammenarbeiteten, um an Ludwigs Vermögen zu kommen? Und wenn Julia ihnen dabei im Weg war?

»Hm, ja vielleicht. Wie ist es denn mit dem Sohn von Ludwig? Der müsste doch eigentlich alles erben, oder?« Sie durfte sich vor Oma nichts von ihren Überlegungen anmerken lassen. Die würde sich sonst zu Tode ängstigen.

Martha richtete sich ein bisschen auf. Sie beugte sich vor und fragte: »Findest du den auch hier drin?« Sie deutete auf den Bildschirm.

»Mal sehen.« Julia gab »Tom Voss« ein, fand aber nur ein leeres Profil, kein Foto, keine Informationen.

»Er ist sechsundzwanzig Jahre alt, hat der Pfarrer gesagt. Sein Taufname ist Thomas, such doch mal danach.«

Julia tat wie ihr geheißen, doch der Sportler, dessen Seite erschien, war nicht der gesuchte Erbe. Sie probierte es über eine Suchmaschine.

Martha erzählte inzwischen, was sie von Johanna über Ludwigs Sohn gehört hatte: »Er ist Künstler oder Schriftsteller oder so etwas, arbeiten tut er wohl nicht viel. Zumindest weiß man im Dorf nichts davon. Aber sein Vater hat ihm angeblich auch kein Geld gegeben. Die waren komplett zerstritten seit dem Tod der Mutter. Manche sagen, auch vorher schon.«

»Ich dachte, du weißt nichts über ihn?« Julia schmunzelte. »Ah, ja. Hier ist etwas, er hat einen eigenen Blog. Komisch, dass er dann auf Facebook nicht zu finden ist. Hier steht, dass er Schriftsteller ist. Aber Bücher kann ich keine von ihm finden. Hm.« Sie klickte sich durch die Seite.

Martha gähnte noch einmal.

»Ach guck mal, Oma. Er verlinkt auf diese Seite von einer Künstlerkolonie. Hier ist ein Spendenaufruf.«

»Du meinst, er braucht Geld?«

»Na ja, zumindest scheint er nicht böse zu sein, wenn man ihm welches gibt. Oder diesen Künstlern. Kennst du die Kolonie, Oma?«

»Ob ich was kenne?«

»Diese Künstlerkolonie muss hier in der Nähe sein. Berg 2. Schau mal die Postleitzahl an. Das ist doch hier? In der Nachbarschaft?«

Martha stand auf, schaltete das Deckenlicht an und ging zur Landkarte, die an der Wand des Büros hing. Dort war der Wald abgebildet, mit den einzelnen Abteilungen, Wegen und Sehenswürdigkeiten. Auch die umliegenden Dörfer waren eingezeichnet.

Sie legte den Finger auf einen winzigen roten Fleck im

Süden des Waldes. »Da ist es. Berg.« Sie fuhr mit dem Finger die kleinen gelben Linien, die die Straßen markierten, entlang nach oben bis nach Grafenried. Sie drehte sich um. »Zehn Kilometer würde ich sagen. Mehr nicht.«

Julia klickte zurück zur Homepage und sah sich das Foto von Thomas Voss noch einmal genau an, als könne sie dadurch erkennen, was für ein Mensch er war. Eigentlich sah er ganz normal aus.

Dann fiel ihr etwas ein. »Und wie weit, meinst du, ist es von Berg bis zum Aussichtsturm?«

Erneut maß Martha eine gelbe Strecke mit den Fingern ab. »Das ist viel kürzer, Berg liegt ja hier im Süden des Waldes, wo auch der Aussichtsturm ist. Zwei Kilometer vielleicht. Kann ich nicht genau sagen.«

»Das könnte man auf jeden Fall auch zu Fuß schaffen«, stellte Julia fest. Das würde erklären, warum die Polizei keine fremden Reifenspuren gefunden hatte. Allerdings konnten auch Tanja und der Blonde zu Fuß durch den Wald zum Aussichtsturm gelangt sein. Sie suchte weiter nach Informationen über die Künstlerkolonie.

Martha drückte ihr einen Kuss auf die Wange und erhob sich. »Mach nicht mehr so lange. Wir sind beide müde. Und ich bin eine alte Frau, die jetzt schlafen geht.«

»Schlaf gut, Oma, ich geh auch bald«, beruhigte Julia sie. Sie wartete, bis Marthas Schritte auf der Treppe nach oben verklungen waren. Dann rief sie ihren eigenen Facebook-Account auf.

Sie klickte auf den Nachrichtenreiter, neben dem eine kleine blaue Eins angezeigt wurde. Die neue Nachricht fand sie bei *Sonstiges*.

Julia wollte die Nachricht schon ungelesen löschen, in

diesem Ordner landete normalerweise nur Spam. Als sie aber die ersten Zeilen überflog, wurde ihr ganz kalt.

Verpiss dich, du Schlampe. In unserem Dorf haben Verräter nichts zu suchen.

Wenn du herumschnüffelst, wirst du es bereuen. Kein Wort zu den Bullen, sonst geht es dir wie dem alten Voss.

Der Absender hieß nur Facebook-Nutzer. Er musste sich nach der Nachricht sofort wieder abgemeldet haben. Es gab kein Profilfoto und Julia fand keine Möglichkeit, irgendetwas über den Schreiber der Nachricht herauszubekommen. Selbst wenn sie Baumgartner die Nachricht gezeigt hätte, hätte die wohl wenig damit anfangen können.

Was war nur passiert? Gerade noch hatte Julia gedacht, dass sie sich im Dorf wunderbar einlebten. Florian hatte Freunde im Kindergarten, Oma hatte in Johanna eine Seelenverwandte gefunden, und sogar sie selbst hatte sich ein bisschen mit Teresa angefreundet.

Und nun stürzte die Idylle in sich zusammen. Ihr Chef tot, ihr Arbeitsplatz in Gefahr, die blöden Sprüche der Männer auf dem Waldrandfest, der Überfall im Dixi-Klo, die Droh-Nachricht und der Diebstahl ihres Telefons.

Julia stützte den Kopf in die Hände. Sie konnte nicht verhindern, dass ihr die Tränen über das Gesicht liefen.

An meinem achtzehnten Geburtstag konnte ich über das Geld verfügen, das ich von Großmama, also von deiner Urgroßmutter geerbt habe. Die Anteile an der Firma gingen natürlich nach ihrem Tod an Papa.

Doch sie hatte auch einen stattlichen Betrag in Bargeld, Anleihen und Aktien, über den sie selbst verfügen konnte. Ich war immer ihre Lieblingsenkelin gewesen. Vielleicht lag es daran, dass auch sie einen sechsten Finger an ihrer rechten Hand hatte. Wir teilten den Makel. Meine frühesten Kindheitserinnerungen drehen sich um die Spiele mit ihr; sie schaukelte mit mir in ihrem wundervollen Garten, sie las mir vor. Ich bekam nach ihrem Tod eine Brosche und natürlich das Geld. Die Brosche habe ich noch immer, und ich werde einen Weg finden, sie mit diesem Buch zu verstecken. Ich muss *das Buch verstecken. Er darf es nicht finden.*

Als er das Geld hatte, wurde es zunächst wieder besser. Er quälte mich nicht mehr. Wenigstens eine Weile.

Auch weil, es war kurz vor deinem ersten Geburtstag, du plötzlich aufgehört hast zu schreien. Stattdessen fingst du an zu sprechen. Mit einer unermüdlichen Ausdauer hast du Worte geübt. Zuerst kam nur ein leises Lallen, aber du hast nicht aufgegeben. Gelaufen bist du ja auch schon, kurz danach. Ich wusste damals nicht, dass das besonders früh war. Erst später habe ich es von einem Kinderarzt erfahren.

An dem Tag, an dem du dann endlich »Papa« sagen konntest, an diesem Tag durften wir aus unserer Dachkammer ausziehen und wieder unten mit ihm wohnen. Ich war fast ein bisschen traurig, dass es mit unserer Zweisamkeit vorbei war. Ich traute dem Frieden nicht.

Er hatte eine Haushälterin eingestellt. Denise. Sie kochte und putzte für uns, so dass ich weiter nur für dich da sein konnte. Allerdings hatte sie kein Benehmen, nicht uns gegenüber. Sie war schnippisch und unverschämt, wenn ich sie um etwas bat. Ich war das nicht gewohnt, die Dienstboten, die ich bei meinen Eltern kennengelernt hatte, waren immer sehr zuvorkommend, wenn das »junge Fräulein«, wie sie mich nannten, einen Wunsch hatte.

Damals wusste ich nicht, dass sie ihren Platz in seinem Bett für mich hatte räumen müssen.

Montag, 20. Juli 2015

Sonnenaufgang:	05:37 Uhr
Sonnenuntergang:	21:02 Uhr
Minimaltemperatur:	10,3°C
Maximaltemperatur:	29,6°C
Erdbodenzustand (6 UTC):	trocken
Niederschlag:	0 l/m²
Sonnenscheindauer:	12,8 h
Waldbrandgefahrenstufe:	4 (hoch)
Namenstage:	Elias, Margarete

Dreizehn

Im Flur vor den Gruppenräumen im katholischen Kindergarten des Dorfes holte Julia ihren Sohn endlich ein. Florian war gerade dabei, seine Turnschuhe gegen die Hausschuhe zu tauschen. Sie hängte seinen Rucksack mit dem Pausenbrot an einem kleinen Haken auf, strich Florian übers Haar und sagte: »Ich hol dich dann heute Mittag ab, mein Schatz.« Dann hielt sie ihn noch kurz an beiden Schultern fest. Irgendwie fiel es ihr heute besonders schwer, ihn gehen zu lassen.

»Guten Morgen!«, ertönte eine hohe Stimme.

Julia ließ ihren Sohn los und drehte sich langsam um. Frau Winklind, Florians Gruppenleiterin stand vor ihr. Julia mochte sie nicht besonders. *Fräulein* Winklind – sie bestand auf dieser in Julias Ohren vorsintflutlichen Anrede – sah immer so perfekt aus, ordentlicher Dutt, kein Haar am falschen Platz. Ob sie jemals mit den Kindern über den Boden robbte? In der Bauecke Türme baute, im Sandkasten Kuchen backte? Julia bezweifelte es.

Dann fiel ihr Anke ein, die perfekte Erzieherin, die Markus um den Finger gewickelt hatte. Vielleicht mutierte die auch irgendwann zu einem affektierten *Fräulein* Winklind, was Markus nur recht geschehen würde. Noch ein Grund mehr, Florian davor zu bewahren, bei seinem Vater wohnen zu müssen.

Florian zupfte an ihrer Hose und sah sie fragend an, »Mama, kann ich?«

Als sie nickte, sauste er in den Gruppenraum. Julia wollte gehen.

Doch die Kindergärtnerin sprach sie an: »Haben Sie einen kleinen Moment für mich, Frau Sommer?«

»Wenn es sein muss«, raunzte Julia. Auf Gespräche mit Fräulein Winklind konnte sie sehr gut verzichten. Meistens wies sie Julia ohnehin nur auf eine ihrer zahlreichen Verfehlungen als Mutter hin.

Die Erzieherin runzelte die Stirn. »Wir haben da ein aktuelles Infoblatt vorbereitet.« Sie deutete auf Florians Fach, und Julia sah den Zettel darin. Sie zog das Blatt heraus und knüllte es, ohne einen Blick darauf zu werfen, in die Hosentasche.

»Dankeschön, das hätte ich ja fast nicht gesehen. Aber ich habe es eilig, entschuldigen Sie.« Damit strebte sie auf die Tür zu.

Fräulein Winklind holte sie nach ein paar Schritten ein und fasste sie am Arm. Julia blieb unwillig stehen.

»Es geht darum, dass die Kinder absolut pünktlich zum Morgenkreis gebracht werden müssen.«

Julia nickte und sah stirnrunzelnd auf Fräulein Winklinds Hand an ihrem Arm hinunter. Die zog sie daraufhin schnell zurück.

»Ich stimme Ihnen unbedingt zu. Die Kinder können gar nicht früh genug daran gewöhnt werden, ihre Pflichten zu erfüllen. Pünktlichkeit ist eine Tugend, nicht wahr? Und warum soll es den lieben Kleinen besser gehen als den Erwachsenen?« Wahrscheinlich war es vergebene Liebesmüh. Kinder, die jünger als vier Jahre sind, können mit Sarkasmus nichts anfangen, so hieß es doch? Da hatte Fräulein Winklind ja doch eine Gemeinsamkeit mit ihren Schützlingen.

Julia machte einen ungeduldigen Laut und eilte zur Tür des Kindergartens hinaus. Doch die Erzieherin folgte ihr wieder.

»Ich möchte Sie wirklich bitten, unsere Regeln ernst zu nehmen, Frau Sommer! Außerdem, und das möchte ich gerade Ihnen besonders ans Herz legen, ist es absolut notwendig, dass die Kinder auch pünktlich abgeholt werden.«

Ertappt. Julia blieb wieder stehen. Sie versuchte natürlich ihr Bestes, doch immer wieder kam sie dann mittags doch ein paar Minuten zu spät. Zwölf Uhr dreißig war aber auch viel zu früh. Die Öffnungszeiten in diesem katholischen Kindergarten waren für arbeitende Mütter eine Zumutung. Unmöglich einzuhalten.

Sie biss die Zähne zusammen und presste ihre Antwort hindurch: »Natürlich.«

»Bitte achten Sie darauf, Frau Sommer. Wir müssten uns sonst überlegen, ob wir den Platz ihres Sohnes nicht einem anderen Kind geben, dessen Eltern sich mit den Regeln unseres Hauses identifizieren können. Einem katholischen Kind.«

Julia schnappte nach Luft. Bevor ihr eine passende Antwort eingefallen war, drehte Fräulein Winklind sich um und stolzierte in den Kindergarten zurück.

Julia trat wütend gegen den Reifen ihres Landrovers. »Hexe!« Am liebsten hätte sie Florian sofort wieder abgeholt. Es waren ja nur noch ein paar Wochen, bis er in die Schule kommen würde. Aber erstens musste sie arbeiten und zweitens wusste sie, wie sehr Florian es brauchte, mit anderen Kindern zu spielen. Wie sehr er die Vormittage im Kindergarten genoss.

In den letzten Jahren hatte er viel zu wenig Kontakt mit Gleichaltrigen gehabt. Nach der Trennung von Markus hatte es nur sie beide gegeben. Sie waren oft umgezogen, Julia war immer auf der Suche nach einer Heimat für sie beide gewesen. Einem Ort, an dem sie sich niederlassen konnten. Sie hatte das Referendariat gerade hinter sich gebracht, als sie schwanger geworden war. Nicht gerade geplant, auch wenn sie es heute trotz aller Schwierigkeiten als ihr großes Glück bezeichnete. Nach der Trennung war ihr spärliches Gehalt für Babysitter draufgegangen. Doch bei Markus zu bleiben war nie infrage gekommen.

Das Resultat war natürlich, dass Florian viel zu erwachsen und zu brav für sein Alter war. Er sollte noch viel mehr Zeit mit Altersgenossen verbringen. Erst in den letzten Monaten, seit sie mit Oma hier in Grafenried zusammenwohnten, war er etwas lockerer, entspannter geworden. Hatte Freunde gefunden.

Julia wollte ihm endlich Normalität bieten, einen Alltag, der sich von dem anderer Jungs nicht unterschied. Und dabei würde sie sich weder von einem Fräulein Winklind aufhalten lassen noch von irgendjemand anderem.

Diese blöde Tussi. Sie wurde nicht müde zu betonen, dass sie Florian in den *katholischen* Kindergarten aufgenommen hatten, obwohl er gar nicht getauft war. Was man natürlich im Rahmen eines kleinen Festes jederzeit nachholen könne. Sie bräuchte nur einen Termin mit dem Pfarrer zu vereinbaren. *Ganz bestimmt nicht*. Je mehr man Julia drängte, desto weniger konnte sie sich vorstellen, ihrem Sohn diesen Verein aufzuzwingen.

»Alles in Ordnung?«, sprach sie jemand an.

Sie drehte sich um und sah … Teresa. Als sei sie eben aus dem Asphalt gewachsen, stand sie plötzlich da. Dabei war das natürlich Unsinn, Teresas Einzimmerappartement lag ja genau gegenüber dem Kindergarten, die Fenster zur Straße hin.

»Ich hab dich gesehen und dachte, ich komme besser mal runter und sehe nach dir.«

Julia versuchte zu lächeln. Sie wollte die arme Teresa nicht auch noch mit ihren Sorgen belästigen. »Ja, klar, alles in Ordnung.«

»Sicher? Du siehst so … so zornig aus.«

»Diese blöde Winklind hat mich nur geärgert.«

»Was ist denn passiert?«

Julia gab sich einen Ruck. »Du weißt schon, diese Erzieherin im Kindergarten, die, die besonders katholisch ist. Na ja, ich soll Florian pünktlich abholen, sonst schmeißen sie ihn raus aus dem tollen katholischen Kindergarten.«

Teresas Augen weiteten sich. »Dürfen die das denn?«

Julia zuckte mit den Schultern. »Ich nehme es an. Was soll ich denn machen, wenn sie ihn nicht behalten wollen? Es gibt doch hier keinen anderen Kindergarten.«

Oma half, wo sie konnte, doch den ganzen Tag auf einen umtriebigen Sechsjährigen aufzupassen war definitiv zu anstrengend für sie. Sie war schon den Nachmittag über für Florian da, kochte das Abend- und oft auch das Mittagessen für die kleine Familie. Darüber hinaus war sie eine Frau von fast achtzig Jahren, die vielleicht selbst bald jemanden brauchte, der sie versorgte. Julia war froh, dass sie jetzt zusammenwohnten und sie die schwereren Arbeiten für Oma erledigen konnte.

Teresa berührte sie leicht am Arm. »Wenn du Hilfe brauchst, dann sag Bescheid. Ich kann mich auch um Florian kümmern. Du brauchst den Kindergarten nicht.«

Julia sah sie an. »Das ist lieb von dir, Teresa, aber ich schaff das schon.« Sie stieg ins Auto. Bevor sie die Tür schloss, zögerte sie. »Es wird schon gehen. Lang muss Florian ja nicht mehr hingehen. Im September kommt er schon in die Schule. Ich muss jetzt los, jemand hat mein Handy geklaut, und ich muss zur Polizei und das anzeigen. Wir sehen uns.«

Damit schloss sie die Tür, startete den Motor und fuhr aufs Polizeirevier Poing.

Vierzehn

»Von hier oben hat man ja einen Wahnsinnsblick.«

Hauptkommissarin Baumgartner hatte die Hände auf die Betonbrüstung des Aussichtsturms gestützt, spähte fasziniert nach unten und murmelte vor sich hin. In ihrer Hand glühte mal wieder eine Zigarette. Hoffentlich ließ sie sie nicht versehentlich fallen und verursachte damit einen Waldbrand. Julia nahm sich vor, noch mal die Gefahrenstufe im Internet zu überprüfen. Wenn es nicht bald regnete, würde die Flugbereitschaft Oberbayern mit den Beobachtungsflügen beginnen. Sie musste dafür sorgen, dass auch über den Grafenrieder Forst geflogen wurde.

Die Kommissarin fragte: »Wie hoch ist der Turm?« Sie schien in ihrem Element.

Winkler dagegen war in der Mitte der Plattform, gleich neben dem Münzfernrohr, stehen geblieben und sah sich unsicher um. Er war ein bisschen blass. Zitterte er auch?

»Vierunddreißig Meter. Man hat eine ganz gute Aussicht über den Wald.« Julia lehnte lässig an der Begrenzung der Betontreppe, die Hände in den Taschen der Cargohose. Warum hatte sie sich nur überreden lassen, für die Polizisten die Waldführerin zu spielen? Der Aussichtsturm schien die beiden dabei besonders zu interessieren. Julia hatte die Tour durch ihr Arbeitsgebiet erst abgelehnt, sie hatte Wichtigeres zu tun. Doch Baumgartner hatte mit einem Lächeln versichert, wie sehr sie ihre Unterstützung bei der Ermittlungsarbeit schätze. Und wie sehr es auch zu ihrem eigenen Vorteil sei, wenn sie sich kooperativ zeige. Wollte die Kommissarin diese kleine Erpressung jetzt immer anbringen, wenn sie etwas von Julia wollte?

Aber schließlich hatte sie sich in ihr Schicksal ergeben. Auf gut Wetter mit der Polizei zu machen konnte im Moment bestimmt nicht schaden, und es war außerdem besser, diese Bürohengste nicht alleine im Wald herumstromern zu lassen. Und wenn ihr dieses in ihren Augen sinnlose Unterfangen noch so sehr widerstrebte.

Nach einer kleinen Rundfahrt vorbei am Sankt Hubertus Biergarten, dem Wildgehege und der Waldkapelle war der Aussichtsturm der letzte Punkt der Besichtigung.

»Wirklich, ein toller Blick auf die Alpen«, krächzte Kommissar Winkler und rührte sich keinen Zentimeter vom Fleck. Er hatte die Augen starr auf den Horizont gerichtet, als sei ihm ein bisschen schwindlig, und schwankte jetzt auch noch leicht. Fast konnte er einem leidtun.

Julia schaute in die gleiche Richtung wie er. Natürlich konnte man die Berge von hier oben sehen, die schönen, erhabenen Berge. Davor die Felder, Ebersberg. Aber was sie noch viel schöner fand, war, dass man auf den drei anderen Seiten das Meer aus Baumwipfeln sah. Ihren Wald. Ihren Platz. Hier war sie zu Hause, und sie würde nicht wieder weggehen. Sie musste eben zeigen, dass sie die Beste für den Job war. Die Einzige.

»Wann kann ich eigentlich meine Bockbüchsflinte wiederbekommen?«, fragte sie beiläufig. »Das Schalenwild veranstaltet wahrscheinlich gerade ein Festessen mit unserer Naturverjüngung.«

Sie sah erst Winkler an, der noch immer regungslos in der Mitte der Plattform verharrte und das Aussichtsrohr umklammerte. Bestimmt hätte er sich gerne an die Treppe zurückgezogen. Pech gehabt, Julia besetzte diesen Platz, standhaft ihr schlechtes Gewissen ignorierend. Dafür wollte sie jetzt gerne eine Antwort auf ihre Frage. Hilfesuchend sah der bleiche Kommissar zur Chefin hinüber. Die zeigte zunächst keine Regung, nur der Wind zerzauste ihren kurzen schwarzen Pagenschnitt.

Julia merkte, dass keiner von beiden ihre Frage verstanden hatte, und war genervt. »Die Rehe fressen all die armen, kleinen Babybäume auf! Ich sollte was dagegen tun! Und dazu brauche ich die Flinte!«

Baumgartner drückte ihre Zigarette am Geländer aus, zog einen Taschenaschenbecher hervor und steckte die Kippe hinein. Dann sagte sie mit ihrer tiefen Stimme scheinbar an die Berge gewandt: »Das mit Ihrer Waffe kann noch ein Weilchen dauern. Die Untersuchungen sind noch nicht abgeschlossen.« Erst nach einer weiteren kleinen Pause fuhr sie fort: »Wir haben übrigens eine Nachricht aus der Ballistik bekommen. Der Hunter war nicht die Tatwaffe. Der hat Kaliber .357. Wir müssen natürlich immer noch herausfinden, wo er ist, aber die Tatwaffe hatte ein ungewöhnliches Kaliber. 7,5 mm. Könnte ein historischer Revolver sein.« Baumgartner drehte sich um und sah Julia in die Augen. »Haben Sie eine Ahnung, wer eine solche Waffe besitzen könnte?«

Julia schüttelte langsam den Kopf. Sie kannte niemanden, der einen historischen Revolver mit dem Kaliber 7,5 mm besaß.

Niemanden außer sich selbst.

Ein Schuss zerriss die Stille. Ganz nah, ganz laut. Julias Blick traf den Baumgartners. Dann rasten sie beide die Treppe des Aussichtsturms hinunter. Doch als sie unten ankamen und sich umsahen, konnten sie nichts entdecken. Und außer Winklers Schnaufen, der hinter ihnen endlich die Treppe des Turms herunterkam, war auch nichts zu hören.

Julia lief auf den Landrover zu und riss die Tür auf. Baumgartner, die ebenfalls schon die Tür ihres BMW öffnete, wollte sie noch zurückhalten: »Bleiben Sie hier, Frau Sommer! Lassen Sie uns das machen. Das ist Sache der Polizei.«

»Wenn in meinem Wald jemand herumballert, dann ist das auch meine Angelegenheit«, gab Julia zurück. Sie setzte sich in ihren Wagen und startete den Motor. Noch bevor Winkler den BMW erreicht hatte, war sie losgefahren.

Mit heruntergekurbeltem Fenster fuhr Julia den Landy zurück in Richtung des Dorfes, ohne auf den BMW zu achten, der ihr folgte. Aufmerksam betrachtete sie den Waldrand. Lange musste sie nicht suchen. Nach nur ein paar hundert Metern erspähte sie zwischen den Bäumen den Körper eines Rehs. Der Wilderer hatte wieder zugeschlagen. Und das am helllichten Tag.

Julia stoppte den Wagen. Sie ballte die Faust, als sie ausstieg. Den beiden Kommissaren bedeutete sie mit einer energischen Handbewegung, im Wagen zu bleiben. Vorsichtig näherte sie sich dem Tier. Sie durfte es nicht erschrecken. Doch die Umsicht war überflüssig. Das Reh war tot.

Fünfzehn

Das Haus lag in einer ruhigen Seitenstraße des Dorfes, in der sie noch nie gewesen war. Baufällige Häuser mit großen Grundstücken reihten sich aneinander. Neue Häuser hatte man scheinbar einfach in die Gärten gepflanzt. Sie stand vor einem dieser Neubauten. Neben der Haustür war ein großes weißes Schild mit schwarzen Lettern angebracht:

Korbinian Seiwald, Versicherungen

Julia hasste es, einfach bei fremden Menschen aufzutauchen, aber bei dem Kommandanten der freiwilligen Feuerwehr von Grafenried musste sie heute eine Ausnahme machen. In Anbetracht der aktuellen Wetterbedingungen und der Waldbrandgefahr hatte sie mit der Forstbehörde telefoniert. Der Forstbeamte aus Ebersberg hatte ihr nachdrücklich ans Herz gelegt, den Kommandanten der freiwilligen Feuerwehr zu kontaktieren.

Sie holte tief Luft und drückte auf die Klingel.

Wenige Augenblicke später öffnete sich die Tür und ein hochgewachsener, dunkelhaariger Mann mit buschigen Augenbrauen stand vor ihr.

Julia sank das Herz. Korbinian. Natürlich.

»Sie? Was wollen *Sie* denn hier?«, fragte Seiwald.

Es war der gleiche Korbinian, der beim Waldrandfest so übel über sie hergezogen hatte.

Julia schluckte hart. Sie hatte keine Wahl. »Ich wollte

mich vorstellen und Sie kennenlernen. Und dann wollte ich mit Ihnen über die Hitze und Trockenheit reden. Die Waldbrandgefahrenstufe ist schon seit einigen Tagen auf vier. Im Fall des Falles sollten wir zusammenarbeiten.«

Seiwald zog die Stirn in Falten, nickte aber. »Das stimmt. Wir müssen zusammenarbeiten, wenn es notwendig wird. Im Moment scheint es nicht notwendig zu sein. Sie können sicher sein, dass ich Sie anrufe, wenn es brennt. An einer Zusammenarbeit darüber hinaus habe ich kein Interesse. Heute Morgen war die Polizei hier und hat mich verhört, als sei ich ein Verbrecher – mit Verleumderinnen möchte ich nicht mehr zu tun haben, als irgend nötig. Also verschwinden Sie.«

Damit schloss er die Tür wieder und ließ Julia stehen.

Sechzehn

Julia wartete im Auto vor dem Forsthaus auf Martha, die noch nach Einkaufstüten kramte. Es war fast unerträglich heiß im Wagen, obwohl sie alle Fenster heruntergekurbelt hatte. Sie knetete ihre Unterlippe mit Daumen und Zeigefinger, in ihrem Kopf jagten sich Gedankenfetzen. Ein Wilderer schoss am hellen Tag ein Reh in ihrem Wald. Die Polizei suchte nach einer Waffe, die Julia gehören musste. Sie hätte sie niemals aus der Hand geben dürfen, sie niemals an Ludwig verleihen dürfen. Vor allem nicht ohne einen Beweis für die Leihgabe zu fordern.

Tanja hatte die Gelegenheit gehabt, die Pistole zu nehmen. Sie brauchte nur den Schlüssel zu benutzen und sie aus dem Schrank zu nehmen. Und es war durchaus möglich, dass der alte Waffennarr ihr gezeigt hatte, wie man damit umgeht. Würde Ludwig ihr so viel Geld hinterlassen, dass sich ein solches Verbrechen für sie lohnte?

Und auch sein Sohn, Tom Voss, konnte vielleicht mit einer solchen Waffe umgehen. Sein Vater besaß schließlich mehrere ganz ähnliche.

Andererseits war es Ludwig auch zuzutrauen, dass er die Waffe am Samstagmorgen mitgenommen hatte, um sie zu benutzen. Dann hätte jeder die Pistole aus dem Kofferraum nehmen können. Julia erinnerte sich wieder an die Geräusche, das Brechen von Ästen und das Rascheln von Blättern. Der Mörder konnte noch nicht weit weg gewesen sein, als Julia an den Tatort gekommen war.

Martha kam endlich mit Florian aus dem Haus und unterbrach damit Julias Gedanken. Sie öffnete für ihren Urenkel die hintere Tür, wartete, bis er sich angeschnallt hatte und stieg dann selbst ein. Sie machten sich auf den Weg zum Supermarkt in den Nachbarort, um ihren wöchentlichen Großeinkauf zu erledigen.

Als sie dort angekommen waren, ließ Julia Oma und Florian vor dem Eingang aussteigen und suchte dann einen Parkplatz. Erst ganz hinten fand sie einen, die ganze Welt schien heute Nachmittag unterwegs zu sein, und auf dem Weg zum Eingang des Geschäfts begegneten ihr mehrere Leute. Julia war ja nicht mehr ganz neu im Ort und kannte viele Menschen vom Sehen, doch heute war es, als sei sie eine Fremde. Oder schlimmer – eine Aussätzige. Die Leute drehten sich weg und schienen über sie zu tuscheln, sobald sie vorbeigegangen waren. Niemand sah ihr in die Augen, niemand grüßte, nur ein großer Mann mit blonden Haaren nickte ihr zu. Sie blieb wie angewurzelt stehen. Das war Tanjas Freund. Er war immer noch im Dorf. War er über Nacht in der Villa geblieben und kaufte nun für ein spätes Siegerfrühstück ein?

Julia riss sich los. Oma und Florian warteten. Sie bemerkte die beiden Spitzendeckchendamen kaum, die sie eine Mörderin genannt hatten. Die eine reckte die Nase in die Luft und raunte der anderen zu, so laut, dass nicht nur Julia sie bestens verstehen konnte: »Komm, Denise, das ist diese … Person.« Weiter beachtete sie Julia nicht und eilte davon.

Umso besser. Julia konnte sie sowieso nicht leiden. Die

andere, Denise, die mit der Narbe im Gesicht, sah Julia forschend an, und trotz der Mittagshitze fröstelte es Julia. Sie straffte die Schultern und hielt den Rücken gerade. Sie würde sich nichts anmerken lassen, sich nicht einschüchtern lassen. Nicht vor den Spitzendeckchendamen und auch vor sonst niemandem. Als sie bei Martha und Florian ankam, musste sie das Bedürfnis unterdrücken, die beiden fest in den Arm zu nehmen. Bevor sie den Supermarkt betreten konnten, trafen sie auf Teresa und Johanna, die gerade aus der Tür traten. Teresa trug in jeder Hand eine schwere Einkaufstasche und lächelte nur stumm zum Gruß. Julia mochte Johanna eigentlich sehr gern, aber manchmal missbrauchte sie Teresa als eine Art Dienerin, wie heute zum Beispiel zum Schleppen ihrer Einkaufstaschen. Das gehörte doch bestimmt nicht zur Arbeitsbeschreibung einer Mesnerin.

Johanna sagte gerade zu Martha: »Ich bin total schockiert, meine Liebe, total schockiert.« Sie packte Julia am Arm und zog sie ein wenig zu sich heran. »Ich glaube diesen Klatsch keine Sekunde, hörst du, Julia? Keine Sekunde! Diese Klatschbasen vergiften das ganze Dorf.« Damit ließ sie Julia wieder los.

Julia sah sie verwirrt an. »Wer vergiftet das Dorf?«

Martha hakte ein: »Was sagen diese Klatschbasen denn?«

Johanna riss die Augen auf. »Das habt ihr noch gar nicht gehört? Überall wird erzählt, dass Julia einen von der freiwilligen Feuerwehr bei der Polizei als Mörder vom alten Voss angeschwärzt hat.« Sensationslüstern machte sie eine Pause.

Julias Nackenhaare sträubten sich, und sie legte automatisch Florian eine Hand auf die Schulter. »Was? So ein

Quatsch.« Sie schwankte zwischen Entsetzen und dem Bedürfnis, die Koffer zu packen und Grafenried so schnell wie möglich zu verlassen.

»Das ist natürlich Unsinn, was die erzählen, so ist es doch!« Johanna schien sich sicher zu sein. Oder warum betonte sie das so? Julia schwirrte der Kopf. Doch dann zog Johanna Julia ganz nah zu sich heran und flüsterte: »Sei vorsichtig, mein Kind. Irgendetwas geht vor sich. Irgendetwas stimmt nicht. Der Pfarrer ist auch ganz komisch. Ich habe mitangehört, dass er die Leute vor dir gewarnt hat. Ich bin mir sicher, er weiß irgendetwas.«

Wir entwickelten eine Art Familienleben. Du wurdest in deinem Kinderzimmer am Ende des Flurs einquartiert, und ich musste meine ehelichen Pflichten in seinem Schlafzimmer erfüllen. Die blauen Flecken und die Striemen verbarg ich unter langen Kleidungsstücken.

Es war auszuhalten. Nur einmal musste ich zwei Tage in der Klinik bleiben, weil ein Riss am Anus nicht aufhören wollte zu bluten. Ich wollte nicht dort bleiben, konnte dich nicht allein mit ihm lassen, wer weiß, was ihm eingefallen wäre. Denise wäre nicht in der Lage gewesen, dich zu schützen. Erst als sie ein Kinderbettchen in mein Krankenzimmer schoben, willigte ich ein, einige Tage im Krankenhaus zu bleiben. Ich hoffe, du kannst dich an diese Tage nicht erinnern. Ich hoffe, der Himmel ist gnädig mit Kinderseelen.

Als ich nach meinem Krankenhausaufenthalt zurück in die Villa kam, hatte er seine Beziehung zu Denise, unserer Haushälterin, wieder aufgenommen. Das hieß nicht, dass ich wieder ins Dachgeschoss ziehen konnte – nein, er teilte sich zwischen uns auf. Sie schien irgendwie robuster zu sein als ich. Oder vielleicht ging er mit ihr auch vorsichtiger um. Sie war ja nur seine Angestellte. Für sie bestand zumindest die theoretische Möglichkeit, dieses Haus wieder zu verlassen.

Als du drei warst, hast du angefangen, mir jeden Tag zu berichten, wie das Wetter ist. Mama, es regnet, aber es ist nicht kalt, und der Wind ist lila. Mama, die Sonne scheint, es ist richtig warm, und der Wind ist orange. Spätestens dann wusste ich, dass du etwas ganz Besonderes bist. Kannst du die Farbe des Windes noch sehen?

Wir hatten also so etwas wie ein Familienleben, eine Menage á trois mit Kleinkind. Es hatte sich eingespielt.

Dann wurde ich wieder schwanger.

Siebzehn

Julia ließ sich in den hohen Besucherstuhl zurückfallen und stieß verzweifelt die Luft aus. »Frau Bogdonowa, vielen Dank für Ihren Vorschlag, aber das ist, hm … ehrlich gesagt, nicht leicht zu realisieren.«

»Frau Sommer, ich erwarte, dass Sie Anweisungen, die Sie von mir bekommen, zu meiner Zufriedenheit umsetzen.« Tanja thronte in Ludwigs Schreibtischsessel, eine Brille auf der Nase, die sie wahrscheinlich kompetent aussehen lassen sollte. Der Holzhändler hatte die Villa Voss gerade verlassen, einige ganz interessante Angebote gemacht, und nun hatte Tanja Flausen im Kopf, zumindest empfand Julia das so.

Sie hatte die trauernde Witwe gegeben, solange der Mann noch hier war, ganz das naive Frauchen. Doch nun war wieder die kühl rechnende Geschäftsfrau zum Vorschein gekommen. Oder eher das geldgierige Monster.

Julias Finger krampften sich um die Armlehne des Besucherstuhls. Sie zwang sich, langsam bis fünf zu zählen, bevor sie antwortete. Was bildete sich diese dahergelaufene Verlobte eigentlich ein?

»Sehen Sie, Tanja, wenn Sie die Buchen abholzen lassen, dann werden das Spaziergänger und Waldbesucher mitbekommen. Es wird Ärger geben, einen Aufschrei im Ort. Selbst wenn es Ihr gutes Recht ist, die Bäume einzuschlagen. Aber die Leute sehen nicht gerne große Kahlschläge im Wald. Vor allem nicht, wenn es um einen so alten Bestand geht. Hundertfünfzig Jahre! Das gibt es nicht mehr so oft. Im schlimmsten Fall kommen Horden von Naturschützern aus München hierher, mit Plakaten und Transparenten und demonstrieren vor der Villa. So einen Fall gab es in der Nähe erst vor ein paar Jahren, habe ich gehört. Das gab auch einen Riesenaufschrei in der Presse.«

Tanja saß mit verschränkten Armen da und schwieg zu diesem Schreckensszenario, deswegen sprach Julia weiter. Sie musste diesen einmaligen Bestand einfach vor der Abholzung beschützen.

»Außerdem hat das Holz eine bessere Qualität, wenn Sie es nicht im Hochsommer schlagen lassen, sondern im Herbst oder noch besser im Winter. Höhere Qualität bedeutet mehr Erlös. Mehr Geld.«

Tanja wiegte schweigend den Kopf. Aber immerhin schien Julia jetzt ihr Interesse geweckt zu haben.

»Wenn man eine solche Maßnahme plant, dann hat man am besten Geduld und wartet, bis man bei guten Marktbedingungen das Holz praktisch schon verkauft hat, bevor es überhaupt geschlagen ist. Oder man schlägt das Holz ein und nimmt an einer Stammholzauktion teil. Die großen Stammholzauktionen finden natürlich alle im Winter statt. Dann bringen die Stämme auch am meisten Geld.«

Tanjas Mund presste sich bei ihren letzten Worten wieder zu einer schmalen Linie. »Ich glaube, Frau Sommer, Sie verstehen nicht recht, was ich von Ihnen will. Die Bank lässt mich nicht auf Ludwigs Konten zugreifen, weil ich keine Vollmacht dafür habe. Das wird nach der Testamentseröffnung noch ein paar Tage dauern. Nur mit einem sofortigen

Geschäftsabschluss, bei dem der Erlös auf ein Konto überwiesen wird, über das ich verfügen kann, ist mir geholfen.«

Himmel, warum brauchte die denn unbedingt sofort Geld? Und warum ausgerechnet aus dem Forstbetrieb? Konnte sie nicht ein paar Aktien verkaufen, oder was auch immer? Dafür musste es doch andere Lösungen geben als einen Raubbau am Wald! Julia brauchte einen guten Vorschlag.

»Ich könnte versuchen, einen potenziellen Käufer für die Buchen zu finden. Das geht, selbst wenn das Holz noch im Wald steht. Damit sparen wir auch noch die Kosten für den Einschlag. In der Zwischenzeit verkaufen wir Papierholz aus einer Altdurchforstung. Dafür habe ich ein Angebot auf dem Schreibtisch, das kann ich Ihnen rübermailen. Und die Durchforstung ist dringend notwendig.«

Tanja erhob sich. Die Besprechung schien beendet zu sein.

»In Ordnung«, sagte sie streng. »Versuchen Sie, ein Angebot für das Buchenholz zu bekommen, Frau Sommer. Und veranlassen Sie die Durchforstung, von der wir gesprochen haben. Wie Sie wissen, gehe ich davon aus, dass Ludwig mich in seinem Testament zur Erbin bestimmt hat. Und ich werde diesen Besitz zu einem wirtschaftlichen Unternehmen machen.«

Julia stand ebenfalls auf. Man hatte von Ludwig halten können, was man wollte. Seine überhebliche Art, mit ihr und Frauen überhaupt umzugehen, hatte sie zur Weißglut getrieben. Und dann diese Szene in seinem Büro … Doch wenigstens hatte er Ahnung davon gehabt, wie man einen Wald nachhaltig bewirtschaftete. Und er hatte ihr fachlich vertraut, sie hatte freie Hand in ihrem Job gehabt. Wenn vielleicht auch nur deshalb, weil er keine große Lust gehabt hatte, sich um den Wald zu kümmern. Abgesehen von der Jagd und der Möglichkeit, den Geländewagen auszuführen, hatte er sich nicht besonders dafür interessiert.

Tanja dagegen schien zu glauben, der Wald der Familie Voss sei eine Gelddruckmaschine, so eindringlich hatte sie Julia dazu aufgefordert, den finanziellen Erlös quasi über Nacht zu steigern. Von Nachhaltigkeit und anderen Grundsätzen der Forstwirtschaft schien sie entweder nie gehört zu haben oder nichts zu halten. Konnte das eine Basis für eine Zusammenarbeit sein?

Tanja brachte Julia bis zu Haustür. Sie lächelte kalt und hielt Julia eine schlaffe Hand hin.

Doch noch bevor Julia sie ergreifen konnte, hörten sie das kratzende Geräusch eines Schlüssels in der Haustür, und Tanja zog ihre Hand rasch zurück. Die Tür flog auf, und ein großer Mann stand vor ihnen. Strubbelige dunkelblonde Haare lugten unter einer schwarzen Wollmütze hervor. Er trug Jeans, ein weißes T-Shirt und ausgetretene Turnschuhe. Er musste Mitte zwanzig sein.

Julia erkannte ihn sofort, auch wenn er auf dem Foto im Internet im Gegensatz zu jetzt keinen Bart getragen hatte: Es war Tom Voss.

»Oh, hallo«, sagte der Neuankömmling. Er tauchte in der Gewohnheit großer Menschen unter dem hohen Türstock hindurch, nahm die Sonnenbrille ab und sah Julia aus steingrauen Augen verwundert an. »Ich hatte eigentlich nicht erwartet, noch jemanden hier anzutreffen.« Ein neugieriges Lächeln erschien in seinem Gesicht.

Dann blickte er stirnrunzelnd zu Tanja, die wie versteinert stehen geblieben war.

»Ich wollte gerade gehen, entschuldigen Sie mich«, beeilte Julia sich zu erklären.

»Aber nicht wegen mir, hoffe ich?«

»Nein, natürlich nicht. Ich muss wieder an die Arbeit.«

Er nickte nur und sah dann wieder Tanja an. Als kein weiteres Wort gesprochen wurde, verließ Julia hastig das Haus.

Achtzehn

»Waoaoaoaoaoaoao«, tönte wildes Indianergeheul aus dem Garten. Florian hüpfte in der Badehose durch das Gras und beschoss unsichtbare Angreifer mit seiner neuen Wasserpistole. Sie hatten den Rasensprenger angestellt, so dass er durch den Wasserstrahl springen konnte. Er beschützte Martha, die auf einem Liegestuhl im Schatten des Kirschbaums schlief. Oder so tat, als schliefe sie. Der größte Schatz in Julias Leben. Ihre beiden größten Schätze. Ihre Familie.

Sie wandte sich lächelnd ab und zog sich in ihr kleines Büro zurück.

Papierholz verkaufen und eine Möglichkeit finden, den wunderbaren alten Buchenbestand vor Tanja zu retten, diese beiden Punkte standen ganz oben auf ihrer Tagesordnung.

Am besten wohl auch gleich wieder die Suche nach einem neuen Job. Tanja kam auf Dauer als Arbeitgeberin nicht infrage. Es wollte nicht in Julias Kopf, wie man überhaupt daran denken konnte, einen Buchenbestand mit einem Alter von über einhundertfünfzig Jahren einfach so abzuholzen. Vielleicht einen Stamm, aber doch nicht den ganzen Bestand. Der war eine Wertanlage, deren Ertrag sich in den nächsten fünfzig Jahren nur noch steigern würde.

Julia startete den Computer und öffnete das E-Mail-Programm und den Internet-Browser. Unter ihren E-Mails war eine, die eine Nachricht auf Facebook ankündigte. Zögernd und mit einem komischen Gefühl im Bauch öffnete Julia Facebook und klickte die neue Nachricht an. Es waren nur wenige Worte: *Verpiss dich aus unserem Wald, Verräterin. Oder wir finden dich.*

Julia löschte die Nachricht sofort. Vielleicht hätte sie Baumgartner lieber nichts von ihrem Verdacht wegen des Wilderers erzählen sollen. Dabei hatte sie es eigentlich nur so dahergesagt. Wer hätte gedacht, dass die Baumgartner das so ernst nahm und anscheinend gleich eine Razzia veranstaltete? Eine Menge Leute schienen nun zu denken, sie hätte sie verraten. Und einige schienen darüber sehr böse zu sein.

Sie schüttelte unwillig den Kopf und wandte sich ihrer Arbeit zu. Sie verschickte eine E-Mail an einen Zwischenhändler, der Papierholz suchte. Wenn er antwortete, würde sie Waldarbeiter anfordern, die das Holz aus dem Bestand holten. Dann vertiefte sie sich in einige Seiten über Wertholzauktionen im Internet. Vielleicht ließ sich hier die rettende Idee finden. Ihre Gedanken schweiften immer wieder ab, und so ging die Arbeit nur langsam voran. Bei ihrem Besuch in der Villa hatte sie keine Spur von dem blonden Unbekannten entdecken können. Dabei hatte sie gehofft, ihn zusammen mit Tanja zu sehen, um das Verhältnis der beiden zueinander besser einschätzen zu können. Vielleicht ließ sich dann auch beurteilen, ob die beiden das Verbrechen begangen hatten. Sie musste unbedingt herausbekommen, was Tanja erben würde.

Ein Räuspern ließ sie aufschrecken. Sie fuhr herum. Tom Voss stand in der Bürotür und lächelte sie an. Julia sprang hastig auf und stieß sich dabei das Knie am Schreibtisch.

»Entschuldigen Sie die Störung, Frau Sommer«, fing er an. »Die Klingel funktioniert wohl nicht. Die Tür stand auf, da dachte ich …« Er verstummte.

»Und da schleichen Sie sich einfach herein und erschrecken mich?«, fragte Julia. Sie rieb sich das Knie.

Tom sah schuldbewusst aus. »Ich, äh, ich wollte mich noch einmal richtig vorstellen. Und Sie kennenlernen.« Der Blick aus seinen grauen Augen war irgendwie intensiv. Der Dreitagebart ließ ihn erwachsener aussehen, allerdings hatte er das Haar wieder unter der schwarzen Häkelmütze versteckt. Bei dem Wetter.

Sie zog die Augenbrauen hoch. »Ja und?«

»Also ich bin Tom. Tom Voss. Und Sie sind … waren die Försterin meines Vaters, oder? Und jetzt …«.

»Ja, was ist jetzt?«, hakte Julia nach. Nachdem Tanja klargemacht hatte, dass sie ihre neue Chefin sein würde, war das genau die Frage, die auch Julia sich stellen musste.

Tom schien nach den richtigen Worten zu suchen.

Julia beschloss, ihm ein wenig auf die Sprünge zu helfen. »Verzeihen Sie mir meine offene Frage, aber ist denn nicht Tanja die Erbin?«

»Jetzt, wo mein Vater nicht mehr da ist … Was? Tanja?« Er stutzte.

»Ja, sie sagte das.«

»Nein. Ich glaube, das stimmt nicht. Ich …«, er sah ehrlich verwirrt aus.

»Wie Sie meinen.« Julia konnte ihn aus seiner Verwirrung nicht erlösen. Wie auch.

»Ja. Eigentlich wollte ich mit Ihnen über den Wald und das alles sprechen. Aber vielleicht… ich glaube, ich gehe jetzt besser wieder.«

»Okay.« Julia setzte sich wieder an ihren Schreibtisch.

»Auf Wiedersehen.« Er verschwand so plötzlich, wie er gekommen war. Und Julia wusste keinen Deut genauer als zuvor, was die Zukunft für sie bringen würde.

Neunzehn

Gebadet, mit geputzten Zähnen und im frischen Schlafanzug kletterte Florian ins Bett. Martha hatte sich einen Stuhl neben das Bett gezogen und war schon vorbereitet auf das, was jetzt kam.

»Omilein? Erzählst du mir noch eine Geschichte?«

»Omilein? So charmant bist du heute Abend, Bub?«

Florian grinste und legte seine Ärmchen um Marthas Hals. Er drückte ihr einen Kuss auf die Wange und sagte: »Ja klar. Wenn du mir etwas vorliest!«

Julia lehnte sich an den Türrahmen. Sie liebte es, diese friedvollen Szenen zu beobachten. Familienalltag. Florian setzte sich im Bett zurecht, und Martha fragte: »Welche Geschichte möchtest du denn hören?«

»Die vom heiligen Florian!«

Julia grinste. Wie immer. Diese Heldenversion der Heiligengeschichte, die Oma erzählte, war viele Wiederholungen wert, da stimmte sie ihrem Sohn zu.

»Also gut.« Martha spielte ein Stöhnen vor. »Wie du schon weißt, ist der heilige Florian der Schutzheilige der Feuerwehrleute.«

Florian nickte eifrig. Nichts wollte er im Moment lieber, als später einmal Feuerwehrmann zu werden.

»Florian kam im 3. Jahrhundert nach Christus' Geburt zur Welt. Damals war Rom eine Weltmacht, und auch bei uns herrschten die Römer. Die Römer verehrten viele Götter und je mehr Länder sie eroberten, desto mehr wurden es. Florians Mutter und sein Vater waren aber Christen. Eines Tages, als Florian noch ein kleiner Junge war, ging er einmal an einem Haus vorbei, aus dem die Flammen schlugen. Er sah, dass die Erwachsenen versuchten, das Feuer mit Wassereimern zu löschen. Er wollte helfen. Also nahm er sich auch einen Eimer und schüttete das Wasser mit Schwung ins Feuer. Da ging das Feuer aus. Alle waren ganz erstaunt, denn es sah so aus, als hätte der kleine Florian ganz allein das Feuer gelöscht und damit ein Wunder gewirkt.«

Florian strahlte über das ganze Gesicht. Sein Namensvetter war sein großes Vorbild.

In solchen Momenten kam Julia fast in Versuchung, ihn doch noch taufen zu lassen. Aber sie hatte sich vorgenommen, dass er seine Religionszugehörigkeit später einmal selbst bestimmen sollte. Und weder ihre Großmutter noch ein *Fräulein* Winklind würden etwas an ihrer Entscheidung ändern.

»Als Florian dann erwachsen war, arbeitete er bei den Römern«, fuhr Martha fort. »Eine Zeit lang ging alles gut. Aber dann wurden die Christen in dieser Gegend von den Römern verfolgt, und alle gläubigen Menschen waren in großer Gefahr.«

Florians Augen wurden groß. Obwohl er die Geschichte schon gut kannte, war es ihm doch unheimlich, welche Gefahr von den Römern ausging.

»Niemand wusste, dass auch Florian ein Christ war«, fuhr Martha fort, »deswegen wäre ihm nichts passiert. Aber als er gemerkt hat, dass viele von seinen Freunden gefangen genommen wurden, da ging er zu seinem Chef, dem Statthalter Aquilinus, und sagte ihm, dass er auch ein Christ war.«

Florian hielt den Atem an.

»Aquilinus wollte Florian nicht gefangen nehmen, weil er ihn mochte und Florian ein guter Arbeiter war. Aber Florian wollte unbedingt genauso behandelt werden wie seine Freunde. Da band man ihm einen schweren Stein um den Hals und warf ihn in den Fluss, und da ist er ertrunken. Eine fromme Frau hat ihn später gefunden und begraben. Und deswegen können wir zum Heiligen Florian beten, der unser Haus vor den Flammen beschützt und uns wie seine Freunde nicht im Stich lässt.« Martha drückte ihrem Urenkel einen Kuss auf die Wange. »So, nun schlüpf unter die Decke!«

»Oma, ist der Florian jetzt im Himmel?« Florian war noch nicht bereit, die Geschichte auf sich beruhen zu lassen.

Julia wollte sich gerade zu den beiden auf das Bett setzen, als das Telefon klingelte. Sie lief hinunter in die Küche, hob ab und meldete sich.

»Gehst du endlich mal ran?«

»Hallo? Markus? Bist du das?«

»Spinnst du eigentlich total?«

»Was ist denn los? Und wie redest du eigentlich mit mir?«

»Ich kann dir sagen, was los ist. Den ganzen Tag über rufst du mich immer wieder an und legst dann einfach auf. Komplett plemplem, kann ich nur sagen!«

»Wer ruft dich an, ich? Stimmt doch gar nicht!«

»Und ob! Dabei weißt du genau, dass ich mit Anke in Paris bin. Ich fasse es nicht, dass du so eifersüchtig bist. Drehst du vollkommen durch?«

»Markus, ich weiß wirklich nicht, was du meinst! Falls du von meinem Mobiltelefon sprichst, das wurde mir geklaut!«

»Das war ja klar. Streite ruhig alles ab. Ich habe den Beweis auf meinem Handy. Achtundvierzig Anrufe von dir. Erst war ich beunruhigt, weil ich dachte, es wäre etwas mit Florian passiert, aber dann wurde mir klar, dass das nur heißen kann, dass du vollkommen durchdrehst. Ich sage dir eins: Wenn ich wieder da bin, dann werde ich mich drum kümmern, dass Florian in eine anständige Familie kommt. In meine.«

»Bist du verrückt? Florian geht es sehr gut hier bei mir. Und hier wird er auch bleiben.«

»Das werden wir ja sehen. Wenn du so weitermachst, habe ich bestimmt keine Schwierigkeiten, das Sorgerecht zu bekommen. Ich weiß genau, dass du das Kind allein in den Wald gehen lässt. Irgendwann ist er weg, denk an meine Worte!«

»Du spinnst doch. Draußen zu spielen hat noch keinem Kind geschadet, und Florian ist sehr vernünftig für sein Alter. Der macht keinen Quatsch!«

»Ich warne dich, meine liebe Julia, wenn meinem Sohn auch nur ein Haar gekrümmt wird, dann war es das mit dem Sorgerecht für dich. Und jetzt lass mich bitte endlich in Ruhe! Ich habe Urlaub!«

Er legte auf.

Julia musste erst eine Minute vergehen lassen und einfach nur atmen. Ein und aus. Allmählich beruhigte sich ihr Puls.

Sie ging hinüber ins Büro und kramte in dem Ordner, in dem sie alles Offizielle zu ihrer Arbeit abgelegt hatte. Sie fand die Unterlagen über das gestohlene Mobiltelefon und schaltete den PC an. Mit der IMEI-Nummer, von der sie erstmals heute auf dem Polizeirevier gehört hatte, würde sie ihre Telefonkarte sperren können. Sie öffnete die Seite des Mobilfunkanbieters, nur um festzustellen, dass sie ohne den Zugang zum Kundenkonto nichts ausrichten konnte.

Stöhnend legte Julia den Kopf in die Hände. Warum funktionierte eigentlich nichts? Sie fuhr mit dem Mauszeiger zögernd über das Icon für den Internetbrowser. Dann überlegte sie es sich anders und schaltete den PC wieder aus. Morgen würde sie Tanja bitten, ihr zu helfen.

Danach ging sie ins Kinderzimmer, schickte Martha mit einer Umarmung zu Bett, legte sich zu Florian und las ihm ein paar Zeilen aus seinem zweiten Lieblingsbuch über Feuerwehrleute vor. Auch als endgültig Schlafenszeit war, blieb sie, wo sie war. Sie kuschelte sich an ihren Sohn, bis er tief und gleichmäßig atmete.

Wer immer ihr Telefon geklaut hatte, er war auf dem besten Weg, ihr richtig Ärger zu bereiten.

Sie schmiegte sich an den kleinen Körper ihres Sohnes. Der gleichmäßige Rhythmus seines Atems beruhigte sie, und langsam entspannte sie sich, und dann schlief auch Julia endlich ein.

Du gingst schon zur Schule, hier im Ort. Ich habe dich jeden Morgen hingebracht. Ich wusste, dass es schwierig für dich war. Du warst immer schneller als die anderen in deiner Klasse, mehr als einmal sagtest du zu mir, Mama, warum lerne ich nur so schnell. Die anderen Kinder betrachteten dich als eine Art Außerirdischen. Interessant, aber auch irgendwie unheimlich. Manchmal glaube ich, du warst genauso einsam wie ich.

Hin und wieder beschriebst du mir auch noch die Farbe des Windes. Doch seit du die Buchstaben entdeckt hattest, konntest du von ihren Farben nicht mehr genug bekommen. Jeder Buchstabe hatte eine eigene Farbe, du hast sie mir alle genau beschrieben. Mit vier Jahren konntest du lesen, und mit sechs hast du Ronja Räubertochter von Astrid Lindgren gelesen. Einen Sommer lang wolltest du dann nicht mehr im Haus schlafen, nur noch im Wald, so wie Ronja, deine Heldin, es getan hat. Im Gegensatz zu ihr ist bei dir aber eine Aussöhnung mit deinem Vater unmöglich.

Er wollte es nicht. Ich habe lange versucht, es vor ihm geheim zu halten, aber irgendwann hat er es herausgefunden. Ich habe mein Bestes getan, um dein Geschwisterchen so lange wie möglich vor ihm zu beschützen. Ich war schon im fünften Monat.

Er war außer sich. Erst schlug er mich. Ich war grün und

blau, und er boxte mir immer weiter in den Bauch. Aber es nutzte nichts.

Mein Baby wollte bleiben.

Ich litt Höllenängste, weil diese Behandlung bestimmt nicht ohne Spuren an dem Wesen in meinem Bauch vorbeigegangen sein konnte.

Und doch hatte ich nicht mit der Hartnäckigkeit deines Vaters gerechnet.

Dienstag, 21. Juli 2015

Sonnenaufgang:	05:39 Uhr
Sonnenuntergang:	21:01 Uhr
Minimaltemperatur:	10,9°C
Maximaltemperatur:	31,3°C
Erdbodenzustand (6 UTC):	trocken
Niederschlag:	0,2 l/m²
Sonnenscheindauer:	12,1 h
Waldbrandgefahrenstufe:	4 (hoch), Gewitterneigung
Namenstage:	Daniel, Daniela, Laurentius, Stella

Zwanzig

Die Vormittagsstunden waren die schönsten im Wald. Im Sommer erst recht. Es war noch kühl und sehr friedlich.

Julia pflückte noch einige Pfifferlinge in ihren Korb, dann stand sie auf und reckte den verspannten Rücken. Sie betrachtete den Korb, dann die Stelle, an der die Pfifferlinge wuchsen. Das musste reichen. Sie platzierte das angefeuchtete Tuch, das sie von zu Hause mitgebracht hatte, sorgsam über den Pilzen, dann machte sie sich auf den Rückweg zum Auto. Die Pilze mussten noch ein kleines Weilchen im Wagen aushalten, zuerst war die Durchforstung dran. Egal, wer demnächst ihr Chef oder ihre Chefin sein würde, die Arbeit im Wald ging vor. Den Korb mit den Pfifferlingen stellte sie auf dem Beifahrersitz ab, dann ging sie zum Kofferraum und kramte nach der Spraydose. Ein Schuss krachte. Und noch einer.

Dann Motorengeräusch. Durchdrehende Reifen auf dem Schotter der Forststraße.

Julia knallte den Kofferraum zu und sprang ins Auto. Sie ließ den Motor an und wendete den Landrover. Trat aufs Gas und raste in die Richtung, aus der sie das andere Auto gehört hatte. Links an der ersten Abzweigung. Aufgewirbelter Staub auf der Forststraße.

Die richtige Spur.

Julia gab wieder Gas, doch ihr schwerer Landrover war

für Verfolgungsjagden nicht gemacht. Er kam nur langsam auf Touren. Verzweifelt trat Julia das Gaspedal durch. Weit vorne an einer Wegkreuzung erkannte Julia etwas Dunkelgrünes, einen SUV vielleicht, der nach rechts abbog. Doch als sie den Abzweig erreicht hatte, war kein Auto mehr zu sehen. Fluchend schlug sie mit der Hand auf das Lenkrad. Sie fuhr langsamer weiter, in der Hoffnung, in einer Abzweigung doch noch einen Blick auf das grüne Auto erhaschen zu können. Ihre Finger suchten nach dem Mobiltelefon in der Mittelkonsole, vergeblich, natürlich. Das war ja weg.

Sie ließ den Landy ausrollen und schaltete den Motor ab. Was sollte sie jetzt tun? Beziehungsweise, was zuerst? Sie musste den Vorfall bei der Polizei melden. Aber sie musste auch feststellen, ob der Wilderer etwas getroffen hatte. Gerade jetzt wünschte sie sich sehnlichst einen Hund, mit dem sie auf Nachsuche gehen könnte. Ein Blick auf die Uhr zeigte ihr, dass es kurz vor zehn war. Noch zweieinhalb Stunden, bis sie Florian vom Kindergarten abholen musste. Sie würde jetzt erst nachsehen, was genau passiert war. Julia wendete den Landrover erneut und fuhr langsam die Forstwege ab, von denen sie annahm, dass auch der Wilderer mit seinem grünen Auto dort entlanggefahren war. Alle paar Meter hielt sie an, stieg aus und spähte in den Wald. Sie durchstreifte das Unterholz entlang des Wegs, suchte nach Spuren frischen Blutes, nach allen möglichen Anzeichen.

Doch es schien, als hätte der Wilderer diesmal nicht getroffen, ihre Suche war vergeblich.

Schließlich kletterte Julia wieder in ihrem Wagen. Sie musste die Polizei anrufen, sobald sie in die Nähe eines

Telefons käme. Ihr Blick fiel auf den Korb mit den Pfifferlingen. Er war vom Beifahrersitz gerutscht und lag nun im Fußraum, die Pfifferlinge überall verteilt.

Seufzend sammelte sie die Pilze ein. Zuallererst musste sie die jetzt zu Johanna bringen, schließlich wollte diese ein Mittagessen für den Pfarrer zubereiten. Sie fuhr langsam los, dabei hielt sie mit der rechten Hand den Korb mit den Pfifferlingen fest. Sie warf einen Blick auf die Uhr im Auto: fast halb zwölf, sie musste sich beeilen, um alles zu erledigen und trotzdem noch rechtzeitig am Kindergarten zu sein.

Kurz darauf parkte sie am Maibaum. Wegen der Metzgerei gegenüber, in der reger Betrieb herrschte, waren alle Parkplätze bis auf einen einzigen belegt. Julia manövrierte den Landy in die enge Lücke, direkt vor eine der beiden Linden, die erst in ein paar Jahren groß genug sein würden, um richtig Schatten zu spenden. Sie quetschte sich aus dem Auto, zirkelte den Korb mit den Pilzen heraus und sah sich um. Viele Autos, aber nur wenige Menschen waren zu sehen, jeder versuchte schnellstens aus der Hitze in Häuser und klimatisierte Autos zu flüchten. Sie ging den Kirchenweg hinunter, blieb nach wenigen Metern vor dem Pfarrhaus stehen und klingelte. Nichts passierte. Sie spähte ins Fenster links neben der Haustüre. Dort lag Johannas Büro, doch es war niemand zu sehen. Eine Minute verging. Julia hörte Geräusche aus dem Haus und klingelte ein weiteres Mal. Und dann noch einmal. Niemand kam. Sie musste gehen, Florian wartete. Von Fräulein Winklind ganz zu schweigen. Also stellte sie den Korb mit den Pfifferlingen auf die Fußmatte.

Als sie sich umdrehte, um zu gehen, kam Teresa den Weg zum Pfarrhaus heraufgelaufen.

»Hallo Julia, was machst du denn hier?«

»Hey Teresa. Ich wollte die Pilze abliefern, aber es ist anscheinend keiner da.«

Teresa bedeutete ihr mit einer Handbewegung zu warten und holte einen Schlüssel aus der Jeans, mit dem sie die Tür zum Pfarrhaus aufsperrte.

Julia zögerte. »Hör mal, ich hab nicht viel Zeit, Florian wartet schon, und ich muss auch dringend telefonieren. Ich stelle den Korb einfach ab.«

Doch Teresa wischte ihren Einwand mit einer Handbewegung beiseite und nahm ihre Hand. »Wahrscheinlich ist Johanna schon in der Küche, da hört sie nicht immer, wenn jemand klingelt. Komm, wir sehen nach.«

Sie führte Julia zwischen den beiden Büros von Johanna und dem Pfarrer hindurch einen Gang entlang und dann eine dunkle Holztreppe hinauf. An den Wänden des alten Treppenhauses hingen schwere Ölbilder, und in den Nischen standen hölzerne Heiligenfiguren. Teresa öffnete die erste Türe links, und sie kamen in eine moderne Wohnküche. Am Herd stand Johanna und formte mit nassen Händen Semmelknödel, die sie in einen Topf mit siedendem Wasser gleiten ließ. Die Dunstabzugshaube rauschte über ihr, und Johanna sang inbrünstig: »Lobe den Herren, den mächtigen König der Eh-ren. Lob ihn, o Seele, vereint mit den himmlischen Chö-ren.«

Teresa berührte sie an der Schulter, und Johanna fuhr zusammen. Aber sie hatte sich sofort wieder im Griff und brach in schallendes Gelächter aus. »Da habt ihr mich ja schön erwischt bei meiner Chorprobe. War es sehr schief?«

Julia grinste und schüttelte den Kopf. »Ich könnte es nicht besser«, beteuerte sie und dachte daran, wie Florian sie gebeten hatte, ihm lieber nicht mehr vorzusingen. Sie schaffte es einfach nie, einen Ton zu halten. Sie streckte Johanna den Korb mit den Pfifferlingen hin, den diese strahlend entgegennahm. »Danke, du bist ein Schatz! Reherl mögen wir am liebsten!«

Julia lächelte. »Die hattest du ja auch bei Oma bestellt, oder? Und vielleicht besänftigen sie den Herrn Pfarrer ja ein bisschen.«

»Genau.« Johanna zwinkerte. Sie erzählte schmunzelnd, wie sie die Pilze zubereiten würde. Dabei schüttelte sie sie aus dem Korb in ein Nudelsieb und begann, sie zu putzen.

Dann wurde sie mit einem Mal ernst. »Kind, du solltest vorsichtig sein. Irgendetwas stimmt nicht mit dieser Geschichte. Dieser Mord an Ludwig … Niemand hat eine Vorstellung, wer es gewesen sein könnte. Aber alle, mit denen ich gesprochen habe, spekulieren darüber. Wenn man die Leute fragt, dann erklären sie, dass du schließlich zuerst bei der Leiche warst und niemanden angerufen hast. Manche meinen, es könnte etwas mit der Geschichte mit deinen Eltern zu tun haben.« Sie sah Julia sorgenvoll an.

Julia blickte verständnislos zurück. »Mit meinen Eltern? Was sollten sie mit Ludwig zu tun haben? Wer hat das gesagt?«

Johanna ließ den Kopf hängen. »Hm, na ja, das kann ich dir nicht genau sagen. Da müsstest du vielleicht mit dem Pfarrer sprechen.«

»Vielleicht solltest du ihn nach dem Unfall fragen«, warf Teresa ein, was ihr einen bösen Blick von Johanna eintrug.

»Warum? Was sagt er denn?« Julia wurde neugierig. Der

Unfall ihrer Eltern hatte doch nichts mit Ludwig und seinem Tod zu tun?

Teresa stellte die Dunstabzugshaube leiser. »Er erzählt jedem, der es hören mag, dass damals mit deinem Vater etwas nicht gestimmt habe. Er hatte wohl kurz vor seinem Tod Ärger mit Ludwig. Und er sagt, dass du auch mit dem Ludwig Streit gehabt hast.«

Johanna sah Julia mitleidig an.

»Ludwig hatte Streit mit meinem Vater?«, fragte Julia ungläubig. »Was war denn mit meinem Vater? Und was hat das mit dem Unfall zu tun?«

»Ich kann dir das nicht sagen. Frag den Benedikt.« Die Kirchturmuhr schlug zweimal. »Ja, mein Gott, jetzt muss ich mich aber beeilen, der Pfarrer kommt gleich zum Essen.« Johanna hatte auf einmal keine Zeit mehr zum Schwätzen.

Halb eins.

Na prima. Julia musste schnellstens zum Kindergarten.

Sie raste die Treppe des Pfarrhauses hinunter und aus der Haustür. Draußen hielt sie jäh inne, als sie feststellen musste, dass ein alter dunkelblauer VW Golf ihr Auto zugeparkt hatte. Mist, das konnte sie jetzt gar nicht brauchen. Sie sah sich hektisch um, konnte aber niemanden entdecken, der der Besitzer des Autos hätte sein können. Also rannte sie einfach los, es waren schließlich nur ein paar Ecken bis zum Kindergarten. Trotzdem war sie, als sie Minuten später dort ankam, nass geschwitzt.

Florian saß auf einem Beton-Poller vor dem Parkplatz des Kindergartens, baumelte mit den Beinen und beachtete sie nicht.

Fräulein Winklind, die ihn bewachte, leider schon. Die Handtasche unter den Arm geklemmt, stand sie vor der geschlossenen Tür des Kindergartens und telefonierte. Das hielt sie jedoch nicht davon ab, Julia mit einem eiskalten Blick zu durchbohren und mit ihrem dürren Zeigefinger unsichtbare Pfeile in ihre Richtung zu schicken. Dabei säuselte sie ins Telefon: »Nein, Herr Weber. Schon gut. Jetzt ist Frau Sommer doch noch gekommen. Hm. Ja.« Sie lauschte angestrengt, und ging ein paar Schritte weg und senkte ihre Stimme, so dass Julia nicht mehr verstehen konnte, was sie sagte.

Schlimm genug, dass diese schreckliche Frau sich überhaupt bemüßigt gefühlt hatte, Markus anzurufen. Dass sie ihn jetzt schon wieder in seinem Liebesurlaub gestört hatte, würde die ohnehin schon schwierige Situation zwischen ihnen beiden bestimmt noch verschärfen.

Julia kniete sich vor Florian hin. »Hey, mein Schatz. Entschuldige, dass ich zu spät komme!«

Er sah sie nicht an. Sie war natürlich nicht zum ersten Mal unpünktlich, aber nie zuvor hatte Fräulein Winklind ihn gezwungen, vor der Tür zu warten. In Julia brodelte es, aber sie versuchte, sich zurückzuhalten.

»Mäuschen, sei mir bitte nicht böse! Ein Auto hat unsern Landy zugeparkt, ich bin so schnell gerannt, wie ich konnte, um dich abzuholen.« Florian sah auf und betrachtete sie, verschränkte aber die Arme vor dem Körper und schob die Unterlippe vor.

»Ja, ich sage es ihr gerne. Natürlich. Dann wünsche ich Ihnen noch einen schönen Aufenthalt in Paris. Entschuldigen Sie die Störung. Vielen Dank. Auf Wiederhören!« Fräulein Winklind steckte geschäftig ihr Telefon ein und kam zu Julia und Florian.

Julia richtete sich auf, streckte die Schultern, und noch

bevor die Erzieherin einen Ton von sich geben konnte, sagte sie: »Es tut mir wirklich sehr leid, dass ich schon wieder zu spät dran bin, Frau Winklind. Aber es gibt keinen Grund, Herrn Weber damit zu belästigen. Er ist Florians Vater, ja, aber ich habe das Sorgerecht, insbesondere das Aufenthaltsbestimmungsrecht, und wenn Sie ihm Florian mitgeben würden, ohne das mit mir vorher zu besprechen, machen Sie sich wegen Kindesentzugs strafbar! Bitte merken Sie sich das!« Julias Stimme war ein bisschen laut geworden, und Frau Winklind wich erschrocken zurück. »Und nun wünsche ich Ihnen einen schönen Nachmittag!« Julia nahm Florian bei der Hand, wartete, bis er von dem Poller gesprungen war, und zog ihn dann mit sich. Sie hatte keine Ahnung, ob ihre harschen Worte gegenüber der Winklind wirklich auf rechtlich soliden Füßen standen – im Zweifelsfall hatte sie sich da gerade etwas lächerlich gemacht. Aber für heute war ihr das egal.

Sie marschierten wortlos, aber Hand in Hand, durch die Gluthitze zurück zu Julias Auto. Schon von Weitem stellte Julia fest, dass der Golf immer noch vor ihrem Landrover parkte. Was für eine Unverschämtheit! Mittlerweile waren mehrere andere Parkplätze auf dem Platz unter dem Maibaum frei geworden, aber da Julia ja direkt vor der Linde parkte, konnten sie nicht wegfahren. Martha hatte bestimmt schon das Mittagessen fertig und fragte sich, wo sie blieben. Wenn sie wenigstens ihr Handy hätte, könnten sie Oma ja Bescheid sagen. Julia fühlte, wie schon wieder Wut in ihrem Magen brannte. Heute schien nichts richtig zu laufen. Genauso wenig wie gestern und vorgestern. Puh. Vielleicht sollten sie zu Fuß nach Hause laufen. Andererseits konnte dieser Falschparker ja nicht ewig wegbleiben. Sie hob Florian hoch und setzte ihn auf die Motorhaube des Landys in den Schatten des Baumes. Er sah an ihr vorbei in die Ferne. Sie atmete tief durch. Niemand hatte das Recht, Florian den Tag zu verderben.

»Was ist grün und steht im Wald?«, fragte sie mit tiefer, verstellter Stimme. An einem kurzen Seitenblick und dem Blitzen in seinen Augen sah sie, dass Florian verstand, welches Spiel sie spielen wollte. Trotzdem presste er die Lippen zu einer schmalen Linie zusammen, sah wieder an ihr vorbei und schwieg beharrlich.

»Ein Baum!«, antwortete sie für ihn. Dabei machte sie den gelangweilten Ton nach, den Florian für besonders doofe Fragen reserviert hatte.

»Was ist gelb und schwimmt in der Badewanne?«, fragte sie weiter. Florian grinste, sagte aber immer noch nichts.

»Die Quietscheente! Und wer ist doof und kommt zu spät?«

»Die Mamaaaa!«, krähte Florian und lachte. Julia lächelte und drückte ihm einen Kuss auf die Nasenspitze, den er schnell mit dem Handrücken abwischte. Sie sahen sich an und grinsten verschwörerisch. Das Gefühl, ein Team zu sein und alle Schwierigkeiten zusammen lösen zu können, stellte sich wieder bei Julia ein. Am liebsten hätte sie Florian mit weiteren Küssen bedacht, doch sie hielt sich zurück.

Die nächsten paar Minuten vertrieben sie sich damit, Passanten zu beobachten und zu kommentieren, was sie anhatten. Vor der Metzgerei herrschte Hochbetrieb. Handwerker gingen ein und aus, dampfende Leberkässemmeln und Limoflaschen in den Händen. Julia sah Leute, die sie kannte, doch wieder blickten alle angestrengt weg. Einige blieben in sicherer Entfernung stehen, tuschelten und warfen verstohlene Blicke in ihre Richtung.

Dann öffnete sich die Tür des Pfarrhauses und Tom Voss schlenderte heraus. Er hatte die Fäuste in den Hosentaschen seiner Jeans verborgen. Und er ließ den Kopf hängen, so dass er sie erst bemerkte, als er bei den Autos angekommen war.

»Ach, Frau Sommer. Ist das Ihr Wagen? 'tschuldigung, ich musste in die Bank«, er wies mit einem Nicken zu dem Gebäude der Raiffeisenbank gleich neben dem Maibaum, »und zum Pfarrer, und hier war so viel los ...«, er grinste entschuldigend.

Julia seufzte. Mittlerweile war ihr größter Ärger verflogen. »Ist schon in Ordnung. Heute geht sowieso alles schief.«

»Bist du schuld, dass meine Mama zu spät gekommen ist?« Florian sah Tom neugierig an.

Dessen Gesicht nahm einen schuldbewussten Ausdruck an. »Oh, hatten Sie einen wichtigen Termin?«

»Nein«, antwortete Julia, aber Florian zwickte sie heftig in den Arm. »Aua! Oder doch. Ich war ein bisschen zu spät dran, Florian aus dem Kindergarten abzuholen.«

»Das tut mir leid«, meinte Tom zu Florian. »Kann ich das wieder gutmachen? Mit einem Eis zum Beispiel?«

Florian nickte eifrig, aber Julia schüttelte den Kopf. »Nein, das geht nicht. Jetzt wartet Oma mit dem Mittagessen auf uns.«

»Hm. Dann vielleicht später?«

»Na ja, ich muss heute Nachmittag unbedingt nach einer Durchforstung sehen, und ich wollte kontrollieren, ob die Absperrung am Aussichtsturm schon weg ist.«

»Zum Aussichtsturm wollte ich auch. Würden Sie mich mitnehmen?«

Julia starrte ihn an. Das war das wirklich das Letzte, was sie wollte: mal wieder den Fremdenführer spielen. Sie wollte endlich alleine und in Ruhe arbeiten. Aber den Wunsch konnte sie ihm als ihrem potenziellen zukünftigen Arbeitgeber wohl nicht abschlagen. Anscheinend gab es ja doch Hoffnung, dass er sich gegen Tanja durchsetzen würde.

»Wenn Sie das möchten, natürlich«, sie legte die Stirn in Falten, als müsste sie nachdenken. »Ich habe allerdings später noch etwas vor. Können Sie also schon um 14.00 Uhr bei uns sein? Pünktlich? Dann nehme ich Sie mit.«

Einundzwanzig

»Neumann.«

»Hallo Herr Pfarrer, hier ist Julia Sommer.«

»Ach, Frau Sommer. Vielen Dank für die Pilze. Reherl waren das, nicht wahr?«

»Ja, genau. Pfifferlinge. Bitte, gern geschehen. Ich hoffe, Sie haben Ihnen geschmeckt!«

»Ganz delikat. Und wie die Johanna die wieder zubereitet hat. Mmh. Wirklich sehr gut.«

»Herr Pfarrer, ich rufe eigentlich nicht wegen der Pilze an. Ich ...«

»Kann ich irgendetwas für Sie tun, Frau Sommer?«

»Ja, ehrlich gesagt, ich habe eine Frage an Sie. Es geht um meine Eltern.«

»Ich weiß nicht, wie ich Ihnen da helfen könnte. Sehen Sie, ich habe im Moment sehr viel zu tun.«

»Sie haben meine Eltern gekannt.«

»Ja, stimmt.«

»Haben Sie sie nicht sogar getraut?«

»Daran kann ich mich nicht erinnern. Ich habe einfach schon so viele glückliche Paare hier in dieser Gemeinde verheiratet. Wann soll denn das gewesen sein?«

»Im Mai 1978.«

»Ach nein, das muss mein Vorgänger gewesen sein. Ich bin erst seit 1980 Priester in Grafenried.«

»Dann waren Sie hier, als meine Eltern den Unfall hatten.«

»Ähm. Ja. Ja, natürlich. Es tut mir sehr leid. Ihre Eltern waren so nette Leute. Kamen oft in die Kirche. Es war so ein tragischer Unfall. Das ganze Dorf war schockiert.«

»Wissen Sie noch, was genau passiert ist?«

»Oh, das ist so lange her.«

»Haben Sie nicht gerade gesagt, das ganze Dorf war schockiert? Da ist Ihnen doch bestimmt etwas in Erinnerung geblieben?«

»Wirklich, Frau Sommer, ich weiß nicht, warum Sie diese alte Geschichte ausgerechnet jetzt vorbringen. Glauben Sie nicht, dass Ihnen das gerade zurzeit schaden könnte?«

»Der Unfall meiner Eltern ist eine alte Geschichte?«

»Nein, ach, Sie verstehen mich falsch. Es muss Sie bestimmt immer noch sehr viel Kraft kosten, diesen Verlust zu verschmerzen. Und dann noch …«

»Herr Pfarrer, gab es Gerüchte, dass mit dem Unfall etwas nicht stimmte?«

»Was für Gerüchte? Da gab es keine Gerüchte. Es war ein Unfall. Natürlich ein außerordentlich tragischer Unfall mit tödlichen Folgen für Ihre Eltern. Aber ein Unfall. Ihnen ist, glaube ich, nichts passiert?«

»Nein, mir ist nichts passiert. Ich saß hinten in einem Kindersitz.«

»Aber Sie können sich sicher an nichts erinnern.«

»Nur an ein helles Licht. Wenn ich mich an mehr erinnern würde, müsste ich Sie nicht fragen.«

»Nun, es tut mir sehr leid, aber ich kann Ihnen wirklich nicht helfen. Und ich sagte ja schon: Ich habe eigentlich überhaupt keine Zeit.«

»Bestimmt können Sie sich daran erinnern, was damals so geredet wurde. Man meinte, Sie könnten mir etwas dazu sagen.«

»Hören Sie doch nicht auf irgendwelches Geschwätz.«

»Aber jedes Gerücht hat einen wahren Kern, oder nicht?«

»Hören Sie, Frau Sommer, ich kann verstehen, dass Sie aufgewühlt sind. Jetzt, wo Sie wieder hierhin zurückgekommen sind, und auch nach dieser Sache mit Ludwig. Was ich nicht verstehe ist, warum Sie ausgerechnet mich mit Ihren Fragen belästigen.«

»Bitte, Herr Pfarrer, ich spüre doch, dass Sie mehr über den Unfall meiner Eltern wissen.«

»Meine Liebe, Sie sollten beten. Beten Sie zum heiligen Hieronymus. Er ist der Schutzheilige der Waisen. Ich werde ebenfalls für Sie beten.«

»Ich brauche keine Gebete! Bitte, ich muss wissen, was damals geschehen ist!«

»Beten Sie, im Gebet, werden Sie Frieden finden.«

»Ich möchte wirklich nicht beten, Herr Pfarrer, ich brauche keinen Frieden. Ich brauche Gewissheit. Was ist damals am Weihnachtsabend 1984 passiert? Bitte!«

»Der Herr unser Gott legt uns mancherlei Prüfung auf.«

»Herr Pfarrer, bitte!«

»Unsere Aufgabe als gute Christen liegt darin, in tiefem Glauben und mit festem Herzen diese Prüfungen anzunehmen und aus ihnen als besserer Christ hervorzugehen.«

»Hören Sie mir überhaupt zu? Sie wissen doch gar nicht, wie es mir geht!«

»Christus hat Ihre Eltern auf dem Weg ins ewige Leben geleitet. Beten Sie für Ihre Eltern und beten Sie um Kraft, mit dem Verlust umzugehen.«

»Herr Pfarrer! Bitte hören Sie mir doch zu!«

»Beim Herrn ist Barmherzigkeit und reiche Erlösung. Erlösung auch für Sie, liebe Frau Sommer. Beten Sie. Und rufen Sie mich nicht mehr an.«

»Verdammt, Sie wissen doch etwas! Da war doch etwas!«

»…«

Zweiundzwanzig

»Tom, wenn wir jetzt nicht hinuntersteigen, werden wir nass«, mahnte Julia. Von der Plattform des Aussichtsturms hatten sie jetzt beste Aussicht auf eine schwarze Gewitterfront, die sich schnell näherte. Blitze zuckten darin, und man konnte schon ein fernes Donnergrollen hören. Trotzdem rührte Tom sich nicht. Seit sie auf den Turm gestiegen waren, war er wortkarg und verschlossen, sein jungenhaftes Gesicht wirkte wächsern. Vielleicht machte ihm der Tod seines Vaters zu schaffen. Man hatte von hier oben auch einen ausgezeichneten Blick auf das weiß-rote Flatterband, das immer noch den Tatort markierte. Julia hatte sich still auf die Bank am Aufgang gesetzt und gewartet.

Er war jetzt eine Waise, so wie sie. Julia trug ihren Schmerz normalerweise tief versteckt in ihrem Herzen. Nur manchmal gestattete sie sich einen traurigen Moment. Zurzeit geschah das allerdings recht häufig, das musste sie zugeben. Ludwigs Tod schien die innere Verbindung zu ihrem Vater gelockert zu haben, und gleichzeitig wurden Fragen aufgeworfen, die sie nicht beantworten konnte. Sie fühlte sich leer und verwirrt – und konnte somit Tom Voss gut verstehen, wenn es ihm ähnlich ging.

Doch alles Verständnis würde sie beide nicht vor dem Unwetter beschützen.

»Tom«, versuchte sie es noch einmal, »jetzt kommen Sie

endlich!« Und dann kletterte sie eilig die Stufen hinab. Unten angekommen stieg sie in den Landrover, und während sie wartete, trippelten ihre Finger Stakkato auf dem Schalthebel.

Als Tom am Nachmittag ins Forsthaus gekommen war, hatte er ein halb zerlaufenes Eis am Stiel für Florian dabeigehabt. Der Kleine hatte vor Freude gestrahlt, auch wenn ihm mehr von der klebrigen Soße über die Finger gelaufen als im Mund gelandet war.

Dennoch, die Geste war wirklich nett gewesen. Sie fragte sich, ob Tom von seinem Vater jemals ein Eis am Stiel überreicht bekommen hatte, aber das Bild dazu wollte sich einfach nicht einstellen. Man konnte sich Ludwig überhaupt nicht mit irgendwelchen Kindern vorstellen. Sie hatte Florian nie mit in die Villa genommen, auf die Idee wäre sie gar nicht gekommen. Es passte einfach nicht.

Donner grollte. Die ersten dicken Regentropfen platschten auf die Windschutzscheibe. Da riss Tom die Autotür auf und stieg ins Auto. Endlich konnte sie Gas geben. Jetzt nur schnell nach Hause, die Durchforstung musste eben auf trockenes Wetter warten.

Julia musterte ihren Beifahrer: beige Cargo-Jeans, weißes T-Shirt, Leinenturnschuh. Wenigstens hatte er auf das Häkelmützchen verzichtet. Trotzdem nicht das richtige Outfit für einen Tag im Wald. Allerdings erst recht nicht für den Landy im Regen. Mittlerweile schüttete es so stark, dass die Dichtungen am Fenster ihren Dienst versagten. Wasser lief innen an der Frontscheibe herunter. Julia griff hinter den Beifahrersitz und reichte Tom ein altes Handtuch. »Hier, damit können Sie sich abtrocknen, wenn es gleich auch am Dach hereinregnet.«

Tom sah sie verwirrt an, doch dann zuckte er zusammen. Ihm war wohl der erste Tropfen in den Nacken gefallen.

Julia achtete nicht weiter auf ihn, sondern konzentrierte sich darauf, den Wagen möglichst schnell über die Forststraße nach Hause zu lenken. Es schüttete wirklich wie aus Eimern. Schlammiges Wasser spritzte hoch, wenn sie durch ein Schlagloch fuhren, und immer mehr von dem Regen drang auch ins Auto. Julia nahm sich wieder einmal vor, ihren Landy endlich zum Abdichten zu bringen.

Da bemerkte sie etwas Braunes vor sich auf dem Forstweg. Sie bremste den Wagen scharf ab. Durch den Regenschleier vor der Windschutzscheibe konnte sie fast nichts erkennen. Sie musste anhalten. Entschlossen stieg sie aus dem Auto, schmiss die Tür hinter sich zu und ging durch den strömenden Regen auf das braune Etwas zu.

Es war ein Reh. Sie blieb davor stehen, kniete sich hin und strich dem Tier traurig über den Hals. Es war noch nicht ganz kalt. Am Vorderlauf hatte es eine relativ frische Schusswunde. Das musste das Reh von heute Morgen sein. Julia sank in sich zusammen, es schien, als legte sich eine tonnenschwere Last auf ihre Schultern. Sie konnte nicht verhindern, dass ihr die Tränen über das Gesicht rannen. Sie weinte um das Reh, um die Schmerzen, die es gehabt haben musste, um ihre Eltern und um das bisschen Glück, das sie sich eingebildet hatte. Drang die Bosheit der Menschen jetzt auch in ihren Wald ein?

Sie spürte, dass Tom hinter sie getreten war. Also rappelte sie sich auf und wischte sich die Tränen aus den Augen. Tom hatte die Schultern bis zu den Ohren hochgezogen, als würde das gegen die Sintflut von oben helfen. Innerhalb weniger Momente war er genauso durchnässt wie sie.

»Wer ist das gewesen?«, fragte er rau und schaute das Reh an.

»Ich weiß es nicht. Ein Wilderer.« Julia räusperte sich und versuchte sich zu sammeln. »Das war nicht sein erstes Opfer. Ich glaube, er hat es heute Morgen geschossen, ich habe einen Schuss gehört. Nur konnte ich ihn nicht erwischen.«

»Erwischen?« Tom machte große Augen.

»Ja, ich habe noch gesehen, dass er mit einem grünen Geländewagen unterwegs war.«

»Haben Sie die Polizei informiert? Das ist doch eine Straftat, oder?«

»Ja, § 292 Strafgesetzbuch. Die Polizei weiß schon Bescheid. Wir kümmern uns darum.«

Julia drehte sich um und ging zum Kofferraum, zog die weiße Plastikwanne heraus und kehrte zu dem Kadaver zurück.

Ohne lange zu überlegen, packte Tom mit an. Zusammen hievten sie das Reh in die Wanne und trugen diese dann zum Kofferraum des Landrovers. Durchnässt bis auf die Haut stiegen sie wieder in den Wagen.

Julia ließ den Motor an, doch der stotterte nur; auch der Tritt aufs Gaspedal blieb wirkungslos. Sie hämmerte mit der rechten Hand auf das Lenkrad. »Mist! Mist, Mist, Mist! Auch das noch.« Julia fluchte. Einen Moment lang war alles still.

Dann gab Tom einen Grunzlaut von sich und stieg wieder aus dem Auto. Als er vor der Motorhaube des Landrovers angekommen war, rüttelte er an der Abdeckung. Julia öffnete die Fahrertür einen Spalt und rief durch den Regen: »Was soll das werden?«

»Ich versuche, das Auto wieder in Gang bringen. Machen Sie doch mal die Klappe auf«, kam es zurück.

»Sagen Sie das doch gleich!« Julia löste die Verriegelung unter dem Lenkrad, und Tom öffnete die Haube.

Sie überlegte. Ihr geliebter Landrover Defender hatte zwar ein paar Macken wie seine mangelnde Wasserdichte und einige Dellen. Dass er nicht ansprang, war aber ungewöhnlich. Sehr ungewöhnlich. Eigentlich noch nie vorgekommen. Sie starrte auf die vor ihr aufragende Motorhaube. Warum passierte das gerade jetzt? Hatte ihr Glück sie endgültig verlassen? Oder hatte jemand absichtlich ihren Wagen manipuliert?

Nach ein paar Minuten verlor sie die Geduld und stieg ebenfalls aus dem Wagen. Sie ignorierte den Regen und gesellte sich mit verschränkten Armen zu Tom, der fachmännisch über den Motor gebeugt dastand.

»Haben Sie schon was gefunden?«, fragte sie und lehnte sich ebenfalls über den Motorraum.

Er prüfte mit gerunzelter Stirn ein Kabel und antwortete nicht.

»Kennen Sie sich mit englischen Autos aus?«

»Na ja«, antwortete er. »Nicht besonders. Versuchen Sie zu starten.«

Julia kletterte ins Auto zurück und drehte den Schlüssel. Kein Ton, kein Ruckeln. Sie öffnete die Wagentür, um Tom das Ergebnis mitzuteilen, dann fiel ihr ein, dass er wohl selbst gemerkt haben musste, dass der Wagen immer noch nicht lief. Sie suchte kurz nach ihrem Handy und erinnerte sich, dass es gestohlen war.

Zurück in den Regen. Tom hatte anscheinend immer noch nichts gefunden, überprüfte aber den Ölstand.

»Denken Sie, Sie kriegen das hin? Ich muss nämlich noch mal ins Dorf heute Nachmittag.« Julia machte eine kleine Pause. »Könnte ich mir vielleicht kurz Ihr Handy ausleihen?«

Tom warf kopfschüttelnd die Motorhaube zu. Dann griff er in die Hosentasche, holte sein Mobiltelefon heraus und sah darauf. »Ich habe hier keinen Empfang. Ich glaube, wir warten am besten im Auto, bis es aufhört zu regnen, und gehen dann zu Fuß nach Hause.

Julia stöhnte. Sie drehte sich auf dem Absatz um, stieg in den Wagen und knallte die Tür zu. Wütend schlug sie mit der Faust auf den Beifahrersitz. Dabei erinnerte sie sich an den Sicherungskasten darunter, den Markus ihr einmal gezeigt hatte.

Tom wollte ebenfalls einsteigen.

»Halt!« Julia verwehrte ihm mit einer Geste den Eintritt. »Denken Sie, es könnte an einer feuchten Sicherung liegen?«

Tom schaute sie verständnislos an. Er strich sich mit einer Hand die nassen Haare aus dem Gesicht. »Ja, warum nicht?«, meinte er und wollte ins Auto klettern. »Himmel, bleiben Sie doch draußen!«, fuhr sie ihn an und fügte etwas freundlicher hinzu: »Der Sicherungskasten ist unter dem Beifahrersitz. Sie müssen ihn aufmachen und die Sicherungen überprüfen!«

Tom steckte folgsam den Kopf in den Fußraum, fand den Kasten und öffnete ihn. Er untersuchte die kleinen bunten Stecker, zog sie einzeln heraus, trocknete sie mit Julias altem Handtuch und steckte sie dann behutsam wieder ein. Dann sah er Julia erwartungsvoll an.

»Die Sicherungen sind jetzt wahrscheinlich das einzig Trockene hier.«

Julia lächelte. Sie versuchte, den Landrover zu starten.
Der Motor lief!
Sie stieß einen erleichterten Freudenschrei aus.
Tom grinste sie an. »Darf ich jetzt einsteigen?«

Dreiundzwanzig

Nach einer heißen Dusche sah die Welt schon wieder besser aus. Ausnahmsweise hatte sogar der Boiler seinen Dienst getan, als sollte Julia für die Aufregung entschädigt werden.

Sie nahm das als gutes Vorzeichen. Draußen tröpfelte es zwar immer noch ein wenig, aber Julia war froh um die Abkühlung, die das Gewitter gebracht hatte. Es ersparte ihr wenigstens für heute die Bewässerung des Gartens und senkte auch das Waldbrandrisiko.

Sie hatte mit einer freundlichen Beamtin der Polizei in Poing telefoniert und das tote Reh gemeldet. Die würde zwei Kollegen vorbeischicken, die das Beweisstück abholen sollten. Keine Neuigkeiten bezüglich ihres Mobiltelefons, natürlich. Gestohlene Mobiltelefone tauchten so gut wie nie wieder auf. Außer, man hatte Glück, und eine Diebesbande wurde erwischt. Julia hatte in ihrem Fall aber eher diese Burschen von der Feuerwehr im Verdacht. Sie fragte sich, ob die Taktik, die Pöbeleien so gut es ging zu ignorieren, wirklich eine gute Idee war. Das hatte ihr zumindest Hauptkommissarin Baumgartner geraten. Mit ihr hatte Julia ebenfalls telefoniert und ihr dann ihre Beobachtungen im Wald geschildert. Über den Mord an Ludwig gab es keine Neuigkeiten. Die Polizei hatte immer noch keine brauchbare Spur.

Jetzt saß Julia am Computer und kontrollierte die Wetterdaten. Die Waldbrandgefahr war sogar um eine Stufe gesenkt worden. Das war gut.

Ihre Gedanken schweiften wieder zum Nachmittag. Auf der Fahrt nach Hause waren Tom und sie immer wieder in Lachen ausgebrochen. Tropfnass saßen sie in einem Auto, in das es hineinregnete. Er hatte dann auch von sich erzählt, von dem Buch, an dem er schrieb, von den Künstlern, mit denen er in dem alten Bauernhof zusammenlebte. Er war Vegetarier, baute Gemüse in einem Bauerngarten an. Das mit dem Gemüseanbau fand Julia gut, aber was die Jagd betraf, waren sie verschiedener Meinung. Logischerweise. Tom hatte sich aus dem alten Handtuch einen Turban um den Kopf geschlungen und etwas von »Amphibienfahrzeug« gemurmelt. Bei dem Gedanken daran kribbelte es leicht in ihrem Bauch, und Julia musste wieder grinsen.

Vielleicht konnte es doch ganz gut werden, Tom als ihren neuen Chef zu haben. Lustig bestimmt. Wahrscheinlich hatte er keine Ahnung von der Leitung eines Forstbetriebs, aber das Wichtigste konnte sie ihm beibringen. Und war es nicht sogar besser, wenn sie dann noch mehr als zuvor in *ihrem* Wald schalten und walten konnte, wie sie wollte?

Aber was war dann mit Tanja? Der Möchtegern-Erbin und Verlobten? Julia wusste immer noch nicht, ob sie oder Tom der zukünftige Waldbesitzer und damit ihr Chef sein würde.

Es war Zeit, das herauszufinden.

Sie spazierte zu Fuß durch das Dorf bis zur Villa, dem Landy vertraute sie gerade nicht. Der Regen hatte aufgehört, und der Duft nasser, dampfender Erde erfüllte die Luft.

Die Sonne kämpfte sich zwischen den Wolken hervor. Als sie vor der Villa angekommen war, wusste sie immer noch nicht genau, was sie zu Tom sagen sollte. Oder zu Tanja.

Da wurde die Haustür aufgestoßen, und Tanja hievte mit beiden Händen einen riesigen Koffer aus dem Haus.

»Oh, hallo Tanja. Fahren Sie weg?«, fragte Julia und biss sich auf die Lippen. Was für eine dämliche Frage.

»Nein, ich mache einen Picknickausflug. Sieht man doch.« Jep. Tanjas bissige Antwort war berechtigt.

»Sorry.« Aber ganz eindeutig wollte Tanja die Flucht ergreifen. Wenn das kein Schuldeingeständnis war!

»Sie haben Ludwig ermordet! Wegen des Geldes.« Irgendwie waren die Worte aus Julias Mund geflutscht, bevor sie es verhindern konnte.

Tanja erstarrte. Dann lachte sie hell auf. Sie richtete sich auf, stemmte die Hände in die Hüften und blickte spöttisch auf Julia herab, die am Fuße der Eingangstreppe stehen geblieben war.

»Sie spinnen ja. Wie soll ich das denn gemacht haben? Ich war doch gar nicht in der Nähe, und schießen kann ich erst recht nicht!«

»Das stimmt nicht ganz, das wissen Sie genau. Und was ist mit Ihrem blonden Freund?«

Tanjas Lächeln wurde tiefer. »Was für ein Quatsch! Sprechen Sie von meinem Bruder? Der kann es, das stimmt. Er war in Russland beim Militär, bevor wir beide nach München gekommen sind. Aber wir haben mit dem Mord nichts zu tun. Ich war mit meinem Bruder auf dieser Fachschaftsparty, und danach haben wir dann in unserer Wohnung in der Stadt übernachtet. Fragen Sie doch mal bei der Polizei nach, die haben das schon überprüft.«

»Oh.« Julia ließ die Schultern hängen. »Aber warum wollen Sie denn dann weg?«

»Von weg *wollen* kann keine Rede sein! Der junge Herr Voss wirft mich aus dem Haus.« Tanja schnaubte. »Wenn Sie einen Verdächtigen suchen, dann würde ich bei dem mal nachfragen. Dem Herrn Millionenerben.«

Sie zerrte den Koffer die Stufen des Eingangs hinunter und schleifte ihn über die Auffahrt zu ihrem Auto. Dann drückte sie auf die Fernbedienung des Autoschlüssels, und die Lichter ihres Mini Cabrios leuchteten auf. Sie betrachtete skeptisch den Koffer und dann das kleine Auto.

Als Tanja den Kofferraum öffnete, hätte Julia fast laut gelacht. Da war ja das Handschuhfach des Landys größer als dieser Witz am Heck des Autos. Sie beugte sich hinunter und spähte durch die Fenster auf die Rückbank.

»Vielleicht kriegen Sie den Koffer hier hinein«, schlug sie vor und deutete auf das hintere Fenster.

Tanja sah sie erst misstrauisch an und zuckte dann hilflos mit den Schultern. »Einen Versuch ist es wert.« Sie öffnete das Verdeck des Wagens. Dann versuchte sie, den Koffer hochzuheben. Julia griff zu, und gemeinsam schafften sie es, den Koffer auf die Rückbank des Autos zu hieven.

»Danke«, sagte Tanja etwas freundlicher als zuvor.

»Bitte«, antwortete Julia. »Entschuldigen Sie meine Neugier, aber haben Sie Ludwigs Testament gesehen?«

Tanja lachte bitter auf. »Ja, ich habe es gesehen, hat sich aber nicht gelohnt. Ludwig hat es nicht geändert, nachdem wir uns kennengelernt hatten. Obwohl er mir da was ganz anderes versprochen hatte, komme ich nicht drin vor. Alles geht an seinen einzigen Sohn. Wie gesagt, der arme Poet ist jetzt ziemlich reich. Das einzig Gute daran ist, dass sich er von nun an um diesen Flohhaufen von einem Hund kümmern muss.«

Sie stockte und musterte Julia von oben nach unten. »Was ist eigentlich mit Ihnen selbst? Hätten *Sie* nicht guten Grund gehabt, Ludwig zu ermorden? Nach dieser Sache mit Ihren Eltern?« Tanja öffnete die Fahrertür.

»Halt! Was meinen Sie damit?« Julia streckte die Hand nach Tanja aus.

Die stieg in den Wagen. »Fragen Sie doch den Pfarrer!«

Julia stutzte und wollte auf Tanja zugehen.

»Was wollen Sie damit sagen?«

Doch Tanja zuckte nur mit den Schultern.

In diesem Moment schoss ein dunkelgrüner Volvo um die Ecke und bremste scharf vor der Villa. Tanjas Bruder stieg aus, und als er Julia sah, verdüsterte sich sein Gesicht. Eine kalte Faust ballte sich in Julias Magen.

»Was machen Sie denn hier?«, fragte er scharf.

Er baute sich vor Julia auf, die sich plötzlich sehr klein und schmächtig vorkam. Als er die Arme vor dem Körper verschränkte, wich Julia ein bisschen zurück.

»Ich, ich habe nur kurz mit Ihrer Schwester gesprochen, Herr, äh …«

Er nannte seinen Namen nicht. Stattdessen sah er Tanja an, die beschwichtigend die Hand hob und wieder aus dem Auto stieg. »Du kannst sie in Ruhe lassen, Alex, sie hat mir nichts getan.«

»Was ist mit diesem Kasper von Sohn?«

»Nichts, Alex. Wir können hier nichts mehr tun. Der Alte hat das Testament nicht geändert, alles gehört dem Jungen.«

Alex schnaubte unwillig.

Tanja legte ihm die Hand auf den Arm. »Es ist schon gut, Alex. Ich hätte nur ein bisschen mehr Zeit gebraucht, dann …« Ihr Blick fiel auf Julia, und sie verstummte.

»Ist vielleicht besser so. Ich habe dich nicht gerne mit dem Alten allein gelassen.«

Alex öffnete die Fahrertür des Minis für seine Schwester. »Lass uns fahren.«

Tanja stieg ein, ohne sich umzusehen, und fuhr davon.

Julia sah den Russen an. »Sie beschützen Ihre Schwester, nicht wahr?«

»Wenn sie Schutz braucht.«

Damit stieg er in den grünen Geländewagen und brauste davon.

Vierundzwanzig

Julia musste den Kopf frei bekommen. Der Abgang von Tanja ganz ohne Erbe und ohne Geld warf Fragen auf. Hieß das, sie hatte wirklich nichts mit Ludwigs Tod zu tun? Dann musste jemand anderes Ludwig getötet haben. Aber wer sollte das gewesen sein? Wer hatte ein Motiv, einmal abgesehen von Tanja, die nun doch nichts erbte, und vielleicht Tom, der jetzt ein reicher Mann war? Hatte der Wilderer einen Zusammenstoß mit Ludwig gehabt? War Tanjas Bruder Alex dieser Wilderer? Sollte sie die Polizei anrufen und von dem grünen Geländewagen erzählen? Aber was, wenn sie sich irrte? Sie konnte nicht mit Sicherheit sagen, dass es der Wagen des Russen gewesen war, den sie am Morgen im Wald gesehen hatte.

Und genau wie Johanna hatte Tanja von ihren Eltern gesprochen. Sie sollte den Pfarrer befragen. Immer wieder lief alles auf den Pfarrer hinaus, und ausgerechnet der wimmelte sie stets von Neuem ab. Sie brauchte einen Plan. Einen Plan, wie sie Pfarrer Neumann endlich dazu bringen konnte, ihr die Fragen über den Unfall und ihre Eltern zu beantworten. Was hatte Tanja mit ihren Andeutungen gemeint? Wie in aller Welt sollte der Mord mit dem Autounfall ihrer Eltern zusammenhängen?

Sie lief durch Grafenried, blind für die Menschen auf der Straße, denen sie begegnete und die sie neugierig anstarrten. Sie kam am Kindergarten vorbei und hielt an. Teresa. Genau, sie konnte alles mit Teresa besprechen, sie nach ihrer Meinung fragen. Vielleicht wusste sie etwas mehr über die Andeutungen, die Johanna gemacht hatte, und über Tom, Ludwigs Sohn. Sie überquerte die Straße und klingelte. Nichts geschah. Sie drückte den Klingelknopf noch einmal. Doch Teresa schien nicht zu Hause zu sein. Julia wandte sich ab und ging zurück in Richtung Ortsmitte. Am Maibaum angelangt, bog sie auf die Hauptstraße ein; ein paar Meter weiter warteten Kirche und Pfarrhaus. Als sie die Apotheke erreichte, stockte sie. Durch das Schaufenster erkannte sie drinnen Pfarrer Neumann. Glück musste man haben. Sie beschloss, vor der Tür auf den Pfarrer zu warten, und betrachtete die Auslage. Eine Heiligenfigur, malerisch von einem Pfeil durchbohrt, stand im Schaufenster und bewachte den Stapel eines Mittels gegen Insektenstiche. Der heilige Sebastian, wie sie am Fuß der Statue lesen konnte. Kopfschmerztabletten und ein Magenmittel wurden ebenfalls beworben.

Eine Minute später öffnete sich mit einem Klingeln die Ladentür, und der Pfarrer trat auf die Straße. Ohne Julia wahrzunehmen, eilte er in Richtung des Pfarrhauses. Julia holte ihn schnell ein.

»Herr Pfarrer, haben Sie einen Moment Zeit für mich?«

Er blieb nur kurz stehen und sah sie ungeduldig an. »Grüß Gott, Frau Sommer. Nein, es tut mir leid, aber ich muss sofort nach Hause. Was haben Sie uns da eigentlich für Pilze gebracht? Johanna geht es gar nicht gut, sie krümmt sich vor Bauchschmerzen und musste sich hinlegen. Sie braucht Medikamente. Und mir geht es auch nicht besonders gut!«

Julia zögerte. »Das tut mir leid, was ist denn mit Johanna?«

»Magenschmerzen und Kreislaufbeschwerden«, war die hastige Antwort. Er ging weiter, aber Julia hielt mit ihm Schritt.

»Das kann aber nichts mit den Pfifferlingen zu tun haben«, sagte sie bestimmt. »Die Pilze waren in Ordnung, als ich sie gebracht habe. Hat sie sich vielleicht den Magen mit etwas anderem verdorben?«

»Nein, mit was soll sie sich denn sonst den Magen verdorben haben. Mit den Semmelknödeln vielleicht, die sie selbst gemacht hat?« Er schnaubte.

»Herr Pfarrer, es tut mir leid, dass es Ihnen nicht gut geht. Aber bitte, ich brauche Ihre Hilfe.«

Der Pfarrer antwortete nicht. Stattdessen ging er schneller.

»Was wissen Sie über den Unfall meiner Eltern, Herr Pfarrer? Was hatte Ludwig damit zu tun, und was verschweigen Sie mir?«, drängte Julia. Sie musste jetzt fast laufen, um ihn nicht zu verlieren.

Doch der Pfarrer kniff die Lippen zusammen und eilte zum Pfarrhaus. Dort holte ihn Julia noch einmal ein. »Bitte, Herr Pfarrer, Sie müssen doch verstehen, dass ich unbedingt wissen muss, was geschehen ist.«

Neumann drehte sich langsam um und funkelte sie an. »Jetzt hören Sie mir einmal zu, Frau Sommer. Bisher habe ich versucht, Ihnen Geduld entgegenzubringen. Ludwigs Tod hat mich tief getroffen, er war mein bester Freund. Sie dagegen sind nichts als ein billiges Flittchen, und Sie haben es nur der Ehre von Ludwigs Andenken zu verdanken, dass ich der Polizei bisher nicht erzählt habe, wie Sie sich ihm an den Hals geworfen haben. Sie hinterhältige Schlange haben sich sein Vertrauen erschlichen und es gnadenlos ausgenutzt. Sie wollten sich an ihm rächen. Ich warne Sie: Beten Sie, dass Johanna wieder gesund wird. Ich werde persönlich dafür sorgen, dass Sie hinter Gitter kommen, sollte sich herausstellen, dass Sie ihr etwas angetan haben!«

Hinter ihm fiel krachend die Tür ins Schloss, und Julia blieb alleine davor zurück.

Fünfundzwanzig

Beim Abendbrot in der Küche des Forsthauses mit Oma und Florian war Julia sehr still. Sie musste immer wieder an diesen bewegten Nachmittag denken, an Tanjas Andeutungen, an Johanna und natürlich auch an den absurden Ausbruch des Pfarrers. Warum nur hatte er sich so aufgeregt? Und warum in aller Welt wollte er einfach nicht mit ihr sprechen? Warum sagte er ihr nicht, was damals geschehen war? Gedankenverloren versuchte sie, einen dicken Kanten Butter mit einem Messer auf ihrem Brot zu verteilen. Er war zu groß und zu kalt, und das Brot zerbröselte. Sie musste mit Johanna sprechen und herausfinden, wie es ihr wirklich ging. Vielleicht konnte sie mit ihrer Hilfe sogar etwas aus dem Pfarrer herausbekommen. Der Pfarrer hatte vorhin sicher übertrieben, an ihren Pilzen konnte sich Johanna den Magen nun wirklich nicht verdorben haben.

Nach dem Essen hatte es so weit aufgeklart, dass sie wieder vor dem Haus sitzen konnte. Das Holz der Gartenbank war getrocknet, und Julia genoss eine Tasse Tee an ihrem Lieblingsplatz. Die Luft war durch den Regenguss klar und sauber und roch unwiderstehlich nach Sommergewitter. Ein leichter Wind strich durch die Blätter des Kirschbaumes. Oma räumte in der Küche auf, und Florian durfte dabei das Sandmännchen ansehen. Es war ein herrlicher, friedlicher Abend.

Eigentlich. Denn ausgerechnet jetzt rollte der dunkelblaue BMW von Kriminalhauptkommissarin Baumgartner auf das Forsthaus zu.

Julia stöhnte und trank die Tasse aus. Die beiden hatten ihr gerade noch gefehlt. Die Kommissarin und Winkler stiegen mit ernsten Gesichtern aus. »Können wir Sie kurz sprechen, Frau Sommer?«, fragte Baumgartner. »Kommen Sie.« Sie blieb vor dem Gartenzaun stehen und winkte.

Julia trat durch die Pforte und gesellte sich zu den beiden Polizisten. Was konnten die beiden nur wollen? Hatten sie endlich herausgefunden, wer der Mörder war?

Baumgartner spazierte am Gartenzaun entlang zum Wald. Sie wartete, bis Julia zu ihr aufschloss, und deutete auf den Waldweg, der hinter dem Garten des Forsthauses begann. »Gehen wir ein bisschen?«

Die beiden Frauen schlenderten ein paar Meter in den Wald hinein, Winkler folgte ihnen in kurzem Abstand.

»Frau Sommer«, fing Baumgartner an, »ich glaube, Sie haben heute eine Portion Pilze ins Pfarrhaus gebracht. Ist das richtig?«

Julia bestätigte es.

»Was für Pilze waren das?«

»Pfifferlinge. Reherl sagt man hier.«

»Da sind Sie sich sicher?«

Julia blieb stehen. Ihr wurde ganz kalt. »Warum? Ist doch etwas Ernstes mit Johanna?«

»Frau Sommer, ich würde gerne von Ihnen wissen, ob Sie sich ganz sicher sind, dass die Pilze, die Sie im Pfarrhaus abgegeben haben, Pfifferlinge waren.«

»So sicher man sich eben sein kann. Ich sammle schon ziemlich lange Pilze und kenne mich ganz gut damit aus.«

»Hat jemand die Pilze vorher gesehen und kann bezeugen, was genau für welche es waren?«

»Teresa war da, als ich die Pilze gebracht habe, aber ich glaube nicht, dass sie sie ganz genau angeschaut hat.«

»Haben Sie selbst davon gegessen?«

»Nein. Die Portion reichte nicht für zwei Haushalte. Johanna hatte mich gebeten, ihr welche für das Mittagessen vorbeizubringen. Es sollte Semmelknödel mit einer Pilzsoße geben. Pfifferlinge sind gefährdet, deswegen darf man nicht viele davon sammeln. Der Bestand, den ich da vor ein paar Wochen entdeckt habe, ist nicht besonders groß.«

»Also, wenn ich Sie richtig verstanden habe, haben Sie keinen der Pilze von heute Morgen gegessen?«

»Nein. Heute nicht, aber wir haben von den Pilzen von dieser Stelle auch schon gehabt. Letzte Woche, glaube ich. Ich kann Oma noch mal danach fragen, sie erinnert sich an so etwas.«

»Aber heute haben Sie keine Pilze von dieser Fundstelle gegessen?«

»Nein, heute nicht, das sagte ich doch. Warum fragen Sie das alles? Was ist passiert?«

Baumgartner antwortete nicht. Sie drehte um und schritt langsam zurück zum Forsthaus. *Sie raucht heute gar nicht,* fiel Julia auf.

»Frau Baumgartner, ich will wissen, was los ist!« Julia eilte hinter ihr her.

Baumgartner sah sie durchdringend an. »Es sieht so aus, als sei jemand aus dem Pfarrhaus vergiftet worden.«

»Ach, ist dem Pfarrer sein Bier nicht bekommen?« Julia konnte sich einen spöttischen Unterton nicht verkneifen.

»Es geht ihm einigermaßen gut. Seine Haushälterin, Frau

Vogel, wurde mit Vergiftungserscheinungen ins Krankenhaus eingeliefert.«

Julia erschrak. »Johanna?« Sie ging schneller. »Ich muss zu ihr.«

»Das wird im Moment nicht gehen. Sie ist nicht bei Bewusstsein. Und wir haben einen Zeugen, der ausgesagt hat, Sie hätten einen Giftanschlag auf Frau Vogel verübt.«

Sechsundzwanzig

Julias Aufregung schien sich auf Florian übertragen zu haben. Unruhig wälzte er sich in seinem Bett hin und her. Immer wieder rief er nach ihr. Julia setzte sich schließlich auf seine Bettkante und streichelte seinen Rücken, bis er endlich richtig eingeschlafen war.

Leise schlich sie sich dann aus dem Zimmer und ging die Treppe in die Küche hinunter. Dort wartete Martha, vor sich eine dampfende Tasse Tee. Omas Allheilmittel.

Sie sah auf. »Möchtest du auch etwas Tee? Oder lieber ein Glas Wein?«

»Nein, nein. Bitte keinen Wein.« Besorgt sah sie Martha an. Diese sah blass aus und machte einen erschöpften Eindruck. »Hast du deinen Blutdruck gemessen, Oma? Nimmst du die Tabletten?«

Martha lächelte müde. »Ach, es geht schon. Bin halt eine alte Frau. Bei dem Wetter ist es ja kein Wunder, wenn man etwas müde ist. Gut und schlecht geht es mir, schlecht und gut.«

»Du machst dir Sorgen um Johanna, oder?«

»Stimmt. Ich verstehe das nicht, warum sollte sie von den Pilzen krank geworden sein? Du hast doch an der gleichen Stelle gesammelt wie vorher auch?«

»Natürlich. Mir geht das auch nicht in den Kopf. Ich bin mir hundertprozentig sicher, dass die Pilze in Ordnung waren.« Sie stöhnte und barg ihr Gesicht in den Händen. Wie war sie nur in diese Lage geraten?

Martha strich ihr über die Schulter. Sie erhob sich schwerfällig. »Sei mir nicht böse, Liebes, ich muss mich hinlegen. Ich hoffe, es stellt sich bald heraus, dass es ein Unfall gewesen ist.«

»Natürlich wird es das. Und ja, ruh dich aus. Schlaf gut, Oma!«

Martha verließ die Küche, und Julia blieb alleine am Küchentisch zurück.

Ein Unfall. Ein Versehen. Ja, das wäre eine Möglichkeit, und ihr war durchaus daran gelegen, Oma in dem Glauben zu lassen. Sie sollte sich nicht noch mehr Sorgen machen, als unbedingt nötig. Aber sie selbst war sich absolut sicher, dass keine giftigen Pilze in dem Korb gewesen waren. Nein. Das war kein Unfall, kein Versehen von ihr gewesen.

Aber die Alternative war genauso undenkbar. Wer sollte denn einen Grund haben, Johanna mit Absicht etwas Böses anzutun? Die gute Johanna, eine Seele von Mensch. Sie hatte vor allen anderen Julias kleine Familie in Grafenried gleich willkommen geheißen und sich mit Martha angefreundet. Für Martha war sie eine wichtige Bezugsperson, eine Freundin, das stand außer Frage. Und das, obwohl Johanna mehr als fünfzehn Jahre jünger als Oma war. Und obwohl sie im Ort aufgewachsen und bestens informiert war über das Zerwürfnis zwischen Martha und ihrer Familie. Sie war anscheinend eine der Wenigen, die es nicht zum Anlass nahmen, Martha wie eine völlig Fremde oder gar eine Art Aussätzige zu behandeln.

Vielleicht der Pfarrer? Nein. Johanna war ihm wichtig, nicht nur als Angestellte, so viel hatte Julia mittlerweile verstanden. Er war zwar eigensinnig, egoistisch und unverschämt. Aber seine Johanna war ihm heilig.

Auch zu Ludwig hatte Pfarrer Neumann eine ganz eigene Beziehung gehabt, die beiden waren schon immer eine verschworene Gemeinschaft gewesen. Einzig Neumann hatte es manchmal wagen dürfen, Ludwig zu kritisieren, das hatte sie von Oma gehört, die sich im Dorf bestens informiert hatte und oft mit Johanna plauderte.

Julia erinnerte sich an ein Gespräch in der Villa, das sie vor Wochen mitangehört hatte, auf das sie sich damals aber keinen Reim machen konnte. Vorausgegangen war ein Telefongespräch von Ludwig, das sowohl Neumann als auch Julia mitgehört hatten.

»Was willst du?«, hatte Ludwig ins Telefon gebellt. Nach einem kurzen Schweigen lachte er spöttisch auf. »Eine Gedenktafel? Wer sollte so etwas ansehen wollen? Niemand will das.«

Julia konnte nicht verstehen, was die Stimme am anderen Ende des Apparates sagte, doch der Tonfall klang nachdrücklich beschwörend. Wieder lachte Ludwig ein kaltes kurzes Lachen. »Nein, mein Sohn«, antwortete er dann, »das kommt überhaupt nicht infrage. Dafür werde ich keinen Cent ausgeben, verstehst du? Und ich erlaube auch nicht, dass eine solche Spinnerei auf meinem Grund und Boden aufgestellt wird. Niemals.«

Wieder lauschte er kurz. »Nein. Nur über meine Leiche. Auf Wiederhören, Thomas.« Er legte auf und sah grinsend seine Besucher an.

»Ludwig«, Neumann ging auf ihn zu und streckte die Hand nach ihm aus, »meinst du nicht, du könntest dem Jungen die Bitte erfüllen? Sie war immerhin seine Mutter!«

Ludwig schüttelte den Kopf. »Nein, Benedikt, da muss ich dich enttäuschen, und es wird nicht helfen, wenn du nachbohrst. Lass es gut sein.« Das kam so bestimmt, dass der Pfarrer nichts mehr erwiderte. Er zuckte traurig die Achseln, verabschiedete sich und ging.

Ludwig arbeitete dann mit Julia ungefähr zwei Stunden intensiv an der Einschlagplanung, ohne die geringste Gefühlsregung zu zeigen. Julia hatte sich natürlich nicht dazu geäußert.

Hatte Tom einen Grund, seinen Vater beim Wort zu nehmen? Sie musste mehr über die Familie erfahren.

Er gab mir eine Stricknadel. Damit sollte ich es wegmachen. Ich weigerte mich zuerst, aber es war aussichtslos. Er drohte, dir etwas anzutun. Wirst du mir glauben, dass ich keine Wahl hatte? Wird Gott mir glauben, wenn ich dann vor ihm stehe und für meine Sünden büßen muss? Er sagte, wenn du es nicht tust, dann ficke ich den Kleinen in den Arsch. Ich nahm die Stricknadel.

Es funktionierte erst nicht, ich legte mich hin und stocherte mit der Stricknadel herum. Ich machte es nicht richtig. Ich konnte es einfach nicht tun. Also rief er Denise hinzu. Sie fesselte meine Hände ans Bett, und dann spreizte sie meine Beine und band auch meine Knöchel fest. Sie schnitt mir die restliche Kleidung vom Leib, und dann nahm er die Nadel und stieß zu. Ich schrie, aber Denise hielt mir den Mund zu. Blut und Fruchtwasser spritzten aus mir und dann begannen die Wehen. Er ging. Er wusste, er hatte sein Ziel erreicht.

Denise blieb bei mir. Ich hatte sie nie gemocht, sie hat mich nie respektiert. Und doch saß sie bei mir und hielt meine Hand während der Wehen. Sie weinte mit mir. Und sie war da, als deine tote Schwester zur Welt kam. Denise verstaute den Körper in einem Schuhkarton. Alles sollte weitergehen wie zuvor. Der Pfarrer tauchte auf, Johanna mit ihm, und sie nahm den Schuhkarton mit deiner Schwester an sich.

Doch ich hörte nicht auf zu bluten. Er wollte keinen Arzt rufen, und er würde mich nicht wieder in ein Krankenhaus lassen, so viel war klar. Es war Denise, die mir das Leben rettete. Ausgerechnet sie brachte die Blutung zum Stoppen. Und so blieb ich am Leben. Als ob dieses Leben noch viel wert gewesen wäre.

Doch du warst noch so klein, und für dich musste ich leben.

Mittwoch, 22. Juli 2015

Sonnenaufgang:	05:40 Uhr
Sonnenuntergang:	21:00 Uhr
Minimaltemperatur:	16,6°C
Maximaltemperatur:	31,3°C
Erdbodenzustand (6 UTC):	trocken
Niederschlag:	0 l/m²
Sonnenscheindauer:	12,0 h
Waldbrandgefahrenstufe:	4 (hoch)
Namenstage:	Marleen

Siebenundzwanzig

Julia war an diesem Morgen todmüde, aber fest entschlossen, Florian wenigstens einmal pünktlich im Kindergarten abzuliefern. Sie schmierte Leberwurst auf sein Pausenbrot, verzierte es mit klein geschnittener saurer Gurke und füllte Müsli in seine Schüssel.

»Florian!«, rief sie durchs Haus. Sie hörte, wie Oma im Badezimmer plätscherte.

Dann stellte sie die Schüssel und eine Flasche Milch auf den Tisch, legte einen Löffel dazu und rief wieder: »Florian, Frühstück!«

Nichts rührte sich. Dabei war sein Bett schon verlassen gewesen, als sie vorhin nachgesehen hatte, der Schlafanzug lag wie immer zerknüllt auf dem Boden, die Schranktür des Kleiderschranks hatte sperrangelweit aufgestanden.

Julia verließ die Küche, trat in den Hausflur und bemerkte, dass die Haustür nicht ganz zu war. Sie öffnete die Tür ganz und sah in den Garten. Es würde wieder ein wunderbar sonniger Tag werden. Vom hinteren Teil des Gartens kam ihr Florian entgegen. Er ging langsam und bedächtig, ganz konzentriert auf das, was er mit beiden Händen vor sich hertrug. Als er sie bemerkte, hob er das Ding hoch, ihr entgegen. Es war ein Revolver.

Ihr Revolver.

Der Revolver, den sie bei der Überprüfung von Ludwigs

Waffen vermisst hatte. Der Revolver, den sie Ludwig ausgeliehen hatte, ohne dafür eine Quittung zu verlangen. Der historische Revolver mit dem seltenen Kaliber 7,5 mm. Der ihrem Vater gehört hatte.

Schnell nahm Julia ihrem Sohn die Waffe ab. Sie untersuchte sie, sicherte sie und hielt sie mit zitternden Fingern fest.

Florian strahlte sie an. Er war ganz offensichtlich sehr stolz auf seinen Fund.

»Mein Schatz«, fing Julia an, »das hast du toll gemacht. Super, dass du so aufmerksam bist und die Waffe so vorsichtig getragen hast. Du bist ein vernünftiger Junge, das merkt man immer wieder. Noch besser wäre es, wenn du mich einfach holst, wenn du wieder einmal so etwas findest, okay?«

Florian nickte.

Sie brachten den Revolver zusammen in die Küche und legten ihn auf den Küchentisch.

Dann ergriff Julia Florians Hand. »Zeig mir jetzt bitte, wo du den Revolver gefunden hast!«

Florian nickte folgsam und führte sie durch den Garten bis zum Zaun. Vor dem Gartentürchen, das in den Wald führte, blieb er zögernd stehen.

»Hier irgendwo«, meinte er und machte eine unbestimmte Handbewegung. Julia sah ihn an, aber er wich ihrem Blick aus.

»Florian«, hakte sie nach, »bist du in den Wald gegangen?« Das war verboten.

Florian wurde rot im Gesicht.

»Florian?«

»Ja. Ich bin ein kleines bisschen in den Wald gegangen.«

»Florian, wir haben doch schon so oft darüber geredet. Du musst mich vorher fragen, wenn du in den Wald gehen willst.« Sie seufzte. »Na gut. Für heute nicht so schlimm. Keine Strafe. Zeig mir, wo du den Revolver gefunden hast.«

Florian führte sie aus dem Garten und in den Wald. Diesen Weg war sie erst am Vortag mit Baumgartner und Winkler entlanggelaufen. Florian blieb allerdings nicht auf dem Weg, sondern schlüpfte ein paar Meter vom Gartenzaun entfernt durch ein paar Büsche und balancierte über einen umgefallenen Baumstamm. An einer Stelle, an der der umgekippte Wurzelstock einer Fichte hoch aus dem Boden aufragte, machte er Halt. Florian zeigte auf eine kleine Erdhöhle. »Ich wollte mir ein Lager bauen, da hab ich ihn hier gefunden.«

Julia versuchte sich nichts anmerken zu lassen, aber sie musste schlucken bei dem Gedanken, was alles hätte passieren können …

Achtundzwanzig

Heute hatte Julia Glück. Sie lieferte ihren Sohn gerade noch pünktlich im Kindergarten ab, und zwar, ohne Fräulein Winklind zu begegnen. Eine andere Erzieherin nahm Florian in Empfang und berichtete, dass die Ärmste mit einer Magen-Verstimmung das Bett hüten musste. Julia wünschte gute Besserung, doch ihr Mitleid hielt sich in Grenzen.

Sie verließ gut gelaunt den Kindergarten und stieg in den Landrover. Als sie den Schlüssel ins Zündschloss steckte, fiel ihr Blick auf den Beifahrersitz. Dort lag, wie vom Himmel gefallen, ihr Handy.

Hektisch riss Julia das Handschuhfach auf, in dem sie den Jutebeutel mit der Waffe verstaut hatte. Er war noch da. Gott sei Dank. Sie verfluchte sich kurz, weil sie, wie immer, das Auto nicht abgeschlossen hatte. Dann untersuchte sie ihr Mobiltelefon. Es schien unbeschädigt zu sein. Sie versuchte, es zu starten, doch der Akku war natürlich leer. Wer hatte es ihr zurückgegeben? Und warum? Sie sah sich um, aber abgesehen von den Autos einiger anderer Eltern, die noch schnell ihre Kinder in die Tagesstätte brachten, sah sie absolut nichts Ungewöhnliches. Sie konnte weder Alex, den blonden Bruder von Tanja, entdecken – der ja auch längst wieder in München sein sollte –, noch einen der Männer, die die dummen Sprüche beim Waldrandfest von sich gegeben hatten.

Nach einer Zwanzig-Minuten-Fahrt über die Dörfer parkte sie vor dem Gebäude der Kriminalpolizeiinspektion in Erding. Das Gebäude war wie eine Trutzburg um einen Innenhof herumgebaut, in dem sich Julia erst einmal auf die Suche nach Hinweisschildern machen musste, bevor sie die richtige Eingangstür fand. Links und rechts der Eingangshalle gingen mit Feuertüren gesicherte Gänge ab. Sie stellte sich an den Empfangstresen und legte den Jutebeutel mit der Waffe vor sich ab.

Eine uniformierte Polizistin mit kurzen roten Haaren und starkem bayrischen Akzent sprach sie an: »Grüß Gott. Was kann ich für Sie tun?«

»Hallo. Ich möchte mit Frau Baumgartner sprechen.«

Die Beamtin sah sie neugierig an. »Wer sind Sie denn, wenn ich fragen darf?«

»Ach ja, entschuldigen Sie bitte: Julia Sommer.«

»Und was darf ich sagen, worum es geht?«

»Ich möchte ihr etwas geben.«

»Ah, Sie möchten was abgeben, was ist es denn? Sie können es auch hier bei mir lassen.«

»Das möchte ich lieber nicht. Ich würde es Frau Baumgartner gerne persönlich übergeben.«

Julia sah sich suchend um. Sie konnte schlecht den Revolver aus dem Jutebeutel ziehen und damit ein mittleres Chaos auslösen. Wahrscheinlich verbrächte sie dann den Rest des Tages in einer Zelle.

»Ist Frau Baumgartner denn nicht da?«

Die Rothaarige schüttelte den Kopf. »Die ist heute noch nicht aufgetaucht. Ach, da haben Sie Glück – da kommt sie ja gerade. Frau Baumgartner!«, rief die Polizistin und winkte.

Erleichtert wandte Julia sich ab, nahm den Jutebeutel und ging ein paar Schritte auf die Kriminalhauptkommissarin zu.

»Frau Sommer, was machen Sie denn hier, so früh am Morgen?«

Julia warf einen verunsicherten Blick auf eine Wanduhr – gleich halb zehn –, bevor sie antwortete: »Guten Morgen, Frau Baumgartner. Mein Sohn hat beim Spielen im Wald etwas gefunden, das ich Ihnen vorbeibringen wollte.«

Baumgartner sah neugierig die Jutetasche an. »Um was handelt es sich denn?«

Julia öffnete den Beutel und ließ die Kommissarin hineinsehen.

Der entfuhr ein leiser Pfiff. »Sehr gut, sehr gut!«, murmelte sie. »Das kommt ja wie gerufen. Sofort ab in die Ballistik damit.« Sie zückte ihr Handy. »Winkler? Kommen Sie mal runter. Ja zum Empfang. Frau Sommer ist hier und hat uns ein Geschenk mitgebracht.«

Neunundzwanzig

Eigentlich sollte Julia jetzt zur Arbeit fahren, doch anstatt in den Wald lenkte sie den Wagen in einem weiten Umweg um den Wald herum an der Künstlerkolonie vorbei. Berg bestand aus einzelnen Gehöften, die in großen Abständen an einer langgezogenen Seitenstraße lagen. Der Hof mit der Bezeichnung Berg 2 sah nicht anders aus als andere Bauernhöfe, die Julia kannte. Ein gepflegter Dreiseithof mit einem alten Bauernhaus, einem Stall und einer Scheune, die als Wohnhaus ausgebaut war. Leute waren nicht zu sehen. Julia überlegte, ob sie aussteigen und einfach an die Tür klopfen sollte, entschied sich dann aber anders.

Sie fuhr den Weg an alten Obstbäumen entlang zurück zur Hauptstraße und durch den Forst bis nach Grafenried. Dort parkte sie am Maibaum und ging die paar Meter zum Pfarrhaus über den Kirchhof zu Fuß. Sie wollte einen neuen Versuch starten, endlich mit dem Pfarrer zu sprechen. Das schien ihr ein guter Tag dafür zu sein.

Noch bevor sie ihr Ziel erreicht hatte, traf sie Teresa am Tor zum Friedhof. Die Ärmste hatte einen Eimer mit Wasser in der einen Hand, in der anderen hielt sie eine triefende Bürste. Die Haare hingen ihr strähnig ins Gesicht, und sie trug tatsächlich so einen babyblau-karierten Haushaltskittel, wie sie eigentlich im letzten Jahrtausend ausgestorben waren. Oder sein sollten.

»Hallo Teresa, was machst du denn da? Haben sie dir wieder einen besonders öden Job gegeben?«

Teresa sah sie verständnislos an. »Ich mache die Grabsteine sauber, das ist doch gut!«

Julia lachte. »Natürlich ist das gut, wenn die Steine sauber sind, da hast du natürlich recht. Lass dich bei deiner wichtigen Arbeit nicht von mir stören.« Sie wurde ernst. »Ich habe gerade nicht viel Zeit, tut mir leid. Ich muss etwas Wichtiges erledigen.«

Sie spürte Teresas Blick im Rücken, als sie über den Friedhof und an den geschmückten Gräbern vorbeiging, und hatte ein schlechtes Gewissen, weil sie sie aufgezogen hatte. Aber, mal ehrlich, wer schrubbte schon Grabsteine? Das gestrige Unwetter schien vergessen, der Himmel leuchtete azurblau, die Kirche strahlte ihr weiß entgegen. Julias Schritte knirschten leise im Kies. Das Fenster zum Büro des Pfarrers stand offen, und als sie näher kam, hörte sie Stimmen. Sie blieb unterhalb des Fensters stehen.

»Es ist sehr freundlich von Ihnen, dass Sie sich Zeit für mich nehmen.« Baumgartner. Die Polizeibeamtin.

»Aber Frau Kriminalhauptkommissarin, das ist doch selbstverständlich. Ich freue mich, mit Ihnen zu sprechen. Auch wenn mich die Sorge um die liebe Frau Vogel fast zerreißt.« Und der Pfarrer. War er wirklich so betroffen, wie er sich anhörte? Wenn das mal nicht der endgültige Beweis dafür war, dass er ein Verhältnis mit Johanna hatte.

»Wie geht es Ihrer Haushälterin denn?«

»Immer noch sehr schlecht. Man hat ihr den Magen ausgepumpt, aber die Symptome sind noch nicht ganz verschwunden. Leider sagt mir niemand etwas Genaues. Ich habe Johannas Schwester angerufen, aber die kann nicht vor morgen hier sein. Sie pflegt die Mutter der beiden.« Die Stimme des Pfarrers klang gepresst.

»Soweit ich erfahren habe, gehen die Ärzte im Moment davon aus, dass es sich um eine Vergiftung handelt«, informierte ihn Baumgartner. »Können Sie uns dabei helfen, zu rekonstruieren, was Frau Vogel gestern im Lauf des Tages zu sich genommen hat?«

»Selbstverständlich. Nun … sie hat mir beim Frühstück Gesellschaft geleistet. Dafür hatte sie frisches Brot gebacken. Wir hatten Schinken und Käse auf dem Tisch, etwas Imkerhonig und auch Marmelade, die Frau Vogel selbst gemacht hat. Mittags hat Frau Vogel dann gekocht. Semmelknödel mit Schwammerlsoße. Frau Sommer hatte uns die Pilze gebracht. Sie sahen aus wie Pfifferlinge, ich habe mir nichts dabei gedacht. Aber jetzt fällt mir ein, dass ich auch Bauchschmerzen hatte, nachdem ich von den Pilzen gegessen hatte.«

»Haben Sie sie gesehen? Ich meine, haben Sie Frau Sommer getroffen, als sie die Pilze ins Pfarrhaus gebracht hat?«

»Nein. Zu der Zeit war ich in der Kirche, ich habe mich mit Thomas Voss getroffen, um die Beerdigung seines Vaters zu besprechen.«

»Haben Sie denn mit Frau Vogel über den Verlauf des Tages gesprochen?«

»Leider nicht. Als ich zurückgekommen bin …«, der Pfarrer machte wieder eine Pause, »also, sie war ja eigentlich mit diesen beiden armen Frauen befreundet.«

»Wieso arm? Wen meinen Sie denn? Frau Sommer und ihre Großmutter?«

»Ja, selbstverständlich. Frau Sommer hat es hier ja in den letzten Wochen nicht leicht gehabt. Es ist nicht einfach, sich in eine gewachsene Struktur wie hier im Dorf einzufügen.«

Als Baumgartner nicht reagierte, sprach der Pfarrer weiter: »Nach dem Unfall von Frau Sommers Eltern hat die Großmutter das Mädchen zu sich genommen und ganz alleine großgezogen. Das war bestimmt nicht einfach, sie hatte ja selbst ihre Tochter verloren. Und nun, nach dreißig Jahren kommen die beiden zurück nach Grafenried. Das Mädchen muss unsagbar wütend sein.«

Wieder eine Pause. Julia konnte Baumgartners Gesicht mit den hochgezogenen Augenbrauen förmlich vor sich sehen. Und auch sie selbst verstand die Anspielung nicht.

Der Pfarrer fuhr mit einem Seufzer fort: »Nun, es ist so. Der Unfall ... also der Unfall, bei dem die Sommers, Frau Sommers Eltern gestorben sind ... Das war im Forst. Ein schneller Wagen hat auf der Gegenspur überholt und bemerkte das Auto der Sommers zu spät. Herr Sommer bremste scharf, das Auto geriet ins Schlingern und prallte gegen einen Baum. Die beiden waren sofort tot. Nur das Mädchen auf dem Rücksitz hat überlebt.«

»Was war mit dem anderen Auto?« *Ja, genau, was war mit dem anderen Auto, dem Mistkerl, der meine Eltern auf dem Gewissen hat?* In Julias Körper spannten sich alle Muskeln an. Ihre Kiefer mahlten.

»Der Fahrer des anderen Wagens beging unglücklicherweise Fahrerflucht.« Julia hielt den Atem an. Der Pfarrer sagte das so lapidar, als wäre es nicht wichtig. Dabei gab es im Augenblick nichts für Julia, was wichtiger gewesen wäre.

»Wurde er nie gefunden und belangt?«

»Äh, nein. Es gab natürlich Gerüchte.« Wieder machte

der Pfarrer eine Pause, die an Julias Nerven zerrte. »Frau Sommer muss es große Überwindung gekostet haben, ausgerechnet bei Ludwig Voss anzufangen. Ich verstehe nicht, warum sie sich genau diesen Arbeitsplatz ausgesucht hat.«

»Warum denn?«

»Na ja, da er ja nun tot ist«, er seufzte noch einmal tief. »Ludwig hat mir damals nach dem Vorfall erzählt, dass er es war.«

»Ludwig Voss hat den Unfall verursacht, bei dem Frau Sommers Eltern verstorben sind?« Baumgartners Stimme klang ungläubig.

Julias Atem stockte. Tränen schossen ihr in die Augen, und sie musste sich in die Faust beißen, um nicht laut aufzuschluchzen. Alles verschwamm. Sie lehnte sich an die Hauswand. Dann gaben ihre Beine nach, und sie sackte in sich zusammen. Ihr Herz wollte bersten.

Mama. Papa.

Blut. Überall Blut.

Weg.

Sie musste weg von hier, nichts wie weg. Benommen rappelte sie sich auf und wankte zum Tor. Bevor sie den Friedhof verließ, blickte sie noch einmal zum Pfarrhaus zurück. Hass und Trauer waren ihr deutlich ins Gesicht geschrieben, sie konnte ihre Gefühle nicht verbergen, auch nicht, als sie bemerkte, dass Teresa ihr nachsah.

Ich fing an, in die Kirche zu gehen. Ich bin nicht katholisch und nicht religiös erzogen. Und doch schien es einen Versuch wert zu sein. Ich wollte wissen, wo sie deine Schwester hingebracht hatten. Im Schutz des Beichtstuhles sprach ich mit dem Pfarrer. Ich erzählte ihm alles, erklärte ihm, was dein Vater tat, wie er war. Ich bat ihn, mir zu sagen, wo meine Tochter war, ich wollte mich von ihr verabschieden. Benedikt empfahl mir zu beten. Er sagte mir nichts.

Ich bin dann nicht mehr zu ihm zur Beichte gegangen, nur dieses eine Mal. Ich war mir nicht sicher, ob unser Gespräch wirklich den Schutz des Beichtgesprächs hatte. Ob er wirklich Verschwiegenheit bewahrte. Jedenfalls schlug mich dein Vater danach so sehr und so oft ins Gesicht, dass Denise dich zwei Wochen lang in die Schule bringen musste. Ich hätte das Haus nicht verlassen können, ohne Aufsehen zu erregen. Sie tat es wie immer mit einer gewissen Überheblichkeit. Ich nehme an, sie fühlte sich damals geschützt vor seinen schlimmsten Anfällen. Er hatte ja mich.

Die Zeit verging, und wenig änderte sich. Ich ertrug mein Schicksal, und Denise hielt die Stellung. Manchmal konnte ich mich mit der lieben Johanna treffen.

Oft konnte ich es monatelang nicht.

Nach den Sommerferien gingst du ins Gymnasium im Nach-

barort. Dorthin fuhrst du mit dem Bus, zusammen mit einigen anderen Kindern aus Grafenried. Ich hatte dabei nichts zu suchen, der Meinung warst auch du selbst. Einen Gymnasiasten bringt man nicht zum Bus.

Aber ich durfte auch nicht einfach so ins Dorf gehen, und gute Gründe gab es nur selten. Also blieb ich daheim, immer daheim. Nur hin und wieder gelang es mir, seiner Überwachung für ein paar Minuten zu entwischen, und ich konnte Johanna in der Küche des Pfarrhauses mein Herz ausschütten. Sie tröstete mich, hatte immer gute Worte für mich. Sie sagte mir auch, wo sie meine Tochter hingebracht hatte. Die liebe Johanna hatte den Gedanken nicht ertragen, das Kind einfach irgendwo zu verscharren. In einer Nacht- und Nebelaktion hat sie ganz alleine deine kleine Schwester auf dem Friedhof begraben. Ausgerechnet auf dem Friedhof. Die ideale Stelle dazu hatte sie schnell gefunden, weil gerade einige Archäologen die Untersuchungen am Teufelstritt vor dem Kirchturm abgeschlossen hatten. Sie konnten nicht sagen, warum an der Stelle kein Gras wuchs und alles, was man dort anpflanzte, einging. Die Erde am Teufelstritt war gelockert und weich und der Teufelstritt war gerade groß genug, um deine kleine Schwester aufzunehmen. Ist es nicht Ironie des Schicksals, dass der Teufel über deine kleine Schwester wacht, obwohl ein Teufel sie auf dem Gewissen hat?

Irgendwann fragte Johanna mich natürlich, warum ich nicht einfach fortginge. Warum ich mich nicht scheiden ließ und wegging. Zu meinen Eltern zum Beispiel. Die Haushälterin des Pfarrers schlug mir vor, meinen Mann zu verlassen.

Ich konnte nicht. Ich musste dich mit dem wenigen, was ich ausrichten konnte, verteidigen. Soweit ich weiß, hat er dich nie angefasst. Ich habe nur ganz Weniges in meinem Leben voll-

bracht, aber deine Unversehrtheit zähle ich dazu. Sie ist alles, wofür ich gelebt habe. Bei deiner Schwester habe ich versagt, doch ich konnte auch sie nicht verlassen. Hin und wieder konnte ich in die Kirche gehen und am Teufelstritt verweilen.

Dann konnte ich mich auch nicht mehr mit Johanna treffen. Der Pfarrer hatte uns erwischt. Ich habe ihn auf Knien angefleht, uns nicht zu verraten. Er stimmte zu, forderte im Gegenzug dafür aber das Versprechen, unsere Treffen nie mehr zu wiederholen. Ich denke, das war das einzige Mal, dass er vor Ludwig ein Geheimnis bewahrt hat. Ich hätte es zu spüren bekommen, wenn er uns verraten hätte.

Dreißig

Mit schier unmenschlicher Anstrengung schaffte Julia es, sich beim Mittagessen mit Oma und Florian unter Kontrolle zu halten. Sie nahm ihre Umgebung nur schemenhaft, wie durch einen Filter wahr. Auf Omas Fragen konnte sie nur mit einem gezwungenen Lächeln und einem Kopfschütteln reagieren. Nach dem Essen verabschiedete sie sich schnell von Oma und Florian. Sie brauchte Ruhe, musste nachdenken. Müde kletterte sie in den Landrover, es schien, als schleppte sie ein tonnenschweres Gewicht mit sich. Sie fuhr gedankenlos in den Wald, parkte den Wagen irgendwo und lief los. Das Grün umfing sie, verstand und tröstete sie, und endlich konnte sie ihrer Traurigkeit freien Lauf lassen.

Julia bog vom Weg ab, um den weichen Waldboden unter den Füßen besser zu spüren. Sie durchquerte einen älteren Buchenbestand, kam dann auf eine Fläche mit dünneren Stangen.

Ihr Vater.

Ihre Mutter.

Sie verfluchte sich, weil ihre Erinnerungen nur noch so schwach waren. Verblichen, wie die alten Fotos, die Oma für sie in einem Album aufbewahrt hatte. Wie die Schrift auf den wenigen Briefen, die sie wie einen Schatz hütete.

Der Unfall. Solange sie denken konnte, hatte sie den Gedanken an alles, was geschehen war, fest in sich eingeschlossen, tief in sich vergraben. So hatte sie es geschafft, dass sich ein dicker Nebel über ihre Erinnerung gelegt hatte, sie gedämpft, ihr den Schmerz und die Schärfe genommen hatte. Doch nun konnte sie nicht verhindern, dass dieser Nebel sich zu lichten begann.

Es war am Weihnachtsabend.

Sie war vier.

Es war kalt und dunkel im Auto, doch Julias Herz pochte aufgeregt. Mama und Papa unterhielten sich leise. Sie lachten, und Julia musste daran denken, wie lieb sie alle hatte. In weniger als einer Stunde würden sie bei Oma ankommen. Der Weihnachtsbaum würde größer sein als sie selbst, und wenn sie Omas Wohnzimmer beträte, wären die roten Wachskerzen am Baum die einzige feierliche Beleuchtung. Unter dem Baum lägen die Geschenke, die das Christkind gebracht hatte. Auch für Julia. Heute Morgen hatte sie Oma am Telefon angebettelt, ihr alles ganz genau zu beschreiben, damit sie es sich vorstellen konnte. Und jetzt stellte sie es sich immer und immer wieder vor, bis die Vorstellung fest in ihr verankert war. Im Bauch spürte sie ein Kribbeln, und eigentlich musste sie ein bisschen aufs Klo. Aber auf keinen Fall wollte sie Papa bitten anzuhalten. Nichts durfte sie jetzt aufhalten, das Christkind sollte nicht warten müssen. Sie stemmte die Hände auf das Plastiktischchen an ihrem Kindersitz, reckte sich und spähte aus dem Fenster. Konnte sie einen Blick auf das Christkind erhaschen? Wie es durch den Wald flog?

Grellgelbes Scheinwerferlicht. Schnell kniff sie die Augen zu und sank in den Sitz zurück. Das Licht drang durch ihre Augenlider. Und jetzt war es ganz rot. Mama schrie, und Julia wurde im Sitz hin und her geworfen. Es rumpelte, krachte und knallte, und Julias Kopf schlug gegen Papas Sitz, ihr Bauch wurde von dem Plastiktischchen eingequetscht. Das Auto stand.

Plötzlich war es ganz dunkel. Und still. Unheimlich still.

»Mama? Papa?« Julias Kopf tat weh. »Mama?« Ihre Stimme hallte ganz laut und falsch in der Stille. Niemand antwortete. Beim nächsten Mal flüsterte sie, obwohl sie Angst hatte und schreien wollte. »Mama? Kannst du mir helfen? Ich bekomme den Anschnaller nicht ab.«

Sie zögerte und horchte, so fest sie konnte, so, dass es fast wehtat. Ein Rauschen in ihren Ohren wurde immer lauter. Sie konnte Mama und Papa in der Dunkelheit vor ihr sehen, und obwohl sie wusste, dass sie da waren, da sein mussten!, spürte sie, dass sie alleine war. Ganz alleine. Ganz dunkel. Sie presste ihre Handflächen aneinander, wie Oma es ihr beigebracht hatte. Ihre Zeigefinger an der Lippe spürten, wie sie wisperte: »Lieber Gott, kannst du das Christkind bitte fragen, ob es vorbeikommt und Papa und Mama und mich abholt? Geschenke brauche ich nicht, die kann es anderen Kindern geben. Bitte komm, liebes Christkind, komm!« Alles war dunkel und still, und Julias Augen brannten schrecklich, also machte sie sie zu. Ganz nach hinten in den Sitz drückte sie sich. Dann presste sie die Hände auf die Ohren und schrie. Schrie gegen die Stille an.

Einunddreißig

Julia stand mit einem Mal vor dem Aussichtsturm. Sie wusste nicht genau, wie sie hergekommen war, ihre Füße schienen sie einfach an diesen Ort geführt zu haben. Sie wischte sich die Tränen aus den Augen.

Sie ging an dem rot-weißen Flatterband, mit dem der Tatort abgesperrt gewesen war, entlang, über das verwitterte Graffiti-Bild auf der Betonplatte des alten Bunkers bis zum Schaukasten. Das Holz war schon alt und brüchig, sie nahm sich vor, den Rahmen in den nächsten Tagen abzuschleifen und zu streichen. Erst als sie direkt vor dem Schaukasten stand, bemerkte sie, dass das Glas auf der linken Seite kaputt war. Ein großes Loch klaffte in der Scheibe. Julia zückte automatisch ihr Handy und fotografierte den Schaden. Dann zog sie die Scherben vorsichtig heraus und legte sie auf den Boden. Sie versuchte, die schöne Karte mit den Erklärungen zum Aussichtsturm nach rechts hinüber zu schieben, wo das Glas noch intakt war. Dort wären die Schriftstücke geschützt, bis Tom Voss entschieden hätte, was damit zu tun wäre. Hinter der Karte kamen ein Holzstück und ein schwarzes Büchlein zum Vorschein. Was das wohl dort zu suchen hatte? Julia drehte das Buch unschlüssig in der Hand. Dann steckte sie es in die Gesäßtasche ihrer Jeans.

Sie trat einen Schritt zurück und war zufrieden. Der

Schaukasten war zwar demoliert, aber immerhin würde sich niemand mehr verletzen können.

Vielleicht hatte ihr Vater den Kasten gebaut?

Wieder stiegen Tränen in ihr auf, aber sie schüttelte den Kopf, wischte sich unwillig mit der Hand über die Augen und stieg langsam die Betontreppe hinauf. Die Nachmittagssonne hatte die Luft schon ziemlich aufgeheizt, aber hier oben wehte ein lauer Wind. Sie stellte sich an die Brüstung und ließ das Grün in sich einsinken. Es wirkte beruhigend und tröstend. Und es tat ihren brennenden Augen gut.

Auch ihr Vater hatte hier gestanden und auf den Wald geblickt, der damals noch ein wenig jünger gewesen war. Julia setzte sich auf den Boden der Plattform, lehnte den Rücken an das Geländer und schloss die Augen. Sie versuchte, sich zu erinnern, wie ihr Vater ausgesehen hatte. Eindrücke von den wenigen Fotos, die sie besaß, kamen ihr in den Sinn. Sie wollte den Bildern Leben einhauchen, doch es blieben festgefrorene Fotografien.

Ludwig Voss war am Tod ihrer Eltern schuld. Der Pfarrer hatte es freiwillig gesagt, niemand hatte ihn dazu gezwungen. War er nach Ludwigs Tod nicht auch von einer Bürde befreit? Würde er nun endlich mit ihr sprechen, ihr die Ungewissheit nehmen?

Ludwig hatte mit ihr gearbeitet. Geredet. Gespielt? War er wirklich dazu in der Lage gewesen, das Opfer seines Tuns täglich zu sehen, ihr ein Gehalt zu bezahlen? Es war so undenkbar, so unmenschlich, und doch fühlte sie, wusste sie, dass es stimmte. Hatte es nicht tausend Seitenblicke gegeben? Sie hatte nichts geahnt, aber im Nachhinein erschien es vollkommen logisch, richtig zu sein. Er war schlimmer als der Teufel.

Die Komplimente, sie sähe ihrer Mutter so ähnlich. Sei genauso hübsch und klug wie Rebecca. Julia konnte nicht beurteilen, ob das stimmte. Auf den wenigen Fotos, die sie besaß, sah ihre Mutter so zart aus, weich und lieb. Ausgeglichen und zufrieden. Eine Liebende. Glücklich mit ihrer kleinen Familie.

Hatte Ludwig das alles zerstört? Hatte er sein geheimes Vergnügen darin gefunden, sie immer und immer wieder zu bedrängen? Zu versuchen, ihr seinen Willen aufzuzwingen, ihr, die als Einzige seine teuflische Tat überlebt hatte?

Er hatte dafür bezahlt. Doch der Gedanke verschaffte ihr keine Befriedigung. Sie hätte gerne mit Ludwig gesprochen, ihn zur Rede gestellt und ihn gefragt, wie es sich als Mörder so lebte. Wie er sich damit fühlte, einem kleinen Mädchen Mutter und Vater genommen zu haben.

Irgendetwas musste er gefühlt haben, hätte er sich sonst dem Pfarrer anvertraut? War er ihrer Mutter zu nahe gekommen? Hatte ihr Vater ihn deswegen zur Rede gestellt? Der Gedanke verursachte ihr Übelkeit.

Er hatte Strafe verdient, und er war bestraft worden. Doch von wem? Wer war so weit von Ludwig getrieben worden, dass er sich dazu entschlossen hatte, dessen Leben zu beenden?

Julia ahnte, was die Kommissarin denken würde, nachdem sie diese Geschichte vom Pfarrer gehört hatte. Und dann hatte der Pfarrer bestimmt auch nicht mit der Geschichte über ihre Auseinandersetzung mit Ludwig hinterm Berg gehalten. Sie selbst, Julia, hatte das beste Motiv, Ludwig umzubringen. Sie hatte Zeit und Gelegenheit gehabt. Ihr gehörte die Tatwaffe.

Ein Schauer überlief sie.

Wer sonst? Denk nach, wer sonst könnte ein Motiv haben? Und für wen war sie, Julia, der ideale Sündenbock?

Für den Pfarrer.

Aber warum sollte er seinem alten Kumpel etwas antun? Warum sollte er Ludwig jetzt umbringen, nachdem er ihn so viele Jahre über gedeckt hatte?

Tanja und ihr Bruder? Aber wären sie so leichtsinnig gewesen, den Goldesel zu töten, bevor sie sicher sein konnten, dass das Testament geändert worden war?

Der unbekannte Wilderer? Vielleicht hatte Ludwig ihn überrascht – und als es dann zum Kampf gekommen war, hatte er Ludwig die Waffe entrissen und ihn getötet. Julia wusste, dass Baumgartner in diese Richtung ermittelt hatte. Aber mit welchem Ergebnis?

Oder war es Tom? Spielte Ludwigs Sohn ein böses Spiel? War er seinem Vater ähnlicher, als sie gedacht hatte? War er dabei, ihr einen Mord in die Schuhe zu schieben, den er selbst begangen hatte? Wollte er sie und ihre eigene kleine Familie zerstören? In einer irren Fortsetzung des Verbrechens seines Vaters?

Er hatte gestern den Pfarrer besucht, während sie Florian abgeholt hatte. Er hätte Gift ins Pfarrhaus schmuggeln können, als Geschenk verpackt. Johanna war so lieb und gutgläubig, sie hätte bestimmt alles angenommen, mit einem strahlenden Lächeln auf den Lippen. Er hatte Zeit und Gelegenheit. Wollte er Johanna zum Schweigen bringen?

Das Buch in ihrer Jeans stach in ihren Rücken, und Julia zog es hervor. Sie wog es in der Hand, schlug es auf und begann zu lesen.

Dann kamst du ins Internat.

Ich vermisste dich bitterlich, doch ich wusste, es war das Beste. Das Beste für dich. Du konntest dort ungestört lernen und leben und mit anderen Menschen zusammen sein. Normalen Menschen. Anderen als uns, deiner Familie. Du wurdest einfach zu alt, um dein Zuhause nicht zu hinterfragen. Um keine Vergleiche anzustellen.

Du warst in der Pubertät. Eine Zeit des Widerstands, sagt man, und ich wage nicht mir auszudenken, was passiert wäre, wenn es eine ernsthafte Konfrontation zwischen dir und deinem Vater gegeben hätte. So blieb ich in Grafenried, versuchte, für dich eine Fassade aufrechtzuerhalten, diesem Wahnsinn einen Anschein von normalem Familienleben zu geben, damit du etwas hattest, von dem du dich ohne schlechtes Gewissen abkapseln konntest. Damit du uns verachten konntest, auf eine ganz normale Art und Weise.

Ich fing an, immer wenn ich aus dem Haus schlüpfen konnte, zum Aussichtsturm zu gehen, denn dort fühlte ich mich meinen Kindern nahe. Ich stellte mir vor, wie du die Welt erobern würdest, weit weg von Grafenried, von deinem Vater und auch von mir. Deine Schwester würde über dich wachen, sie sollte dein kleiner Schutzengel sein.

Und ich durfte manchmal in die Kirche gehen. Zum Teufelstritt. Dann ließ ich ein Blümchen an der Stelle fallen.

Du kamst irgendwann nicht mehr so oft nach Hause. Zuerst bliebst du an den Wochenenden weg, dann auch in den Ferien. Und das war gut so.

Damals geschah etwas Seltsames zwischen Denise und mir. Als ich meiner Aufgabe, dich zu beschützen, für so lange Zeit enthoben war, kamen wir uns näher. Ich weiß nicht mehr, warum. Es waren kleine Gesten, sie half mir mit einem Blick oder einem unauffälligen Handgriff, wenn ich mich wieder einmal zu dumm anstellte und dein Vater mich bestrafen wollte. Ich fing an, mich in ihrer Nähe wohlzufühlen.

Vielleicht hat er etwas gemerkt, und vielleicht wollte er diese Nähe unterbinden.

Zweiunddreißig

Ein Geräusch schreckte Julia aus ihren Gedanken. Irritiert hob sie den Kopf und sah, dass Tom Voss wie aus dem Nichts vor ihr stand. Mit Leinenturnschuhen, Jeans, hellem T-Shirt und Häkelmütze. Sie hatte gar nicht gehört, dass er die Treppe zum Aussichtsturm heraufgekommen war. Sie rappelte sich auf und musste sich dabei am Geländer festhalten. Ihr war ein bisschen schwindlig. Der Kreislauf wahrscheinlich.

»Oh, hallo Julia, so sieht man sich wieder. Und das ausgerechnet hier oben!« Tom verzog den Mund zu einem Lächeln, aber seine Augen lächelten nicht mit. Sie musterten Julia neugierig. Sein Blick fiel auf das Buch in ihren Händen.

»Habe ich Sie gestört?«, fragte er, trat noch einen Schritt näher und streckte die Hand nach ihr aus. Ein holziger Duft umgab ihn.

Julia steckte das Buch eilig in die Gesäßtasche ihrer Jeans und wich zurück. Dabei tastete sie sich seitlich am Geländer entlang. Warum brachte sie nur keinen Ton heraus? Was wollte er hier? Wusste er von dem Buch? Wusste er, was darin stand? Wollte er es ihr wegnehmen?

Nur noch ein paar kleine Schritte bis zur rettenden Treppe. Ihre Gedanken rasten.

Sie musste weg. Schnell.

»Müssen Sie schon gehen? Geht es Ihnen nicht gut? Ich wollte Sie nicht vertreiben!« Klang seine Stimme verwirrt? Besorgt? Oder war er ein guter Schauspieler?

Julia sah ihn forschend an. Stand da ein Vatermörder vor ihr? Ein Verrückter, dessen Vater seine Familie zerstört hatte? Dessen Vater auch ihre Familie zerstört hatte. Und der jetzt sie zerstören wollte?

»Nein«, ihre Stimme quiekte nur, und sie räusperte sich. »Nein, alles in Ordnung. Ich, ich muss jetzt gehen. Ich muss nach Hause.«

Damit schlüpfte sie an ihm vorbei und eilte die Treppe hinunter. Er versuchte nicht, sie aufzuhalten, doch sie spürte noch lange seinen Blick im Rücken wie den Lauf einer Pistole …

Dreiunddreißig

Die Luft in der Kreisklinik Ebersberg roch nach Desinfektionsmitteln und alten Leuten. Julia eilte durch die Gänge und gab sich Mühe, so auszusehen, als wüsste sie, wohin sie wollte. Dabei hatte sie keine Ahnung, wo Johanna lag, und am Telefon hatte man ihr keine Auskunft gegeben. Nach einigem Überlegen in der Halle hatte sie sich dafür entschieden, in der Abteilung für Innere Medizin nach ihr zu suchen. Jetzt drückte sie eine schwere Glastür auf und stand dann im Gang der Station. Was nun?

Sie zückte ihr Handy und überlegte, ob sie den Pfarrer anrufen und nach der Zimmernummer fragen sollte. Eine vorbeieilende Schwester warf ihr einen tadelnden Blick zu, und Julia steckte das Handy wieder ein.

Dann ging sie zum Schwesternzimmer.

»Hallo«, grüßte sie die Frau, die in weißer Tracht am Computer saß. »Ich suche meine Tante. Johanna Vogel.«

»Oh, da haben Sie aber Glück. Frau Vogel ist gerade aufgewacht. Zimmer 14. Aber bleiben Sie bitte nicht zu lang. Sie ist noch sehr schwach. Außerdem hat sich die Polizei angekündigt.«

Julia fiel ein Stein vom Herzen. Das war einfacher als gedacht gewesen, und die kleine Lüge war ihr ohne zu Stocken über die Lippen gekommen. Wahrscheinlich, weil es sich anfühlte, als *wäre* Johanna ihre Tante. Sie bedankte sich rasch und eilte zum angegebenen Zimmer. Vor der Tür blieb sie kurz stehen, klopfte und trat dann ein. Es standen zwei Betten in dem hellen, freundlichen Raum, das vordere war leer. Johanna lag in dem am Fenster. Die orangefarbenen Vorhänge standen offen, und so tauchte die Sonne das Zimmer in ein unwirkliches grell-warmes Licht. Johanna reckte den Kopf, um ihre Besucherin sehen zu können, und Julia eilte zu ihr hin.

»Hallo Johanna, was machst du denn für Sachen?« Sie strich der Freundin über den linken Arm. In der Armbeuge klebte ein Pflaster, an der rechten Hand hatte sie einen Zugang, über den sie mit einem Tropf verbunden war.

Johanna war ganz blass, unter ihren sonst so lustig blitzenden Augen lagen tiefe Schatten, ihr eigentlich draller Körper sah unter der weißen Krankenhausbettwäsche klein und zerbrechlich aus.

»Ach, Julia, das ist schön, dass du kommst. Würdest du mir mal das Kissen zurechtrücken?«

Johanna zappelte ein bisschen im Bett herum, und Julia schob und drückte das Kissen, bis sie zufrieden war. Dann entstand eine kleine Pause, während der Johanna sie erwartungsvoll ansah.

»Johanna, weißt du, was dir passiert ist?«, fing Julia zögernd an, während ihre Gedanken hektisch herumzuckten. Ihr blieb nicht viel Zeit, bevor die Polizei kam, und die Fragen über den Unfall ihrer Eltern brannten ihr unter den Nägeln. Andererseits wollte sie auch sicher sein, dass Johanna nicht ihretwegen im Krankenhaus war.

Johanna legte die Stirn in Falten. »Ach Kind. Sie haben mir gesagt, ich hätte mich mit irgendetwas vergiftet. Aber ich weiß gar nicht, wie das zugegangen sein soll. Deine

Schwammerln waren es jedenfalls nicht, danach ging es mir noch wunderbar. Erst später, als ich einen kleinen Schnaps getrunken hab, da fing es an. Da dachte ich, ich würde den Schnaps nicht vertragen und hab mich hingelegt. Der Benedikt hat mir noch mal einen gegeben, aber dann ist es erst richtig schlimm geworden.« Sie lächelte schwach.

»O je. Aber jetzt geht es dir wieder besser?«

Johanna nickte. »Mach dir keine Sorgen, mich haut so schnell nichts um.«

Julia zögerte. Sollte sie Johanna wirklich ausgerechnet jetzt mit ihren Sorgen belasten? Sie atmete tief durch. »Johanna, du hast schon ein paar Mal erwähnt, dass es ein Geheimnis bei dem Unfall meiner Eltern gibt. Ich hab zufällig ein Gespräch belauscht«, sie wurde ein bisschen verlegen, »und ich weiß, dass Ludwig am Tod meiner Eltern schuld ist. Er hat das Auto gesteuert und dann Fahrerflucht begangen.«

Johanna sah sie traurig an. »Ja, meine Liebe. So leid es mir tut, das stimmt, denke ich. Soweit ich das mitbekommen habe, ist das richtig. Was hast du denn alles gehört?«

»Na ja, viel mehr nicht.« Wieder traten Tränen in Julias Augen, und das Krankenzimmer verschwamm vor ihren Augen. »Ich weiß nur, dass ich jetzt unglaublich wütend auf Ludwig bin. Ich hätte ihn so gerne damit konfrontiert.«

»Ich glaube nicht, dass das eine gute Idee gewesen wäre«, sagte Johanna leise.

Julia sah sie an. »Warum, was meinst du?«

»Ich glaube nicht, dass das ein Unfall war.«

In Julias Ohren rauschte das Blut. Sie schluckte hart und fragte: »Was? Wie meinst du das? Wieso kein Unfall?«

Johanna sah aus dem Fenster. Dann blickte sie wieder

ruhig und gefasst in Julias Augen. »Ich sollte nicht mit dir darüber sprechen. Ich weiß nämlich nur, was ich gehört und mir zusammengereimt habe. Ich kann dir keine Hintergründe erklären. Ich hab halt gehört, dass es kein Unfall war. Dass Ludwig den Unfall mit Absicht provoziert hat.« Sie brach ab und atmete schwer.

Julia sah sich um und entdeckte ein Glas mit Tee auf dem Nachttisch. Sie nahm es und reichte es Johanna, die dankbar einige Schlucke nahm.

»Johanna«, drängte Julia, »ich muss mehr darüber wissen. Ich muss wissen, was wirklich passiert ist!«

Johanna nahm ihre Hand und drückte sie. »Mein armes Kind. Ich weiß. Aber ich kann dir nicht mehr sagen, als ich schon getan habe. Ludwig wollte, dass dein Vater starb. Mehr konnte ich nie erfahren, mehr hat Benedikt nie gesagt. Sprich mit ihm. Ich weiß, dass er schwer an dem trägt, was Ludwig ihm damals erzählt hat.«

»Mit dem Pfarrer? Wie soll ich das denn anstellen? Er geht mir aus dem Weg.« Julia stöhnte und rieb sich über das Gesicht. Hatte Ludwigs Tod vielleicht wirklich etwas mit dieser Geschichte zu tun? Hatte Ludwig noch jemanden so tief verletzt, dass derjenige nicht anders konnte, als sich von diesem Teufel zu befreien? Wie sollte sie herausfinden, was geschehen war, wenn niemand mit ihr darüber sprach? Sie sah Johanna verzweifelt an.

»Du darfst nicht aufgeben, Julia. Gib nicht auf.«

In diesem Moment öffnete sich die Tür des Krankenzimmers und Kriminalhauptkommissarin Baumgartner betrat zusammen mit einem Arzt den Raum. Die Polizistin zog überrascht die Augenbrauen in die Höhe, als sie Julia erblickte.

Diesen Moment nutzte Julia, um Johannas Hand noch einmal zu drücken und sich schnell zu verabschieden, bevor Baumgartner etwas zu ihr sagen konnte.

Vierunddreißig

Soll ich? Soll ich nicht? Soll ich? Julias Finger zählten die Eisenstreben am Tor zum Friedhof. Jetzt umschlossen sie die letzte Strebe. Trotz der Hitze des Nachmittags kam ihr das Metall kalt vor. Die Sonne schien gnadenlos auf sie herab, und das weiße Gotteshaus leuchtete unwirklich hell vor dem azurblauen Himmel. Julia atmete tief durch und schickte einen Blick nach oben. Die Stunde der Wahrheit war gekommen. Wenn es dich gibt, dann komm und steh mir jetzt bei. Hierbei kann ich Hilfe gebrauchen.

Sie ging schnell zum Eingang, zog mit einer Hand die schwere Eichentüre auf und tauchte dann in das kühle Innere der Kirche ein. Es roch nach einer modrigen Mischung aus Weihrauch und dem Mottenkugelduft alter Frauen. In den Bänken saßen fünf Weiblein mit Rosenkränzen zwischen den knochigen Fingern. *»… Du bist gebenedeit unter den Frauen und gebenedeit ist die Frucht deines Leibes, Jesus. Heilige Maria …«*

Julia entdeckte den Beichtstuhl. War jemand drin? Gab es dort ein »Besetzt«-Zeichen? Eine rote Lampe? Nichts. Warum hatte sie Teresa nicht danach gefragt? Sie hätte sie in ihren Plan einweihen sollen.

Sie zählte in Gedanken bis hundert. Niemand kam heraus oder ging hinein. Nahm man das linke oder das rechte Türchen? Sie machte einen Schritt nach vorne.

Linker Fuß. *Gegrüßet seist du Maria.*

Noch einen. Rechter Fuß. *Voll der Gnade.*

Links, rechts, links. *Der Herr sei mit dir.*

Julia zögerte. Die rechte Tür öffnete sich. Teresa erschien, lächelte überrascht und nickte ihr zu.

Julia lächelte unsicher zurück. Also doch rechts. Sie blieb stehen und sah zu, wie Teresa sich in die Kirchenbank neben dem Beichtstuhl kniete, die Hände faltete und betete.

Der Beichtstuhl musste jetzt frei sein. Na los. Bevor sich eine der alten Damen vordrängeln konnte.

Julia öffnete die Tür und fühlte sich, als würde sie beim Betreten dieser merkwürdigen Einrichtung in das Innere eines alten Kleiderschranks steigen. Allerdings ein Schrank mit einem geschnitzten Holzgitter in Augenhöhe in der Trennwand, einer gepolsterten Kniebank und einem schmalen Brett zum Sitzen. Julia zog die Tür zu und nahm Platz. Sie kramte in ihrer Handtasche nach dem Büchlein, das Oma ihr gegeben hatte. Gotteslob. Suchte die markierte Stelle.

Auf der anderen Seite des Gitters räusperte sich der Pfarrer. Julia rutschte näher zur Abtrennung. Ah, jetzt hatte sie es gefunden. Im Halbdunkel war es schwierig, die Zeilen zu entziffern. Sie las leise vor: »Im Namen des Vaters und des Sohnes und des Heiligen Geistes. Amen.«

Ein kaum hörbares Keuchen.

Dann: »Gott, der unser Herz erleuchtet, schenke dir wahre Erkenntnis deiner Sünden und seiner Barmherzigkeit.« Pfarrer Neumann antwortete tatsächlich genau so, wie es im Gotteslob stand. Der Anfang war gemacht.

»Amen! Meine letzte Beichte war vor … vor sechsundzwanzig Jahren. Vergib mir, Herr, denn ich habe gesündigt.« Julia stockte. Mehr gab es nicht vorzulesen. »Pfarrer

Neumann, ich … ich wollte Ihnen noch einmal sagen, dass ich nichts mit Johannas Krankheit zu tun habe. Sie hat es selbst gesagt. Ich habe sie gerade besucht, es geht ihr schon viel besser.«

Kein Mucks kam durch die Ritzen der Abtrennung. Nur aus dem Kirchenraum schwoll der leise Chor der Betenden an und wieder ab.

Julias Kopf war voll von Gedankenfetzen, die wie hektische Moskitos in ihrem Gehirn umherzuckten. Sich nicht fassen ließen und sie sprachlos machten.

Das Schweigen des Mannes hinter dem Gitter verdrängte die Worte. Es kroch in ihr Ohr, machte sich breit. Laut. Drohend. Atemlos. »Ich bitte um Verzeihung, … Herr Pfarrer, aber …« Wie sollte sie weitermachen?

Stille.

Schließlich wisperte der Pfarrer hastig: »Gott, der barmherzige Vater, hat durch den Tod und die Auferstehung seines Sohnes die Welt mit sich versöhnt und uns den Heiligen Geist gesandt zur Vergebung der Sünden. Durch den Dienst der Kirche schenke er dir Verzeihung und Frieden. So spreche ich dich los von deinen Sünden: im Namen des Vaters und des Sohnes und des Heiligen Geistes.«

Automatisch huschte Julias rechte Hand von der Stirn zur Brust, dann von der linken zur rechten Schulter und sie antwortete: »Amen.«

»Deine Sünden sind dir vergeben. Geh hin in Frieden. Gelobt sei Jesus Christus.« Er warf ihr die Worte geradezu vor die Füße.

Julia fühlte sich kein bisschen besser als zuvor. Es nagte in ihr. Sie war noch nicht fertig. »In Ewigkeit. Amen.« Sie klappte das Gotteslob zu. Fertig, aber nicht vorbei. »Herr

Pfarrer, ich weiß, dass Sie über den Unfall meiner Eltern mehr wissen, als Sie mir gegenüber zugegeben haben. Ich muss wissen, was damals genau passiert ist.«

Julia glaubte, den Priester schwer atmen zu hören.

»Bitte, Herr Pfarrer!«

Der Pfarrer flüsterte: »Ich kann nicht verhindern, dass jemand beim heiligen Sakrament der Beichte falsches Zeugnis ablegt und zu Unrecht die Absolution erhält. Doch weiter will ich nicht mit Ihnen sprechen. Ich kann Ihnen nichts sagen. Gehen Sie!«, spuckte er aus.

Julias Wangen glühten. »Aber …«

»Gegrüßet seist du Maria, voll der Gnade …« Die Stimme des Pfarrers war in den Singsang der Betenden eingefallen.

»Bitte, Sie wissen doch, wer es gewesen ist. … Und es soll kein Unfall gewesen sein.«

»Der Herr sei mit dir. Du bist …«

Julia ballte die Fäuste. »Herr Pfarrer! Ich muss wissen, was mit meinen Eltern geschehen ist! Hat Ludwig sie umgebracht? Haben Sie ihm dabei geholfen?«

»… gebenedeit unter den Frauen und gebenedeit ist die Frucht deines Leibes, Jesus.«

»Verdammte Scheiße! Hören Sie damit auf und antworten Sie mir!«

Die Stimme des Priesters hob sich. »Heilige Maria, Mutter Gottes, bitte für uns Sünder …«

Julia riss die verdammte Schranktür auf und stand mit nur einem Schritt in der Kirche. Es war totenstill. Sechs neugierige Augenpaare starrten sie an. Sie warf die Tür des Beichtstuhls hinter sich zu.

»Arschloch.«

Fünfunddreißig

An diesem Abend war wieder Julia an der Reihe, Florian ins Bett zu bringen. Sie kontrollierte, ob er die Zähne richtig geputzt hatte, schickte ihn noch einmal auf die Toilette, und dann schlüpfte er nachdenklich unter die Bettdecke. Sie suchte nach einem Buch, aus dem sie ihm vorlesen wollte, doch Florian hielt sie auf.

»Mama? Kann ich dich was fragen?«

»Natürlich, Spatz, was denn?« Sie sah ihn aufmerksam an.

»Warum bin ich nicht getauft?«

Julia stieß den Atem aus. »Puh, das ist keine einfache Frage.« Sie machte eine Pause, aber Florian ließ sie nicht aus den Augen und wartete gespannt.

»Also, damals als du geboren worden bist, da habe ich gedacht, es wäre besser, wenn du später selbst einmal entscheiden könntest, ob du zu einer Religion gehören willst. Und wenn ja, zu welcher. Ich wollte das nicht für dich bestimmen. So, wie es jetzt ist, kannst du, wenn du ein bisschen älter bist, entscheiden, ob du getauft werden willst.«

Tatsächlich war die Möglichkeit der freien Entscheidung für Julia damals wichtig gewesen. Und das galt heute mehr denn je, wenn sie sah, wie sie selbst den tagtäglichen Zwängen »ihrer« Religion ausgesetzt war.

»Hm. Aber alle anderen Kinder im Kindergarten sind getauft.« Er sah so verloren aus, dass Julia ihn am liebsten in die Arme geschlossen und nicht mehr losgelassen hätte. Doch er schob sie zurück.

»Dann haben es bei den anderen Kindern die Eltern einfach für die Kinder entschieden.«

»Ist Oma getauft?«

Julia musste lachen. »Ja, natürlich ist Oma getauft. Sie hat auch die Kommunion bekommen und die Firmung, das ganze Programm. Du weißt doch, dass sie immer gerne in die Kirche geht.«

»Und wenn sie nicht getauft wäre, dürfte sie dann nicht hingehen?« Er warf die Stirn in Falten.

Julia hörte auf zu lachen. Florian nahm das Gespräch ganz offensichtlich sehr ernst. »Ich denke schon. Für Oma ist es wichtig, in die Kirche zu gehen und zu beten.«

»Aber darf man beten, wenn man nicht getauft ist?«

»Ich glaube, Oma betet jeden Abend mit dir, oder?« Florian nickte.

»Na siehst du, du darfst mit Oma beten, so viel du möchtest. Auch wenn du nicht getauft bist. Weißt du überhaupt, was passiert, wenn man getauft wird?«

»Klar weiß ich das. Max hat es mir erzählt, weil er es gesehen hat, als seine kleine Schwester getauft worden ist. Es ist ein großes Fest, das Baby bekommt ein weißes Kleid und wird mit Wasser bespritzt. Dann schreit es, und es bekommt ein Kreuz auf die Stirn gezeichnet, mit einer ganz wertvollen Creme, die man nicht mehr abwaschen darf.«

Julia nickte. Ja, so lief es wohl ungefähr ab. Es war schon ein paar Jahre her, seit sie bei einer Taufe gewesen war.

Sie griff nach dem Buch, wollte die Unterhaltung lieber in andere Bahnen lenken.

»Bist du ganz sicher, dass ich in die Kirche gehen darf, auch wenn ich nicht getauft bin, Mama?«

Julia ließ das Buch wieder sinken. »Wenn du das möchtest, nimmt Oma dich bestimmt mal mit.«

Florian nickte, und eine kleine Pause entstand.

»Mama, bist du getauft?«

Julia zögerte. Ja, sie war getauft. Und sie konnte nicht einmal behaupten, sie sei längst ausgetreten, weil das nicht stimmte. Kirche spielte in ihrem Leben einfach überhaupt keine Rolle mehr. Die ganze Sache war ihr noch nicht einmal wichtig genug gewesen, um den nötigen bürokratischen Aufwand eines Austritts auf sich zu nehmen.

»Ja, ich bin getauft, Schatz. Meine Eltern haben mich als Baby taufen lassen, ohne mich zu fragen. Aber ich mag die katholische Kirche nicht so gern, wie Oma es tut. Im Namen der Kirche sind viele Sachen geschehen, die ich nicht richtig finde. Aber wenn Oma gerne in die Kirche gehen möchte, dann soll sie das tun. Wir sollten immer respektieren, wenn jemand eine andere Meinung hat als wir selbst. Oder was meinst du?«

Florian nickte. Das war wohl eine Aussage, die er gelten lassen konnte. Und doch ahnte Julia, dass das nicht das letzte Gespräch über die katholische Kirche gewesen war, das sie mit ihrem Sohn führen würde. Sie hatte sich immer gewünscht, nach Grafenried, in dieses kleine, provinzielle Dorf zurückzukommen, allerdings hatte sie nicht bedacht, dass Florian hier in einer erzkatholischen Umgebung aufwachsen würde. Sie drückte ihm einen Kuss auf die Wange, deckte ihn richtig zu und wünschte ihm eine gute Nacht.

Ein wenig später saß Julia in ihrem Büro vor dem PC. Nur der Bildschirm erhellte den Raum. Als Erstes checkte sie die Wetterdaten. Die Waldbrandgefahr war wieder erhöht, es würde leider auch in den nächsten Tagen trocken und heiß bleiben. Sie notierte sich, am nächsten Morgen noch mal beim Forstamt in Ebersberg anzurufen, um sich dort mit den Kollegen zu beraten, welche besonderen Vorsichtsmaßnahmen getroffen werden mussten. Dann setzte sie ein Angebot für Brennholz zum Selberschlagen in eine Holzbörse, und schließlich öffnete sie Facebook. Ihr eigenes Profil wurde ihr angezeigt, und sie traute ihren Augen kaum. Auf ihrer Seite, die normalerweise kaum in Gebrauch war, wimmelte es von neuen Nachrichten. Die meisten Einträge waren recht kurz: *Verschwinde! – Raus aus unserem Dorf!*

Die Absender der Posts hießen *gaudibua, miasanmia* und *laptopundlederhosn*. Keine richtigen Namen, keine Profilbilder, aber Julia war auch so klar, dass nicht nur die Alten im Dorf über sie redeten. Laptop und Lederhosen. Wie lächerlich der Spruch doch war. Die Feuerwehrler vom Waldrandfest kamen ihr in den Sinn. Würden Korbinian, Franz und ihre Kumpane so weit gehen?

Offensichtlich, wer sollte ihr sonst solche Nachrichten schicken.

Viele Nachrichten enthielten nur Beschimpfungen, aber bei einem Post wurde Julia mulmig: *Hau ab, Schlampe, oder wir killen dich, so wie du ihn gekillt hast*.

Julia setzte sich in ihrem Stuhl zurück und atmete tief durch. Das konnte sie nicht länger ignorieren. Sie überlegte kurz, Baumgartner sofort anzurufen. Dann verwarf sie den Gedanken. Es war ja niemand gestorben, noch nicht. Trotzdem wollte sie etwas tun. Jetzt sofort. Sie begann damit, ihre eigene Freundesliste auf Facebook zu durchsuchen. Sie sah sich jeden Account genau an, konnte aber keine Auffälligkeiten entdecken. Dann suchte sie nach den Nutzernamen, erst in Facebook, dann bei Google. Ebenfalls ergebnislos. Zwischendurch holte sie sich eine Tasse Tee aus der Küche. Dann setzte sie sich wieder an den Computer und gab Drohung und Facebook in die Suchmaske ein. Sie vertiefte sich in eine Suche nach Drohungen im Internet, fand viele juristische Artikel dazu und nickte schließlich völlig übermüdet am Schreibtisch ein.

Sechsunddreißig

Das Telefon schrillte.

Einmal. Julia schreckte hoch und sah sich irritiert um.

Zweimal. Warum saß sie noch an ihrem Schreibtisch im Büro?

Dreimal. Das Geräusch zerriss die nächtliche Stille im Haus.

Julia rieb sich die Augen. Hatte sie schon geschlafen? Sie bewegte den schmerzenden Nacken. Viermal. Gleich würden Oma und Florian aufwachen. Endlich fand sie das Mobilteil des Telefons. Sie kannte die angezeigte Nummer nicht und zögerte.

Ruf aus blinkte es auffordernd im Display.

Die Leuchtzahlen der Uhr im Büro zeigten 22:26 Uhr. Es klingelte wieder.

Julia hob ab.

»Hallo?« Ihre Stimme klang kratzig. Sie räusperte sich.

»Frau Sommer? Sind Sie das? Hier spricht Tanja Bogdanowa. Hab ich Sie geweckt?«

»Äh, guten Abend. Nein, nein, kein Problem. Ich bin wach. Was ist denn los?«

»Frau Sommer, ich habe nachgedacht und mit Alex darüber diskutiert. Ich glaube nicht, dass Sie Ludwig umgebracht haben.«

Julia ließ sich in ihrem Stuhl zurückfallen und stieß die

Luft aus. »Wie bitte? Natürlich habe ich das nicht. Wie kommen Sie denn auf diese absurde Idee?«

»Haben Sie sich einmal im Dorf umgehört?«

»Na gut. Aber wie kommen Sie dann auf die Idee, ich sei unschuldig?«

»Na ja, ich wüsste nicht, welches Motiv Sie haben sollten. Das Einzige, was mir einfällt, ist dieser Unfall – aber Ludwig war sich ganz sicher, dass Sie nichts darüber wussten, das hat er mir gesagt. Und darum rufe ich eigentlich auch an. Ich weiß, Sie halten nicht viel von mir …«

»Aber …«

»Nein, Frau Sommer, das brauchen Sie gar nicht abzustreiten. Beruht auch durchaus auf Gegenseitigkeit. Aber Familie ist sehr wichtig für mich, und ich finde, Sie haben ein Anrecht darauf zu erfahren, was mit Ihrer passiert ist.«

»Hat Ludwig Genaueres zu dem Unfall erzählt? Hat er gesagt, was passiert ist? Warum das passiert ist? Wissen Sie etwas darüber?« Julia konnte ihre neu aufkeimende Hoffnung nicht mehr zurückhalten.

»Nein. Tut mir leid. Etwas Konkretes hat er mir nicht erzählt. Aber ich kann Ihnen einen Tipp geben: Ich habe in der Villa alte Fotoalben gefunden. Es könnten Fotos Ihrer Eltern dabei sein. Vielleicht sollten Sie sich die Alben einmal ansehen. Sie stehen in Ludwigs Büro. Aber seien Sie vorsichtig, vielleicht finden Sie etwas, das Ihnen nicht gefällt. Tom ist nicht der nette Junge von nebenan.«

»Ja. Danke. Ich werde nachsehen.« Ihre anfängliche Überraschung und Dankbarkeit machten einem beginnenden Misstrauen Platz. Warum stänkerte Tanja jetzt wieder gegen Tom? Oder war da etwas Wahres dran? Und was war eigentlich mit Tanjas Bruder? Sie zögerte.

»Frau Bogdanowa?«

»Ja?«

»Jagt Ihr Bruder? Hat er eine Waffe?«

»Alex? Nein. Er braucht keine Waffe, um mich zu beschützen.«

Julia dachte an die massige Statur des blonden Hünen und gab ihr im Stillen recht. »Entschuldigen Sie, wenn ich so direkt frage, aber wir haben ein Problem mit einem Wilderer im Ebersberger Forst. Er scheint einen grünen SUV zu fahren.«

»Und da dachten Sie an meinen Bruder? Ist das der Dank für mein Entgegenkommen?«

Julia hörte den Unmut aus der Stimme der Russin.

»Entschuldigen Sie, Sie haben natürlich recht. Darf ich Ihnen noch eine letzte Frage stellen?«

»Bitte?«

»Wen halten Sie für Ludwigs Mörder?«

Keine Antwort.

Nur ein leises Klicken und dann das Besetztzeichen.

Donnerstag, 23. Juli 2015

Sonnenaufgang:	05:41 Uhr
Sonnenuntergang:	20:58 Uhr
Minimaltemperatur:	13,6°C
Maximaltemperatur:	30,3°C
Erdbodenzustand (6 UTC):	trocken
Niederschlag:	0 l/m²
Sonnenscheindauer:	12,2 h
Waldbrandgefahrenstufe:	4 (hoch)
Namenstage:	Berit, Birgit, Brigitte

Siebenunddreißig

Mit klopfendem Herzen stand Julia vor der schweren Eichentür der Villa Voss. Sie drückte die Klingel und checkte schnell die Uhrzeit auf ihrem Mobiltelefon.

9:15 Uhr. Hoffentlich war Tom da. Hoffentlich war er kein Langschläfer.

Die halbe Nacht hatte sie sich das Hirn zermartert, was sie sagen sollte. Wie sollte sie Tom davon überzeugen, ihr die Fotoalben zu zeigen und sie im besten Fall alleine zu lassen? Sie hörte Geräusche aus der Villa, dann wurde die Tür aufgerissen und Tom stand vor ihr.

Ihr Herz hämmerte noch lauter. Eigentlich musste er es hören.

»Oh. Hallo, guten Morgen!« Tom strich sich verstrubbelte Haare aus dem Gesicht, er sah wirklich so aus, als hätte sie ihn aus dem Bett geklingelt. Er trug ein zerknittertes weißes T-Shirt und blaue Shorts.

»Ähm, guten Morgen. Entschuldigung. Ich, ich wollte Sie nicht aufwecken.« Julia wurde heiß. Sie spürte, wie ihre Wangen Farbe annahmen.

Er gähnte herzhaft. »Ach, ist schon in Ordnung. Was kann ich für Sie tun? Kommen Sie doch rein!«

Julia nickte dankbar und schlüpfte durch die Tür.

Tom schloss sie hinter ihr, drehte sich um und lächelte sie erwartungsvoll an.

Da brach es aus ihr heraus. »Tanja hat mich angerufen. Sie meinte, in Ludwigs Büro gäbe es Fotoalben, auf denen ich vielleicht etwas über meine Eltern finden könnte. Mein Vater hat hier gearbeitet, die beiden sind gestorben, als ich vier war. Darf ich nachsehen?« Und dafür hatte sie die ganze Nacht gegrübelt und überlegt? Julia biss sich auf die Lippe.

»Die alten Fotoalben? Gut, dass Tanja gesagt hat, wo Sie suchen sollen. Ich hätte keine Ahnung.« Er rieb sich müde über die Augen. »Na klar, sehen Sie nach. Gehen Sie doch schon mal vor, Sie kennen sich ja aus. Ich mache uns einen Kaffee.«

Julia betrat das Büro und blieb unschlüssig vor dem großen Schreibtisch stehen. Unzählige Regale säumten die Wände. Bücher. Aktenordner. Ganz unten, das konnten Fotoalben sein. Julia kniete sich vor das Regal und zog ein Album heraus. Dann noch eines.

Als Tom ein paar Minuten später eine dampfende Tasse Kaffee neben sie auf den Boden stellte, bemerkte sie es kaum. Versunken blätterte sie durch zig Seiten, versuchte, Gesichter auf alten Fotos zu erkennen. Ohne aufzublicken registrierte sie, dass Tom leise den Raum verließ.

Nachdem sie unzählige Fotos von Ludwig mit erlegten Tieren betrachtet hatte, legte Julia auch das zehnte Album seufzend beiseite. Auf keinem Bild hatte sie bisher auch nur einen Ärmel von ihrem Vater entdecken können. Sollte sie weitermachen? Wozu überhaupt? Um sich mit dem Anblick ihrer Eltern zu quälen? Sich in eine Zeit zu versetzen, die nie zurückkommen würde?

Julia ging zum Fenster und öffnete es weit. Milde Luft und Vogelgezwitscher drangen in den Raum. Cora, der alte

Jagdhund, trottete in den Raum und schnupperte an den Fotoalben. Julia bedachte die Hündin mit einigen Streicheleinheiten, dann nahm sie sich seufzend das nächste Album vor. Mehr Jagdbilder. Neben Ludwig ein Jugendlicher, vielleicht sechzehn Jahre alt. Julia sah ihn sich genauer an. Das konnte nur Tom sein. Groß, schlaksig dunkelhaarig; neben seinem grinsenden Vater machte er einen etwas verlorenen Eindruck.

Hatte er nicht behauptet, mit der Jagd nichts anfangen zu können? Ihr erzählt, dass er Vegetarier sei?

Julia blätterte auf die nächste Seite um, und dabei rutschte ein grünes Heft aus dem Album. Jugendjagdschein. Julia öffnete ihn. Toms Gesicht starrte sie von dem Foto aus an. Sie suchte weiter und fand Fotos, auf denen Tom mit Waffe und Jagdbeute zu sehen war.

Sie sprang auf. Von wegen Vegetarier. Dieser Mann konnte mit einer Waffe umgehen, so viel war sicher. Hatte Tanja doch recht gehabt? War das die unangenehme Überraschung, mit der sie rechnen sollte?

Als sie sich auf den Boden setzte, um die Alben zurück in das Regal zu stellen, fiel ihr plötzlich auf, dass ganz hinten ein weiteres Album stand. Es war quer hinter die anderen geschoben worden, so dass man es eigentlich nur finden konnte, wenn man danach suchte. Julia zog es vorsichtig heraus und fuhr mit der Hand über den rostroten Ledereinband. Er war an manchen Stellen schon ein wenig brüchig. Sie schlug es auf. Auf den ersten Seiten waren Fotos eines verliebten Paares zu sehen. Dann, auf der fünften Seite, mehrere Hochzeitsbilder. In einer schnörkeligen Damenhandschrift hatte jemand Ludwig & Kirsten daruntergeschrieben. Sie blätterte weiter. Fand Fotos von einem

Baby, dann einem kleinen Jungen. Eines von der Einschulung. Kirsten und Ludwig.

Julia sank zurück und lehnte sich an das Regal. Kirsten und Ludwig. Und Tom. Kirsten – sie war es, die das Tagebuch geschrieben hatte. Julia hatte es schon längst geahnt, aber nun hatte sie Gewissheit. Wusste Tom, was darin stand? Ein mehr als überzeugendes Mordmotiv.

Julia schob das Fotoalbum hastig zurück ins Regal. Sie musste hier weg. Schnell und unauffällig.

Sie lauschte. Aus der Küche drangen Geräusche, das Klappern von Geschirr. Sie nutzte ihre Chance und verließ die Villa lautlos.

Achtunddreißig

Als sie wieder zu Hause war, schnappte sich Julia ein paar Blätter Papier aus dem Drucker und einen Stift. Dann setzte sie sich an den Tisch vor dem Haus und malte in die Mitte des obersten Blattes »LUDWIG«. Darum herum zog sie einen Kreis, in den noch ein kleines Kreuz kam. Gestorben.

Nun die Verdächtigen. Wer kam alles infrage? Tom. Seinen Namen schrieb sie ganz oben auf das Blatt. Er hasste seinen Vater, er erbte viel Geld und den Wald, sie hatten sich gestritten. Außerdem auf der Liste mit den Beweisen gegen ihn das Tagebuch, in dem stand, dass sein Vater seine Mutter misshandelt hatte.

Dann Tanja. Motiv: Geld. Vielleicht war ihr Bruder gar nicht ihr Bruder und ihre ganze Geschichte stimmte nicht. Vielleicht war dieser Alex der Wilderer, und Ludwig hatte ihn in flagranti erwischt. Und das mit dem Leben bezahlt. Aber das müsste eigentlich die Polizei ermittelt haben.

Wer noch? Ohne Elan schrieb sie die Namen von Johanna, dem Pfarrer und dann Marthas und ihren eigenen Namen. Sie zögerte. Dann fügte sie Teresas Namen hinzu. Und den von Korbinian Seiwald und Franz.

Sie musste zugeben, dass die Tatsache, dass Ludwig den Tod ihrer Eltern verursacht hatte, ein gutes Motiv für sie selbst abgab. Und solange sie nicht wusste, was genau passiert war, wie sollte sie sich verteidigen?

Drinnen klingelte das Telefon, und sie hörte, wie Martha abnahm. Kurz darauf stand sie mit einem sorgenvollen Gesicht vor Julia und hielt ihr das Mobilteil hin. »Diese Kommissarin will dich sprechen.«

Julia nahm den Hörer und meldete sich: »Julia Sommer?«

»Baumgartner hier. Frau Sommer, ich wollte eigentlich nur wissen, ob Sie zu Hause sind. Zwei Kollegen von der Spurensicherung sind auf dem Weg zu Ihnen. Würden Sie ihnen bitte genau zeigen, wo Ihr Sohn die Waffe gefunden hat? Es hat sich herausgestellt, dass es die Tatwaffe ist. Wir überprüfen gerade, auf wen sie registriert ist.«

Scheiße. Julia stieß laut den Atem aus. Das hatte sie befürchtet.

»Frau Sommer? Alles in Ordnung?« Hatte sie ihren Fluch laut ausgesprochen?

»Ja. Schon gut. Ich. Also ich«, stotterte sie, biss sich auf die Lippen und ärgerte sich über ihre Stammelei, »die Waffe gehört mir.«

Stille am anderen Ende der Leitung.

»Ich habe sie von meinem Vater geerbt. Es ist ein historisches Stück, das schon lange im Besitz unserer Familie ist. Aber ich hatte die Waffe nicht, als Ludwig ermordet wurde.«

»Ja?« Mehr Zweifel konnte man nicht in ein einziges Wort legen.

»Ich hatte die Waffe an Ludwig, an Herrn Voss, verliehen.«

Es folgte wieder eine kurze Pause, dann hörte Julia, wie Baumgartner tief durchatmete.

»Okay. Na dann geben Sie doch bitte auch den Überlassungsschein an die Kollegen weiter.«

»Ich habe keinen.«

»Wie bitte?«

»Ich habe Ludwig die Waffe ausgeliehen, aber irgendwie sind wir nicht dazu gekommen, einen Überlassungsschein auszufüllen.«

»Liebe Frau Sommer, wollen Sie wirklich, dass ich Ihnen glaube, dass Sie eine Waffe verliehen haben, dies aber weder dokumentiert noch wenigstens erwähnt haben – solange, bis wir dann eben diesen Revolver als Tatwaffe identifizierten?« Baumgartners Stimme wurde immer lauter. Und ein bisschen schrill. Ganz außergewöhnlich für sie.

Julia schwieg.

»Wissen Sie, gerade dachte ich, mein erster Eindruck hätte mich getäuscht und Sie seien unschuldig. Wir haben soeben die Laborergebnisse des Mageninhalts von Frau Vogel bekommen. Die Pilze waren in Ordnung. Wir suchen weiter nach der Ursache für die Vergiftung. Und auch die Untersuchung Ihres Telefons war okay. Für einen Anschlag auf Frau Vogel hatten Sie ja nun gar kein Motiv.«

»Ich würde ihr niemals etwas tun!«, bestätigte Julia empört.

»Ihr vielleicht nicht«, war die lapidare Antwort. »Ich rate Ihnen, rühren Sie sich nicht von der Stelle. Wenn ich auch nur den kleinsten Anlass sehe, Sie zu verhaften, werde ich das unverzüglich tun!«

Neununddreißig

Julia feilte an einem Stellengesuch.

»Erfahrene Diplom-Forstwirtin mit Berufserfahrung sucht neuen Wirkungskreis« stand unübersehbar auf dem Bildschirm. Sie schüttelte ärgerlich den Kopf. Das war schlecht. Sehr schlecht. Einfallslos.

Der Schreibtisch war übersät mit Papieren. Sie kramte in ihren Zeugnissen und suchte nach dem Diplom.

Jemand klopfte leise an die Zimmertür. Julia drehte sich um und sah Teresa im Türrahmen stehen. Ein Lichtblick, es hätte schließlich auch Baumgartner sein können. Sie lächelte, stand auf und umarmte ihre Besucherin.

»Hey, Teresa. Was führt dich hierher?«

Teresa antwortete nicht. Sie starrte auf den Bildschirm. Julia folgte ihrem Blick, ging an den Schreibtisch und klickte das Fenster weg. Dann schob sie das Papier auf dem Tisch etwas zusammen.

»Warum suchst du eine neue Stelle?« Teresas Stimme klang brüchig.

Julia fasste ihre Hand, die merkwürdig schlaff in ihrer blieb. Julia ließ Teresa wieder los und setzte sich auf ihren Bürostuhl. »Ach, Teresa. Ich kann nicht mehr. Ich glaube, ich bin nicht stark genug, das hier durchzustehen.« Sie begegnete Teresas Blick, der forschend auf ihr ruhte. Also holte sie tief Luft und sprach weiter: »Ich wollte unbedingt nach Grafenried. Das war der Grund, warum ich Försterin geworden bin. Ich wollte hier arbeiten. Aber nun sieht es so aus, als wollte Grafenried mich nicht. So geht es nicht weiter, ich muss weg.«

Teresa schüttelte langsam den Kopf. »Nein«, flüsterte sie, »nein, das darfst du nicht. Du kannst nicht einfach gehen. Du kannst nicht einfach aufgeben. Was ist mit mir?« Ihre Augen schienen Julia zu durchbohren.

Julia musste gegen ihren Willen lächeln. »Was mit dir ist? Teresa, du bist praktisch die Einzige, die noch nett zu mir ist. Was ist das für ein Leben, frage ich dich. Ich habe niemanden umgebracht, aber jeder scheint es zu glauben. Ich muss an Florian denken, und an Oma. Die beiden brauchen mich und sie haben es nicht verdient, einer solchen Umgebung ausgesetzt zu sein. Florian soll eine unbeschwerte Kindheit haben.«

Teresa sah sie mit Tränen in den Augen an. »Trotzdem solltest du nicht einfach aufgeben. Das hier war dein Traum, oder nicht?«

»Das war mein Traum, stimmt. Aber ich weiß nicht, ob das jemals wieder mein Traum sein kann, nach allem, was passiert ist.«

»Gib nicht auf, versprich mir, dass du nicht aufgibst.«

Julia seufzte. »Ich kann dir das nicht versprechen, Teresa.« Sie ließ den Kopf in die Hände sinken und rieb sich über die Augen. Als sie wieder aufsah, war Teresa verschwunden.

Julia wandte sich wieder dem Chaos auf ihrem Schreibtisch zu und schob das Papier zu einem Stapel zusammen. Ihre Motivation war verflogen. Zu allem Überfluss klingelte jetzt auch noch das Telefon.

»Sommer«, meldete sie sich.

»Frau Sommer, hier spricht Korbinian Seiwald.«

»Oh. Hallo Herr Seiwald.«

»Der gestrige Überflug hat keine Ergebnisse gebracht. Ich denke nicht, dass wir heute alarmiert werden, aber man weiß nie. Sind Sie auf Ihrem Mobiltelefon erreichbar? Auch abends und am Wochenende?«

»Überflug?« Ach. Natürlich sprach er von der Luftüberwachung. »Ja, selbstverständlich bin ich erreichbar.« Sie gab ihm ihre Mobiltelefonnummer. Dann entstand eine kleine Pause.

»Frau Sommer, hören Sie. Ich verstehe, dass Ihnen daran gelegen ist, den Wilderer zu erwischen. Aber suchen Sie nicht in den Reihen meiner Männer. Das sind Feuerwehrleute, die ehrenamtlich ihr Leben aufs Spiel setzen, damit Menschen wie Sie ruhig schlafen können. Meistens werden wir zu Unfällen auf der Autobahn gerufen, und alle meine Kollegen haben Dinge gesehen, die Ihnen Albträume bescheren würden. Wir sind fast immer in Rufbereitschaft. Wir retten Leben. Wir beenden keins.«

Puh. Julia schluckte. »Aber, Herr Seiwald, ich wollte niemals andeuten, dass Sie oder einer Ihrer Kollegen …« Sie verstummte. Sie hatte es ja durchaus angedeutet. Baumgartner gegenüber. Und die hatte es in den falschen Hals bekommen.

»Fangen Sie Ihren Wilderer, Frau Sommer. Aber lassen Sie uns in Ruhe. Auf Wiedersehen.«

Damit legte er auf.

Vierzig

Der Sonnenuntergang färbte den Himmel in tausend Rotschattierungen. Der Abend war lau und friedlich, ganz im Gegensatz zu Julia.

Sie saß mit Martha und Teresa vor dem Haus und trank mit den beiden ein Glas Weißwein. Ein Versöhnungsabend mit Teresa sollte es werden, doch Julia fühlte sich, als hätte sie Watte in den Ohren, sie nahm alles irgendwie verschwommen wahr. Den Nachmittag über hatte sie darüber nachgedacht, wie sie ihre Unschuld beweisen konnte. Doch immer, wenn sie in eine Richtung dachte, kam sie kurz darauf nicht mehr weiter. Sie wusste einfach nicht, was sie tun sollte.

Gegen vier hatte ein Waldarbeiter bei ihr angerufen. Er hatte einen Schuss in unmittelbarer Nähe der ihm zugeteilten Brennholzparzelle gehört. Julia hatte die Meldung an die Polizei weitergeleitet und auch ihre Beobachtung mit dem grünen Auto noch einmal wiederholt. Sie hatte das Gefühl, dass die Beamten auf der Polizeistation sie nicht ernst genug nahmen, also wählte sie erneut und informierte auch Kriminalhauptkommissarin Baumgartner. Die war besonders an dem grünen SUV interessiert gewesen. Und sehr enttäuscht, dass Julia kein Kennzeichen nennen konnte.

Doch nichts hatte Julia von ihren Sorgen ablenken können.

»Ich habe die Nase so voll von diesem Mord. Warum finden die nicht endlich den Täter?«

Martha sah sie mit Gewitterstirn an. »Ich fürchte, die haben einfach noch nicht den richtigen Verdächtigen. Im Dorf wird ja furchtbar viel geredet. Ich habe sogar schon sagen hören, du seist es gewesen.« Sie brach ab.

Nun machten die Gerüchte also auch vor Oma nicht mehr Halt. Aber was, wenn auch die Kommissarin davon überzeugt war? Was, wenn sie keinen anderen Verdächtigen mehr hatte, wenn Julia als Einzige übrig blieb? In ihrem Kopf stieg ein Horrorszenario auf, wie sie vor Florians Augen in Handschellen abgeführt wurde. Ihr wurde ganz kalt.

»Oma, die dürfen mich nicht verhaften. Ich war es nicht, und ich kann dich doch nicht alleine lassen! Und was wird dann mit Florian? Das darf nicht passieren.« Verzweifelt rieb sie sich die aufsteigenden Tränen aus den Augen.

Teresa sah auf einen weit entfernten Punkt im Wald. »Du warst es nicht, also werden sie dich nicht verhaften«, murmelte sie. Sie wirkte abwesend. Abweisend.

Julia versuchte ein schiefes Lächeln. »Das ist lieb, Teresa, ich danke dir. Wenigstens ihr beide glaubt mir. Wie gut, dass ich euch habe. Allerdings ist die Kriminalkommissarin ziemlich von meiner Schuld überzeugt. Sie sagte, wenn sie mir ein Motiv nachweisen könnte, würde sie mich sofort verhaften.«

Sie sah Martha verzweifelt an. Ihre Großmutter schwenkte nachdenklich die goldene Flüssigkeit in ihrem Glas.

»Ach, mein Schatz. Ich glaube an dich, natürlich. Ich kenne dich ja. Aber es sieht aus, als wären Teresa und ich die beiden Letzten, die an dich glauben. An deine Unschuld.«

Julia stöhnte und barg den Kopf wieder in ihren Händen.

Ihre Großmutter fuhr fort: »Und leider ist Pfarrer Neumann ganz außer sich vor Schmerz. Er scheint mir nicht ganz zurechnungsfähig zu sein.«

Julia stützte den Kopf in ihre Hände und sah auf. »Was willst du damit sagen?«

»Johannas Unfall macht ihm zu schaffen. Er redet nicht besonders christlich, und Nächstenliebe scheint gerade für ihn schwer umzusetzen zu sein. Er sagt, du hättest es auf ihn abgesehen. Johanna hätte es nur zufällig getroffen. Und diese Polizistin, diese Baumgartner scheint ihm zu glauben. Zumindest sagt er das.«

»Und mir hat er damit gedroht, er würde Baumgartner erzählen, dass ich einen guten Grund gehabt hätte, Ludwig umzubringen.«

Teresa sprang plötzlich auf. Julia und Martha sahen sie verwundert an, doch sie sagte nur: »Ich, ich muss gehen. Ich komme sonst zu spät«, drehte sich um und verschwand. Julia sah ihr nach.

»Was ist denn los mit ihr?«, fragte Martha.

»Keine Ahnung«, musste Julia zugeben. »Ich konnte sie die letzten Tage gar nicht fragen, wie es ihr eigentlich geht.«

»Ach, das wird schon wieder. Konzentriere dich lieber auf deine eigenen Probleme, Kind.«

Martha war schon lange zu Bett gegangen. Julia hingegen saß immer noch vor dem Haus, obwohl es schon auf Mitternacht zuging. Es war eine sternenklare Nacht, und außer dem Zirpen der Grillen war nichts zu hören. Sie nahm die Weinflasche, schenkte sich den restlichen Wein ins Glas und trank ihn in einem Zug aus.

Sie wusste nun, was sie tun musste. Wenn sie ihre Unschuld nicht beweisen konnte, dann musste sie eben endlich den wirklichen Täter finden. Sie musste mit Neumann sprechen. Jetzt sofort. Sie stand auf und ging los.

Als er in dieser Nacht das Messer holte, dachte ich, ich müsste sterben. Ich hoffte, es würde nicht so lange dauern, doch das Lächeln in seinem Gesicht sprach eine andere Sprache. Aber dann ging er nicht auf mich, sondern auf Denise los. Er sagte nicht viel, sondern verprügelte sie und brachte ihr mit dem Messer einen tiefen Schnitt im Gesicht bei, der sie für immer entstellen würde. Dann warf er sie aus dem Haus.

Von nun an war ich allein. Es machte mir nichts aus, ich hatte das Bedürfnis fast verloren, mich einem anderen Menschen mitzuteilen. Ich hatte es zwanzig Jahre geschafft, mit ihm zu leben, was man eben so leben nennt. Ich hatte es achtzehn Jahre geschafft, den Schrecken von dir fernzuhalten, und dafür hatte ich gelebt. Doch dann kam der Tag des Streits. Dabei hatte ich mich eigentlich so gefreut darüber, dass du dich entschieden hattest, Weihnachten zu Hause zu verbringen.

Aber er wollte keine Rücksicht auf deinen Besuch nehmen. Vielleicht konnte er es auch nicht. Und als du die Striemen gesehen hast, bist du ausgerastet. In mancher Hinsicht bist du durchaus der Sohn deines Vaters. Ich konnte ihn nicht verlassen, nach so langer Zeit kann man nicht einfach weggehen, von einem Tag auf den anderen. Du hast es damals nicht verstanden, und ich erwarte nicht, dass du es heute verstehst.

Als du weg warst, als du mich für immer verlassen hattest, schlug die Einsamkeit über mir zusammen wie eine große dunkle Welle. Ich verzweifelte. Bis ich eine neue Freundin traf.

Einundvierzig

Zu Fuß dauerte der Weg vom Forsthaus zur Ortsmitte im Dunklen länger, als sie gedacht hatte. Die Nachtluft war kühl, und Julia bekam Gänsehaut. Sie verfluchte sich, weil sie ohne Jacke und zu Fuß aufgebrochen war. Auf der anderen Seite, so sagte sie sich, würde sie durch den Spaziergang wieder nüchtern werden. Das war gut. Denn für das Gespräch, das sie plante, brauchte sie alle ihre Sinne.

Als Julia am Pfarrhaus ankam, brannte dort noch Licht. Sie näherte sich und erkannte, dass es im Büro des Pfarrers war.

Ausgezeichnet.

Endlich würde sie Antworten auf ihre Fragen bekommen. Diesmal würde sie sich nicht abwimmeln lassen. Da konnte er ihr Gebete um die Ohren hauen, bis er schwarz wurde. Ihr war ein bisschen schwindlig, und sie musste sich an einem Fensterbrett festhalten. Wo sie schon mal da war, spähte sie durchs Fenster, stellte sich auf die Zehenspitzen, konnte aber nichts erkennen. Sie umrundete vorsichtig das Haus und ärgerte sich, dass ihre Schritte laut im Kies knirschten. Vor ihr tauchte die Terrasse auf. Ein Windhauch blähte weiße Vorhänge aus einer offen stehenden Terrassentür. Julia schlich näher, horchte und betrat dann leise das Wohnzimmer. Es war dunkel, nur aus dem Büro drang über den Flur ein schwacher Lichtschein. Der

Dielenboden knarrte unter ihren Füßen. Sonst war es vollkommen still.

»Hallo? Herr Pfarrer?«, rief sie leise. Keine Antwort. Julia zögerte. War sie völlig verrückt geworden, nachts hier einzudringen? Sie dachte an Oma, an Florian und daran, dass sie nicht in Handschellen abgeführt werden wollte. In ihrem Kopf drehte sich wieder alles, und sie hielt sich an der Wand fest.

Sie dachte an ihre Eltern. Sie hatte so wenig Erinnerung an sie. Ein paar unscharfe Fotos, verschwommene Erinnerungen. Den Schmerz in ihrer Brust, der nicht nachließ und Antworten forderte. Sie dachte auch an das Tagebuch, an den Schmerz dieser anderen Frau. Der Pfarrer würde auch wissen, ob stimmte, was darin stand. Er würde sich erinnern. Sie *musste* einfach mit dem Pfarrer sprechen, konnte nicht mehr warten. Sie würde ihn jetzt befragen, und er würde jetzt antworten. Entschlossen schlich sie weiter, durch den Flur auf die Bürotür zu. Niemand war zu sehen oder zu hören, das Haus fühlte sich leer an.

Sie drückte die weißlackierte Zimmertür weiter auf, konnte den Schreibtisch sehen, ein Sofa und …

Ein kurzer, heftiger Schmerz am Hinterkopf, dann wurde alles um sie herum schwarz.

Freitag, 24. Juli 2015

Sonnenaufgang:	05:42 Uhr
Sonnenuntergang:	20:57 Uhr
Minimaltemperatur:	14,3°C
Maximaltemperatur:	31,8°C
Erdbodenzustand (6 UTC):	trocken
Niederschlag:	0 l/m²
Sonnenscheindauer:	13,8 h
Waldbrandgefahrenstufe:	4 (hoch), Gewitterneigung
Namenstage:	Christine, Christoph, Luise

Zweiundvierzig

Julia erwachte mit unglaublichen Kopfschmerzen. Sie musste ein paarmal blinzeln, bevor sie ihren Oberkörper hochstemmen und etwas erkennen konnte. Es war dunkel. Vor ihren Augen verschwammen die Umrisse des Schreibtisches im Pfarrbüro. Ein Stöhnen unterdrückend tastete sie ihre Arme und Beine ab, doch es blieb bei den Kopfschmerzen, alles andere schien unverletzt zu sein. Sie stand vorsichtig auf. Hielt sich an einer Stuhllehne fest, bis die Leuchtziffern der Uhr im Regal gegenüber aufhörten, vor ihren Augen zu tanzen. Fünf Uhr dreißig. Sie sollte schleunigst hier raus, wer immer ihr den Schlag auf den Kopf verpasst hatte, konnte noch im Haus sein. Bedächtig, Schritt für Schritt ging Julia vorwärts, bis sie mit ihrem Fuß an etwas hängen blieb.

Verflucht, was war das? Im schwachen Licht, das durch das Fenster hereinfiel, betrachtete Julia, was auf dem Boden lag. Oder besser gesagt, wer.

Pfarrer Neumann. Er lag bewegungslos. Warum war sie nicht überrascht? Es war ebenso schrecklich, wie es folgerichtig schien. Unausweichlich.

Sie stieg vorsichtig über die ausgestreckten Beine des Pfarrers und kniete sich neben seinen Kopf. Am Hals versuchte sie, den Puls zu fühlen. Sie tastete leicht ziellos herum. Die Haut des Pfarrers fühlte sich wächsern und kühl an. Seine Augen waren geschlossen, die Stirn gefaltet, als hätte er Schmerzen. Dann bemerkte Julia die Bläschen auf den Lippen. Sie war keine Expertin, doch eines schien sicher: Der Pfarrer war tot. Julia schluckte. Wurde denn immer alles noch schlimmer? Wieder hatte der Mörder zugeschlagen, wieder kniete sie neben einem Toten. Ihre Hände zitterten. Es war klar, dass sie erneut die Hauptverdächtige sein würde. Vor allem, wenn jemand sie hier sah. Sie musste verschwinden. Aber vorsichtig, der Mörder konnte noch hier sein, konnte sie beobachten, im Nebenzimmer stehen und auf das leise Geräusch ihrer Bewegungen lauschen. Und dann sein Werk vollenden. Julias Herz klopfte bis zum Hals.

Die Terrassentür im Wohnzimmer war jetzt geschlossen. Sollte sie es wagen, durch das Haus bis zur Eingangstür zu gehen? Nein. Sie nahm ein Stück Vorhang in die Hand und öffnete damit die Glastür zur Terrasse. Sie kam sich ein bisschen lächerlich dabei vor, doch sie wollte nicht noch mehr Spuren im Pfarrhaus hinterlassen.

Sie ließ die Terrassentür offen stehen, so, wie sie sie vorhin vorgefunden hatte, und schlich über die Terrasse auf den Friedhof. Im Dämmerlicht glänzten die polierten Grabsteine, beschattet von schwarzen Hainbuchenhecken. Hie und da flackerten rote Grabkerzen. An Julias Armen stellten sich die Härchen auf. Dabei gab es überhaupt keinen Grund, nervös zu sein. Der Friedhof war nachts nicht unheimlicher als am Tag. Und doch …

Knirschten da nicht Kiesel? Sie schauderte, verharrte, lauschte angestrengt. Nichts. Alles war still. Julia ging vorsichtig weiter, verfluchte dabei erneut den Kies unter ihren eigenen Füßen, der sich lautstark aneinander rieb. Da.

Da waren doch Schritte!

Wollte der Mörder beenden, was ihm vorher nicht gelungen war? Julia Augen weiteten sich, während sie in die Dunkelheit starrte. In ihren Ohren rauschte es, und sie stand wie versteinert.

Die Kirche! Die Tür stand offen. Sie würde hineinschlüpfen, sich verstecken und ihrem Verfolger auflauern.

Zwei, drei schnelle Schritte. Ja, sie hörte es ganz deutlich: Auch die Schritte hinter ihr wurden schneller. Julia erreichte die Kirche, schlüpfte durch den Türspalt und lief nach vorne in den Altarraum. Hinter einem Mauervorsprung ging sie in Deckung und sah sich nach einer Waffe um.

Schritte klackerten über den Steinboden. Julia presste sich an die kalte Kirchenmauer. Ihr Herz hämmerte. Dann hörte sie ein Quietschen und ein metallisches Knallen. Die Schritte entfernten sich, die Kirchentür fiel ins Schloss.

Julia lugte um den Mauervorsprung und sah sofort, dass die Tür des Eisengitters, das den Kirchenraum vom Eingang trennte, verschlossen war.

Panisch rannte sie zum Gitter und rüttelte an der Tür. Fest verschlossen. Julia hastete durch eine der Sitzreihen und versuchte es auf der anderen Seite. Ebenfalls versperrt. Sie rannte zurück in den Altarraum. Dort gab es zwei Türen. Die Tür rechts zur Sakristei war ungnädig, die linke jedoch gab nach. In dem dunklen, staubigen Raum dahinter ließen sich in einer der Ecken schmale Stufen erkennen, die nach oben führten. Julias Finger tasteten verzweifelt an der Wand nach einem Lichtschalter. Vergeblich. Dann fiel ihr endlich ihr Handy ein. Sie zog es aus der Hosentasche. 5 Uhr 50. Wen konnte sie um diese Uhrzeit anrufen? Baumgartner? Die Polizei? Und dann erklären, dass sie auf der Flucht von einem Tatort eingesperrt worden war?

Sie wählte ihre eigene Nummer, in der Hoffnung, Oma zu erreichen, und presste das Telefon ans Ohr. Auf das Tuten wartete sie vergeblich. Im Display war die Nachricht »Kein Signal« zu sehen. Schnaubend legte Julia auf und aktivierte die Taschenlampenfunktion. Wenn keine schnelle Rettung zu erwarten war, musste sie selbst nach einem Ausweg suchen. Im schwachen Schein des Telefons betrachtete sie die schmale gezimmerte Treppe und machte sich dann auf den Weg nach oben.

Ein paar Stufen führten bis zum ersten Absatz. Dort gab es eine kleine Plattform, über die man ein enges Fenster erreichen konnte. Es war mit zwei Balken gesichert, zwischen denen das Morgenlicht auf den staubigen Bretterboden fiel. Julia untersuchte mit zitternden Fingern die Luke. Sie war mit einem alten dreckigen Fenster versehen und sehr eng. Das Fenster hatte keinen Griff zum Öffnen. Entmutigt wandte sie sich wieder den steilen Stufen zu, erklomm die nächste Etage und dann die übernächste. Danach war Schluss. Sie stand vor zwei riesigen Glocken. Bei einer Kirchenführung hätte sie sich dafür interessiert, wie die imposanten Klangkörper gegossen worden waren und wie der Glockenbauer es geschafft hatte, dass sie den richtigen Ton trafen. Doch momentan war ihr das herzlich egal. Sie wollte nur hier raus.

Es knackte in dem grauen Kasten, der zwischen den Glocken angebracht war. Ein Rasseln war zu hören und dann fing die hintere Glocke an, sich zu bewegen. Beim ersten DONG war Julia an der Treppe und stürzte hinunter. Das Läuten war so laut, dass sie glaubte, ihre Ohren würden platzen. Sie wollte sie zuhalten, brauchte die Hände aber, um sich am Geländer der engen Treppe festzuhalten. Beim letzten Absatz stolperte sie und rutschte die Stufen hinunter. Unten blieb sie sitzen, presste die Hände auf die Ohren und wartete ab, bis die Glocken wieder schweigen würden.

Endlich wurden die Abstände zwischen den Schlägen wieder länger, dann verstummten die Glocken. Julia stand auf und ging zurück in den Kirchenraum.

Sie war in der Kirche gefangen. Sie kontrollierte noch mal das Handy, das immer noch keinen Empfang hatte. Dann setzte sie sich mutlos in eine der ersten Bänke. Sie war müde, ihr Kopf schmerzte und der ungewollt schnelle Abstieg aus dem engen Kirchturm hatte ihr einige blaue Flecken eingebracht. Sie seufzte.

Vielleicht war es am einfachsten zu warten, bis jemand die Kirche aufsperren und sie befreien würde. Sie dachte an den Pfarrer, der in seinem Büro auf dem Boden lag. Er würde nie wieder die Kirche aufschließen, nie wieder eine Messe lesen oder die Beichte abnehmen. Julia hatte Pfarrer Neumann nicht gemocht, zuletzt, weil er ihr die Wahrheit über ihre Eltern so konsequent vorenthalten hatte, war er ihr fast verhasst gewesen, doch die Endgültigkeit seines Todes machte sie traurig. War es die Tatsache, dass man über den Tod nicht hinausdenken konnte? Dass man nicht wusste, was danach kam? Was ließ die Menschen Kirchen bauen? Julia legte den Kopf zurück und betrachtete im Morgenlicht das Deckenfresko. Auf einem Thron von Wolken hatte der Maler Maria mit dem Jesuskind verewigt und einige Engel um die beiden. Darum herum Menschen, die auf der Erde abgebildet waren und doch nur Augen für den Himmel hatten, auf den sie zustrebten.

Wunschdenken. Schon immer.

Julia setzte sich auf, und ihre Augen wanderten zu den Heiligenstatuen an der Wand und an den Nebenaltären. In der Brust einer Heiligen steckte ein langer Dolch. Julia stand auf und ging näher. Die Figur war etwa einen Meter groß, aus Holz gearbeitet und bunt bemalt. Wahrscheinlich kein großer Kunstschatz. Mal abgesehen vielleicht vom frommen Gesichtsausdruck. Als sie ganz nahe heranging, konnte Julia einen Namenszug lesen. Mater dolorosa. Sie kramte in ihren verstaubten Lateinkenntnissen: *Mutter* war klar. Dolorosa. Hieß Dolor nicht Schmerz? Schmerzensmutter? Eine Heilige, die Schmerzen litt und deswegen heilig war? Unter dem großen Holzkreuz am Hauptaltar war eine sehr ähnliche Figur aufgestellt. Es musste Maria sein, die Mutter Gottes. Die Statue strahlte Hingabe und gleichzeitig Demut aus. Sie war blank geputzt, bis sie glänzte, bestimmt von Teresa.

Aber auch hier wieder diese Beschäftigung mit dem Tod. War die katholische Kirche ein Totenkult? Die Frage nach dem Warum und mit dem, was danach kam?

Vielleicht sollten die Statuen und Rituale eine Hilfe sein, ein Anker. Aber auch eine Ablenkung, damit man sich nicht so sehr mit den tieferen Fragen beschäftigen musste. Ein gütiges Einlullen in Gebete.

Der Beichtstuhl rief ihr ein anderes Bild des Pfarrers in Erinnerung: Wie er sich ebenso wohlgenährt wie selbstgerecht geweigert hatte, auf ihre brennendsten Fragen eine Antwort zu geben.

In Julias Magen grummelte es. Sie riss sich zusammen. Auch wenn sie zu Recht wütend war, ein solches Ende hatte der Pfarrer nicht verdient. Außerdem konnte sie ihn jetzt erst recht nicht mehr über ihre Eltern befragen.

Neben dem Beichtstuhl hing eine weitere Figur. Julia stand auf und betrachtete sie näher. Die Statue hielt eine Pistole in der Hand, deren Lauf mit einem goldenen Kreuz verziert war. Die Waffe sah der, die Julia von ihrem Vater geerbt hatte, sehr ähnlich. Der heilige Ludwig Beltrán. So stand es wenigstens auf dem Schildchen, das unter der Figur angebracht war. Ein paar Blümchen verzierten den Fuß der Statue. Sie erinnerte sich daran, dass Ludwig ganz aufgeregt gewesen war, als sie ihm die Waffe gezeigt hatte. Vielleicht war Ludwig so versessen darauf gewesen, die Pistole zu bekommen, weil sie etwas mit seinem Namenspatron zu tun hatte. Julia überlegte. Eigentlich sah es Ludwig nicht ähnlich, so sentimental zu sein. Andererseits konnte man es natürlich nicht ausschließen.

Daneben kam der heilige Benedikt. Den hatte bestimmt der Pfarrer selbst hier aufgestellt. Der Namenspatron für Benedikt Neumann. Die Figur hielt einen Becher in der Hand, aus dem sich zwei Schlangen wanden. Einen Schierlingsbecher. Auch aus dem Becher ragten ein paar Blümchen.

Es war Zeit, die Kirche zu verlassen, und es machte keinen Sinn zu warten, bis Teresa aufsperrte. Kurzentschlossen nahm Julia einen Kerzenständer und die Tischdecke vom linken Seitenaltar und stieg wieder die Treppe zum Kirchturm hinauf. Auf dem ersten Treppenabsatz machte sie Halt und zerrte die beiden Balken vom Fenster weg. Dann, band sie sich das Tuch um den Arm und schlug mit dem Kerzenständer das Fenster ein. Mit der geschützten Hand wischte sie die Scherben zur Seite und zog das restliche Glas aus dem Rahmen. Dann war der Weg nach draußen frei, und sommerliche Morgenluft kam herein. Julia beugte sich aus dem Fenster und zog dann schnell den Kopf wieder ein. Es sah tiefer aus, als sie erwartet hatte. Unten befanden sich zwei alte Abdrücke im Erdboden, wo kein Gras wuchs. Der Teufelstritt. Fast ein heiliger Platz, berühmt zumindest und viel bestaunt. Doch Julia konnte keine Rücksicht nehmen, sie hatte keine Wahl.

Mit den Füßen voraus kletterte sie auf den Fensterabsatz, fasste, das Tuch um die Hand gebunden, in den Fensterrahmen und zog sich hoch. Im Sitzen verharrte sie kurz. Es war wirklich höher, als sie gedacht hatte.

Sie fasste sich ein Herz und sprang.

Dreiundvierzig

Im eigenen Bett zu liegen war himmlisch. Kissen und Bettdecke rochen sauber und frisch, Julias geschundene Glieder ruhten sanft auf der wunderbaren Matratze. Nur die Beule am Hinterkopf erinnerte sie an die vergangene Nacht. Sie blinzelte. Ein Geräusch hatte sie geweckt. Martha stand in der Zimmertür.

Julia streckte sich und kuschelte sich wieder in die Kissen. »Lass mich noch ein bisschen schlafen, Oma«, bat sie gähnend.

Martha hielt das Mobilteil des Telefons in der Hand. Sie streckte es eine Armlänge von sich weg und flüsterte ziemlich laut: »Es ist der Feuerwehrkommandant.«

Julia stöhnte. Sie krabbelte aus dem Bett und nahm das Telefon entgegen.

»Sommer?«, meldete sie sich.

»Korbinian Seiwald. Hallo, Frau Sommer. Ich brauche Ihre Mithilfe. Ich mache gerade eine Kontrollfahrt durch den Wald, und vor nicht ganz drei Minuten habe ich einen Schuss gehört.«

Julia war hellwach. »Wo sind Sie?«

»Ich bin nahe des Aussichtsturms.«

»Bleiben Sie da. Ich bin in zehn Minuten vor Ort.«

»Ich warte.«

Julia bremste den Landrover scharf ab. Korbinian Seiwald stand vor seinem Auto, einem silbernen Toyota. Familienkutsche, registrierte Julia.

Sie kurbelte das Fenster runter. »Steigen Sie ein«, forderte sie Seiwald auf.

Sie wartete, bis der Feuerwehrkommandant auf den Beifahrersitz des Landy geklettert war.

»Aus welcher Richtung haben Sie den Schuss gehört?«

Seiwald deutete nach rechts. »Ich bin mir aber nicht ganz sicher.«

Julia startete den Motor, im gleichen Moment ertönte erneut ein Schuss. Julia gab Gas. Der Kies des Waldweges spritzte vom Landrover weg. An der Wegkreuzung riss sie das Steuer nach rechts herum und trat das Gaspedal wieder bis auf die Bodenplatte durch.

»Da vorne«, schrie Seiwald. Er deutete in die Richtung.

Julia betete um ein klein wenig mehr Leistung. Schneller, Landy, nur noch ein bisschen schneller.

Sie erkannte jetzt das Auto wieder, es war dasselbe grüne Auto, das sie schon einmal verfolgt hatte. Nur dieses Mal verkürzten sie den Abstand zu dem SUV zusehends.

»Fahren Sie doch schneller!«, feuerte Seiwald sie an.

»So schnell fährt mein Auto eben nicht!«, zischte Julia. Trotzdem kamen sie immer näher heran. Mittlerweile konnten sie erkennen, dass es sich um einen Dacia Duster handelte in einer hellen moosgrünen Farbe. Nur das Kennzeichen konnten sie noch nicht richtig entziffern. Es begann mit EBE.

»Scheiße«, entfuhr es Seiwald.

Julia warf ihm einen Seitenblick zu. »Was ist los?«

»Ich werd verrückt. Das ist das Auto vom Franz.«

»Was?«, Julia schrie fast. »Sie kennen diesen Typ?«

»Fahren Sie schneller. Ich muss ihn mir vorknöpfen.«

Julia stöhnte. So eine Aufholjagd durch den Wald war so gut wie aussichtslos. Plötzlich bog das Auto vor ihr nach links ab. Julia reagierte zu spät und konnte ihm nicht mehr folgen. Ein Fluch kam ihr über die Lippen. Dann lächelte sie, während Seiwald weiter schimpfte.

»Bleiben Sie ruhig. Gleich haben wir ihn.«

Sie nahm die nächste Abzweigung nach links. Dieser Forstweg würde in ein paar Metern auf den vorherigen treffen, der einen Schlenker zum Hügelgrab machte.

An der nächsten Abzweigung verlangsamte sie den Wagen. In Schrittgeschwindigkeit tastete sie sich nach vorne. Der grüne Dacia kam um eine Kurve geschossen, als Julia gerade die Mitte der Forststraße erreicht hatte. Der Fahrer bremste, riss das Steuer herum, und der Dacia landete mit Schwung im Graben neben dem Weg.

Julia warf Seiwald einen triumphierenden Blick zu. Dieser stürmte aus dem Auto und auf den SUV zu, riss die Fahrertür auf und zerrte den Fahrer heraus.

Julia stieg aus dem Wagen.

»Franz, du Arschloch!« Seiwald packte seinen Freund am Kragen.

»Reg dich ab, Korbi!«, wehrte der sich, doch Seiwald ließ ihn nicht los.

Julia trat an das Auto heran und spähte in den Innenraum. Ein kleinkalibriges Gewehr lag auf dem Beifahrersitz. Wut stieg in ihr auf.

»Sind Sie eigentlich wahnsinnig?«, schrie sie. »Sie ballern in der Gegend herum, schießen auf Wildtiere und lassen die dann jämmerlich verenden?«

Seiwald zog seinen Kumpel am Kragen. »Antworte, was hast du dir dabei gedacht?!«

Franz lachte. »Als ob du Muttersöhnchen das jemals verstehen würdest. Du heulst dich doch gleich bei der Försterliesl da aus.«

Seiwald holte mit seiner Faust aus, doch Julia schrie ihn an: »Stopp, halten Sie ihn fest!«

Sie holte das alte Handtuch aus dem Landrover, nahm damit das Gewehr aus dem Dacia, verstaute es in ihrer Waffenkiste im Auto und versperrte sie. Dann brachte sie Seiwald einen Strick aus ihrem Auto. Zusammen fesselten sie den weiter vor sich hinpöbelnden Franz an den Handgelenken und verfrachteten ihn auf die Rückbank des Landrovers. Seiwald nahm neben ihm Platz, und Julia steuerte den Landy so schnell wie möglich nach Poing zum Polizeirevier.

Sie parkte hinter dem Gebäude. Noch draußen wurden sie von zwei Polizeibeamten empfangen, die Seiwald von unterwegs informiert hatte. Eine Beamtin bat Julia und Seiwald zu sich an den Schreibtisch. Sie gaben ihre Personalien an, dann schilderten sie die Verfolgungsjagd durch den Wald.

»Frau Sommer kennt den Forst und die Forstwege schon wie ihre Westentasche, sonst hätten wir keine Chance gehabt, ihn zu erwischen.« Seiwald sah Julia dabei nicht an, er beobachtete, wie die Beamtin den Satz abtippte.

»Ohne Herrn Seiwalds Hilfe hätte ich den Wilderer aber nicht festhalten können.« Julias Blick traf den des Feuerwehrkommandanten, und sie lächelte zaghaft.

Die Fahrt zurück in den Wald zu Seiwalds Auto verlief schweigsam. Doch bevor er ausstieg, reichte er ihr die Hand.

»Danke für Ihre Hilfe. Es«, er räusperte sich, »es tut mir leid. Sie hatten recht. Wir haben uns fürchterlich aufgeführt.«

Julia lächelte. Ein Stein fiel ihr vom Herzen. Sie schlug ein. »Schon in Ordnung. Auf eine bessere Zusammenarbeit in der Zukunft.«

Seiwald nickte. Dann stieg er aus dem Wagen, und Julia kehrte ins Forsthaus zurück.

»Die Polizei ist schon wieder da«, begrüßte Martha sie, kaum dass sie über die Schwelle gekommen war. »Sie wollen dich sehen. Jetzt.«

Julia stöhnte. Sie hatte den Wagen der Kommissarin natürlich gesehen, und bei dem Anblick waren all die mühsam verdrängten Bilder der vergangenen Nacht wieder zum Vorschein gekommen. Sie wollte diese blöde Kommissarin nicht sehen, wollte sich nicht mit dem Geschehen auseinandersetzen. Stattdessen wollte sie so tun, als wäre nichts passiert und mit Oma ihren kleinen Erfolg feiern. Trotzdem folgte sie ihrer Großmutter in die Wohnküche. Kriminalhauptkommissarin Baumgartner und Kommissar Winkler standen vor dem Esstisch herum.

»Guten Tag, Frau Sommer«, Baumgartner musterte sie von oben bis unten. Julia kam sich plötzlich komisch vor, weil sie vorhin nach dem Aufstehen nur schnell ein T-Shirt und eine Jeans übergezogen hatte. Auch ihre Haare waren von der wilden Jagd noch zerzaust. Martha legte ihr kurz die Hand auf den Arm. »Ich sehe nach Florian.« Julia lächelte sie an und straffte die Schultern. Dann musste sie sich wohl den beiden Polizisten alleine stellen. Sie war so müde, dass sie im Stehen hätte einschlafen können.

»Hallo«, murmelte sie und strebte auf den Wasserkocher zu. Sie schnappte sich ihre grüne Lieblingstasse, kramte nach dem Kaffee und Filtertüten. Dann füllte sie Wasser ein, der Strahl war unangenehm laut in der Stille. Als die Kanne voll war, fragte Julia: »Wollen Sie auch einen Kaffee?«

Baumgartner schüttelte den Kopf, Winkler zögerte, verneinte aber nach einem Blick zu seiner Chefin.

Julia füllte Kaffee in eine Filtertüte, stellte den Filter auf ihre Tasse und setzte sich an den Tisch. Baumgartner nahm ihr gegenüber Platz. »Wo waren Sie gestern Abend, Frau Sommer?«

Julia stöhnte innerlich. Gleich die schlimmste Frage zum Anfang. »Ich war hier, mit meiner Großmutter und Teresa Richter. Wir haben noch ein Glas Wein auf der Terrasse getrunken und geredet.«

»Das hat uns Ihre Großmutter so bestätigt«, nickte Baumgartner.

Julia fiel plötzlich auf, wie müde auch die Kommissarin aussah. Die schwarzen Haare fielen ihr strähnig ins Gesicht, und die dunklen Augen waren gerötet.

»Was haben Sie danach gemacht? Ihre Großmutter sagte, sie sei als Erste schlafen gegangen.«

»Teresa war schon kurz davor gegangen, sie musste weg. Und ich habe alleine noch etwas draußen gesessen und ein bisschen weitergetrunken.« Sie nahm einen großen Schluck Kaffee, an dem sie sich die Zunge verbrannte.

»Wann war das ungefähr?«

»Nach dreiundzwanzig Uhr irgendwann. Ich habe nicht auf die Uhr gesehen.«

»Und was haben Sie dann gemacht?«

»Ich«, Julia zögerte und fuhr sich mit der Hand über die Beule am Hinterkopf, »ich habe noch einen Spaziergang gemacht.«

Baumgartners Augen blitzten. »Einen Spaziergang? Mitten in der Nacht? Wo sind Sie denn hinspaziert?«

Der Wasserkocher knackte. Julia stand auf und füllte Wasser in den Kaffeefilter. »Ein bisschen die Straße runter.« Sie schüttete noch ein wenig nach.

»Sind Sie dabei am Pfarrhaus vorbeigekommen?«

Julia blieb vor der Tasse stehen, sah zu, wie die braune Flüssigkeit langsam in ihre Tasse lief, und dachte nach.

Wer steckte nur hinter diesen Morden? Es wurde immer rätselhafter. War es doch Tom? Eigentlich konnte sie sich das nach wie vor nicht vorstellen. Andererseits war da dieses Tagebuch – das sie eigentlich schon längst der Kommissarin hätte zeigen müssen –, und man wurde auch nicht richtig schlau aus ihm. Und er hatte seinen Vater wirklich gehasst, das stand fest. Sie musste wirklich noch einmal mit Teresa sprechen, vielleicht hatte die Tom schon früher gekannt. Und außerdem hatte die vielleicht gestern irgendwas mitbekommen?

Sie konnte die Kommissarin anlügen, konnte behaupten, eine Runde durch den Ort gedreht zu haben und dann nach Hause und ins Bett gegangen zu sein. Doch dann würde sie aus Baumgartner kaum etwas herausbekommen. Also fasste sie einen Entschluss.

»Ich war im Pfarrhaus.« Und dann erzählte sie en détail, was sich in der Nacht zugetragen hatte.

Baumgartner lächelte kalt. »Und Pfarrer Neumann hat nicht zufällig noch gelebt, als Sie in sein Haus eingedrungen sind?«

»Das weiß ich nicht«, konnte Julia nur antworten.

»Frau Sommer, so wie die Indizien sich nun darstellen, bleibt mir nichts anderes übrig: Ich muss Sie vorläufig festnehmen.«

Vierundvierzig

Es war gleißend hell und brütend heiß, sodass Julia die Hand über die Augen legen musste, als sie am späten Nachmittag aus dem Gebäude der Kriminalinspektion in Erding trat. Sie war müde, ausgelaugt und zerschlagen, aber gleichzeitig sehr erleichtert. Trotz erheblicher Lautstärke hatte Baumgartner den Ermittlungsrichter nicht überzeugen können, einen Haftbefehl auszustellen. Er sah ihre Schuld nicht als restlos erwiesen an. Julia hätte ihn knutschen können.

Sie war gebeten worden, nicht mit den anderen Zeugen zu sprechen. Verbieten könne man ihr nichts, aber es sei wichtig, dass sie die weiteren Ermittlungen unterstütze.

Das war ärgerlich, und Julia überlegte, ob sie sich daran halten wollte. Sie schaltete ihr Mobiltelefon an. Die Anrufliste zeigte acht verpasste Anrufe von Teresa. Darum würde sie sich später kümmern, sie steckte das Telefon weg. Sie wollte nach Hause. Sie wollte duschen und frische Klamotten anziehen.

Sie hielt Ausschau nach einem Taxi, da stand sie plötzlich Teresa gegenüber.

»Julia!« Die Freundin war atemlos, als wäre sie gerannt.

»Hallo Teresa.« Julia sah sie nervös an. Teresa war natürlich ausgerechnet eine der Zeugen, mit denen sie nicht sprechen sollte. Wie würde es aussehen, wenn sie das Versprechen brach, während sie noch direkt vor der Kriminalinspektion standen? Außerdem hatte sie nun wirklich anderes im Sinn. Sie wollte sich abwenden, doch Teresa packte sie am Arm und zog sie zu sich. »Ich muss wirklich mit dir sprechen.«

»Das geht nicht.« Julia machte sich los. »Ich darf das nicht, Teresa. Die Polizei hat mir gesagt, ich darf nicht mit Zeugen sprechen.«

Teresa starrte sie wütend an. »Und daran willst du dich halten?«

Julia zuckte mit den Achseln. »Was soll ich denn machen, Teresa. Die wollten mich verhaften. Baumgartner verflucht sich gerade, weil sie nicht genügend Beweise rangeschafft hat, um den Richter zu überzeugen. Ich muss an Florian und Oma denken. Sie sind alles, was ich habe.«

Teresas Gesicht nahm den Ausdruck eines verwundeten Rehs an. »Und was ist mit mir?«

»Es tut mir leid, Teresa. Ich muss an meine Familie denken. Ich rufe dich an, wenn das alles vorbei ist.«

Julia strebte auf ein Taxi zu, das vor dem Kreiskrankenhaus wartete. Beim Einsteigen warf sie einen Blick zurück. Teresa stand immer noch da. Als sei sie erstarrt. Julia zog die Autotür zu. »Nach Grafenried«, sagte sie zum Taxifahrer.

Auf der Fahrt im Taxi nach Hause klingelte das Handy wieder. Noch ein Zeuge, mit dem sie nicht sprechen sollte. Tom. Hatte er von ihrer Festnahme gehört? Was konnte er wollen?

»Julia Sommer«, meldete sie sich.

»Tom hier, Julia. Ich, ich bräuchte mal Ihre Hilfe, glaube ich. Könnten Sie…?« Er brach ab, und Julia hörte seltsame Geräusche durch das Telefon.

»Tom? Hallo? Geht es Ihnen gut?«

»Wie? Mir, ja mir geht es gut. Alles in Ordnung mit mir.«

»Na, dann. Warum rufen Sie an?« Warum machte dieser Mann eigentlich immer den Eindruck eines zerstreuten Professors, wenn sie mit ihm sprach? Dabei war er ja einige Jahre jünger als sie.

»Ach, der Hund. Julia, es ist der Hund, ich glaube, etwas stimmt nicht mit dem Hund!«

Julia wurde ernst. »Was ist denn mit Cora?«

»Er heißt Cora?«

»Er ist eine Sie, eine Hündin, und sie heißt Cora von Langenberg. Wieso wissen Sie so wenig über den Hund Ihres Vaters?«

Eine kleine Pause entstand.

»Ich war schon sehr lange nicht mehr in Grafenried. Mein letzter Besuch war zur Beerdigung meiner Mutter, und da habe ich die Villa nicht betreten. Ich wusste gar nicht, dass mein Vater sich einen Hund angeschafft hatte.«

Wieder hörte Julia seltsame Geräusche im Hintergrund.

»Julia, Sie müssen kommen und mir helfen. Irgendetwas stimmt nicht mit diesem Tier!«

Julia stöhnte. Duschen und schlafen, das war es, was sie wollte. Florian und Martha in den Arm nehmen. Aber bestimmt nicht in die Villa fahren, wo ein gesunder, erwachsener Mann nicht mit einem alten Hund zurechtkam. Sie hörte Cora im Hintergrund winseln. »Na gut. Ich komme gleich.«

Julia legte auf und bat den Taxifahrer, sie statt nach Hause direkt zur Villa zu bringen.

Fünfundvierzig

Julia riss die Augen auf und lauschte. Ihr Herz raste, das Bettlaken unter ihr war nass geschwitzt. Die Luft stand unbeweglich im Zimmer. Kein Geräusch war zu hören. Julia rang nach Atem und stand auf, um das Fenster zu öffnen. Das half kein bisschen. Draußen war es jetzt, kurz nach 18 Uhr, noch heißer als am Nachmittag und kein Lüftchen regte sich. Es herrschte völlige Stille, abgesehen vom trägen Zirpen der Grillen. Die Straße vor dem Haus war wie ausgestorben, selbst Vögel und Insekten schienen sich verkrochen zu haben. Die Luft flirrte.

Julia gähnte und streckte sich. Das kurze Nickerchen hatte nicht ausgereicht, um den fehlenden Schlaf nachzuholen. Die Ereignisse der letzten Tage machten ihre Glieder schwer und unbeweglich. Ihr Besuch bei Tom war kurz, aber dringend notwendig gewesen. Er war ganz außer sich über den Zustand der alten Drahthaarhündin Cora gewesen. Dabei hatte die Hündin nur ihre ganz eigenen Probleme mit der Hitze. Sie kam aus dem Hecheln gar nicht mehr heraus. Allerdings stand ihr Korb auch vor dem Fenster in der prallen Sonne. Gut erzogen, wie sie war, verließ die Hündin ihren Platz nicht, das hatte ihr Ludwig besonders gründlich eingetrichtert. Julia hatte den Korb mit der Decke ans andere Ende des Salons in den Schatten gezogen. Cora war brav hinter ihr hergetrottet und hatte ihren neuen Platz sofort akzeptiert. Dann stellte Julia noch einen Napf mit frischem Wasser direkt neben den Korb, so dass die alte Dame nicht weit laufen musste, um zu trinken. Sie schärfte Tom ein, immer darauf zu achten, dass genügend Wasser im Napf war.

»Zum Essen kann sie in die Küche laufen, das ist kein Problem, aber jetzt braucht sie viel Wasser«, sagte sie streng.

Tom nickte eifrig und streichelte die Hündin, die schon wieder ein bisschen besser aussah.

»Ich schreibe Ihnen noch die Nummer der Tierärztin auf, wir haben hier eine im Ort, die kennt Cora, und Sie können sie auch nachts anrufen, wenn es Probleme geben sollte, das weiß ich.«

Tom nickte dankbar. Er speicherte die Nummer sogar sofort in sein Mobiltelefon ein.

Julia beobachtete ihn nachdenklich. »Warum liegt Ihnen Cora eigentlich so am Herzen? Sie kennen sie doch noch gar nicht lang?«

»Hm«, machte Tom und kratzte sich am Hinterkopf. Er kniete sich vor den Hund und streichelte seinen Rücken. »Na ja, es sieht ganz so aus, als seien wir beiden die Letzten, die von meiner Familie übrig geblieben sind.«

Julia erinnerte sich an den verletzlichen Ausdruck, den sein Gesicht in diesem Moment angenommen hatte.

Jetzt streifte sie sich ein frisches T-Shirt über und schlüpfte in ihre Shorts. Dann trottete sie die Treppe hinunter in die Küche und hoffte, Martha dort zu finden, die sicher schon mit den Vorbereitungen für das Abendessen beschäftigt war. Zuverlässig wie immer, nachdem sie heute schon den ganzen Tag für Florian da gewesen war. Doch die Küche war leer. »Oma?«

Julia ließ kaltes Wasser aus dem Wasserhahn in ein Glas laufen und trank gierig. Auch ein Kaffee würde nicht schaden. Während der Wasserkocher arbeitete, konnte sie nachsehen, wo Martha und Florian waren. Als Julia aus der Stadt zurückgekommen war, hatte Martha sie an sich gedrückt, als sei sie lange Zeit verschollen gewesen. Die alte Frau hatte gezittert, und Julia hatte sich wieder Sorgen um ihren Blutdruck gemacht. Das Gesicht ihrer Großmutter war ganz grau gewesen. Trotzdem hatte sie Julia ins Bett beordert, und Julia hatte gehorcht. Aber erst, nachdem sie sich versichert hatte, dass Martha ihre Herztabletten genommen hatte.

Julia warf einen kurzen Blick ins leere Wohnzimmer und ging dann aus dem Haus. Im Sandkasten lag ein einsamer Spielzeugbagger, auf dem Gartentisch stand eine Tasse mit nicht ganz eingetrockneten Teeresten. Von Martha und Florian keine Spur. Auch nicht im hinteren Teil des Gartens. Julia ging wieder ins Haus. Eigentlich war es ohnehin zu heiß, um draußen zu sein. Vielleicht hatten sich die beiden hingelegt? Für eine kleine Siesta vielleicht?

Julia stieg leise die Holztreppe ins obere Stockwerk hinauf, die knarrende Stufe vorsorglich auslassend. Auf Zehenspitzen schlich sie zu Florians Zimmer und öffnete die Tür einen Spalt. Eine Armada von Spielzeugautos lag auf dem Boden verstreut. Das Bett war ordentlich gemacht, und weder Martha noch Florian waren zu sehen.

»Oma? Florian?« Julia rief etwas lauter und sah in Marthas Zimmer. Die alte Frau benutzte es eigentlich nur zum Schlafen. Wo waren die beiden? Martha würde doch nie weggehen, ohne es Julia zu sagen.

Sie durchsuchte das Haus, kniete sich sogar vor die Betten und spähte darunter. Sie öffnete jeden Schrank. Dabei rief sie weiter nach Florian und Martha, erst zuversichtlich, dann ärgerlich, dann immer sorgenvoller.

Martha und Florian waren nicht da.

In ihre Brust bohrte sich ein eiskalter Stachel.

Julia kehrte zurück in die Küche. Auf dem Küchentisch bemerkte sie Marthas Handtasche, ohne die sie kaum je das Haus verließ. Die Tasche stand offen, und die Schachtel mit den Herztabletten lag daneben. Sie war leer. Julia suchte die Blisterverpackung, konnte sie aber in der Küche nicht entdecken. Jetzt wusste Julia, dass etwas Schreckliches geschehen sein musste. Sie musste die Polizei alarmieren.

»Vielleicht sind sie bei Bekannten zu Besuch?«, fragte die Beamtin am Hörer.

»Nein, dann hätten sie mir eine Nachricht hinterlassen. Oma würde niemals weggehen, ohne mir Bescheid zu geben. Ich war doch da und habe nur ein bisschen geschlafen.« Julia schüttelte energisch den Kopf, auch wenn das die Polizistin nicht sehen konnte.

»Telefonieren Sie mit Freunden und Bekannten«, empfahl die Stimme. »Wahrscheinlich ist Ihr Sohn zu irgendeinem Freund gelaufen, und Ihre Großmutter sucht ihn dort.«

Julia stöhnte. Wieso verstand die Frau eigentlich nicht, dass es ernst war. Sie konnte jetzt nicht nur *telefonieren*. Sie brauchte einen Rettungshubschrauber und eine Hundertschaft der Polizei.

»Frau Sommer«, die Stimme am anderen Ende der Leitung klang belustigt, »wenn wir immer mit Hundertschaften ausrücken würden, wenn eine Oma mit ihrem Enkel einen Spaziergang macht, dann hätten wir nichts anderes mehr zu tun, glauben Sie mir.«

Julia presste die Zähne aufeinander und zählte im Stillen bis zehn. »Legen Sie doch bitte Kriminalhauptkommissarin Baumgartner einen Zettel hin. Vielleicht interessiert es sie ja.«

Die Beamtin stimmte gönnerhaft zu, und Julia beendete den Anruf. Sie unterdrückte mühsam den Impuls, das Telefon gegen die Wand zu pfeffern.

Dann nahm sie einen neuen Such-Anlauf, doch auch im Garten, im Schuppen und am Waldrand konnte sie keine Spur von Florian und Martha entdecken. Julias Hals schmerzte schon vom Rufen. Als die Dämmerung hereinbrach, rannen ihr Schweißbäche den Rücken hinunter und ihre Augen brannten.

In Florians Zimmer ließ sie sich aufs Bett fallen. Hier konnte sie seine Nähe spüren, einen klaren Kopf bekommen. Sie lehnte ihren Rücken gegen die kalte Wand, legte den Kopf in den Nacken und starrte aus dem Fenster. Julia schlug die Tagesdecke auf Florians Bett zurück. Darunter lag Florians Kopfkissen. Sie presste es an ihr Gesicht, sog tief seinen Geruch ein. Wo war er nur? Sie ließ das Kissen auf den Schoß sinken und erstarrte, als ihr Blick auf das Buch mit den Geschichten über die Heiligen fiel.

Dann piepste ihr Handy. Es war eine SMS von Teresa. *Ich will mit dir sprechen.*

Nach dem Streit war ich viel im Wald spazieren. Noch mehr als zuvor. Ich war fast jeden Tag dort, das Wetter war mir egal, eigentlich war mir fast alles egal. Was war denn noch von mir übrig? Zu nichts mehr nütze. Dann habe ich das Mädchen dort getroffen. Sie war genauso einsam wie ich. So ziellos. Sie brauchte eine Freundin, so wie ich. Sie war so unbedarft, heischte nach meiner Aufmerksamkeit. Ich glaube, sie brauchte mich, und das tat mir gut.

Wir hatten einige schöne Wochen, ja sogar Monate. Dann, letzte Woche, hat er herausgefunden, dass wir uns kennen. Dass wir uns trafen, ohne dass er auch nur eine Ahnung davon hatte. Diesmal bestrafte er nicht mich. Er schlug das Mädchen, die gar nicht wusste, wie ihr geschah, und er vergewaltigte sie. Vor meinen Augen.

Sie war schon vorher kein gefestigter Mensch, niemand, der mit seinem Leben zurechtkam. Seitdem ist sie nur noch eine Hülle. Ich habe noch einmal versucht, mich ihr zu nähern, ich musste wissen, wie es ihr geht. Doch sie sieht mich nicht mehr. Sie reagiert nicht auf mich. Es ist, als sei ich aus ihrer Welt verschwunden. Als sei ich ein Geist.

Vielleicht verstehst du nun, warum ich gehen muss. Vielleicht verstehst du es auch nicht, aber feststeht, dass ich gehen muss. Niemand, der mir nahe ist, kommt davon. Ich darf niemanden mögen, niemanden lieben. Ich muss gehen. Ich bin ein Geist.

Verzeih, mein Sohn. Verzeih.

Sechsundvierzig

Julia schnappte sich den Jagdrucksack. Sie warf eine Taschenlampe, eine Flasche Wasser und eine Karte des Waldes hinein. Sie zögerte kurz, entschied sich dann aber dafür, auch das Jagdmesser einzustecken. Hätte sie noch eine gehabt, hätte sie auch eine ihrer Schusswaffen mitgenommen. Sie bedachte Baumgartner mit einem stillen Fluch, weil sie dafür verantwortlich war, dass Julia sich so schutzlos fühlte.

Sie trat vor die Haustür. Die Sonne war schon fast untergegangen, aufkommender Wind schickte ein Rauschen durch die Kronen der Bäume. Dunkle Wolken schienen die Wipfel fast zu streifen. Sie sah auf die Uhr auf ihrem Handy. Es war halb neun. Nicht mehr lang, dann würde es vollständig dunkel sein. Sie musste sich beeilen. Julia stieg in den Landy. Sie wusste, wohin sie wollte. Sie hoffte und fürchtete zugleich, dass sie Teresas SMS richtig verstanden hatte. Wenn Teresa Florian und Martha mitgenommen hatte, dann gab es nur einen Ort, der Julia einfiel.

Der Aussichtsturm.

Donner grollte. Rasende Wolkenmassen verdunkelten den Himmel.

Die Scheinwerfer des Landrovers erhellten nur einen kleinen Ausschnitt des Forstwegs direkt vor dem Wagen. Es hatte zu regnen begonnen, erst ein paar Tropfen, dann goss es wie aus Eimern. Julia fluchte, weil sie langsamer fahren musste, als sie wollte. Der Wagen rumpelte in Pfützen, und das schwarze Wasser, das aus ihnen spritzte, glitzerte im Licht der Scheinwerfer. Ein Blitz zuckte durch die Nacht, und ein unheimliches Schwarz-Weiß-Bild brannte sich in ihre Augen. Julia hielt das Lenkrad mit aller Macht fest. Sie starrte in den Regen, den der Scheibenwischer hektisch wegzuwischen versuchte.

War da nicht etwas? Links eine Bewegung am Wegrand? Julia bremste ab, rollte langsam weiter und konnte doch nichts anderes erkennen als Baumstämme. Sie gab wieder Gas. Der Regen spritzte von der Motorhaube hoch. Meter um Meter rollte Julia weiter. Sie dachte an Florian. Es war stockdunkel, wenn es nicht gerade blitzte. Er musste müde sein, verängstigt. Julias Herz zog sich zusammen, und sie rieb sich über die brennenden Augen.

Dann stieg sie auf die Bremse, so stark sie konnte. Ein Reh stand mitten auf dem Forstweg und starrte aus irisierenden Augen verwundert ins Scheinwerferlicht.

Julias Herz hämmerte. Ihre Hand glitt zum Schalthebel, sie legte den ersten Gang ein. Wartete. Trat auf die Kupplung und gab Gas, in der Hoffnung, dass das Geräusch das Tier verscheuchen würde. Sie wartete wieder. Das Reh machte einen Schritt, dann noch einen, und verschwand im Dunkel des Waldes.

Julia fuhr wieder an. Sie hatte ihr Mobiltelefon auf den Beifahrersitz gelegt, und die Beleuchtung des Displays erhellte plötzlich den Innenraum des Autos. Julia streckte die Hand nach dem Telefon aus und sah darauf. Es war eine weitere Nachricht von Teresa.

Julia las sie und legte das Telefon zurück.

Sie musste Florian befreien.

Sie brauchte ihre Familie zurück. Schnell.

Wasser tropfte auf Julias linken Arm. Wieso hatte sie das Auto immer noch nicht zum Abdichten gebracht? Sie kam an eine Abzweigung. Julia hielt den Wagen an und zermarterte sich den Kopf. War das bereits die richtige? Musste sie hier links abbiegen? Oder doch erst an der nächsten Kreuzung?

Im Dunkeln sah alles ganz anders aus als sonst. Vor allem hier, wo viele Fichtenbestände waren. Julia fuhr weiter. Sie beugte sich weit nach vorne über das Lenkrad und spähte in die Dunkelheit.

Sie versuchte, etwas Auffälliges zu erkennen, einen Baum, eine Bank, einen Holzpolter, etwas, das sie kannte und das ihr einen Anhaltspunkt gab, wo sie sich genau befand.

Der Motor stotterte und starb ab. Scheiße. Was sollte denn das? *Du musst mir doch helfen, alter Freund*. Tränen schossen in Julias Augen. Sie fühlte sich so alleine.

Der Landrover rollte noch ein paar Meter und kam dann zum Stehen. Julia sank im Sitz zurück und atmete tief durch. Der Regen trommelte auffordernd auf das Autodach. Sie durfte sich jetzt nicht unterkriegen lassen. Sie musste, nein, sie *würde* Florian und Oma finden. Sie zog die Handbremse an, nahm Handy und Rucksack und stieg aus dem Wagen. Bis zu den Knöcheln stand sie in einer Pfütze. Fluchend machte sie einen weiteren Schritt vom Auto weg. Wieder erhellte ein Blitz den Wald, und einige Sekunden darauf krachte der Donner. Julia nahm die Taschenlampe heraus und schulterte den Rucksack. Dann lief sie los, in die Dunkelheit.

Regenwasser rann über ihr Gesicht, ihren Nacken hinunter und überall hin. Innerhalb kürzester Zeit war sie klatschnass. Das T-Shirt klebte unter dem Rucksack am Rücken, wütende Sturmböen ließen sie frösteln. Sie strich sich mit der freien Hand die nassen Haare aus dem Gesicht und folgte dem tanzenden Lichtschein der Taschenlampe. Die ersten paar Meter hielt sie sich an die Forststraße, doch dann entschied sie sich, quer durch den Wald zu gehen. Der Aussichtsturm konnte nicht mehr weit sein. Sie tauchte in einen Fichtenbestand ein, in dem der weiche Waldboden ihre Schritte abfederte. Sofort spürte Julia, dass sie in ihrem Element war. Ihr Wald.

Der Regen schien nachzulassen. Oder schirmte das Blätterdach der Bäume sie besser ab? Sie hastete durch einen älteren Fichtenbestand, das weiche Moos am Boden sog sich durstig mit Wasser voll. Dann eine Aufforstung auf einer Windwurffläche. Es regnete tatsächlich etwas weniger. Julia kämpfte sich durch hohes Gras, und stachelige Brombeersträucher rissen ihr die Haut an Armen und Beinen auf. Sie sah nach oben. Der Himmel war immer noch stockdunkel, weder Mond noch Sterne spendeten Licht. Und doch glaubte sie, die Umrisse des Aussichtsturms weiter vorne zu erkennen.

Nur noch einige Meter durch einen jungen Buchenbestand. Julia eilte zwischen den Baumstämmen hindurch, und der Turm kam in Sicht. Wieder Fichten. Wie eine Dornenwand standen sie vor ihr, doch Julia nahm keine Rücksicht, brach im Vorbeilaufen Zweige und kleine Äste ab, die ihr die Oberarme blutig kratzten.

Sie rannte die letzten Meter, stolperte über einen Wurzelstock, fiel, rappelte sich wieder auf. Ihre Knie waren aufgeschürft und voller Dreck und Nadeln, die Hände ebenso. Sie wischte sie an ihren Oberschenkeln ab und stürmte weiter.

Am Turm war niemand. Hier war es dunkel, einsam und kalt. Julias Herz raste, ihre Zuversicht sank. Wind rauschte in den Bäumen. Der Regen hatte aufgehört, das Gewitter war weitergezogen. Julia ließ sich auf die unterste Stufe des Turmes fallen und stützte den Kopf in die Hände. Kaum hatte sie ihre Augen geschlossen, erschien Florians Gesicht vor ihren Augen. Seine Augen schienen zu sagen »Hilf mir, Mama«.

Im Mobiltelefon sah sich Julia die letzte SMS von Teresa noch einmal an. Es war ein einziger Satz: *Wo der Himmel die Seinen küsst, werden wir eins sein mit Gott.*

Julia erstarrte. Was hatte Teresa vor? Eine kalte Ahnung stieg in ihr auf. Sie sah zum Himmel. Dunkle Wolkenfetzen rasten über sie hinweg. Die Plattform des Turms konnte sie von hier unten nicht erkennen, dort war alles dunkel. Sie erhob sich und zückte das Jagdmesser. Sie wog es entschlossen in ihrer rechten Hand. Dann stieg sie leise, Stufe für Stufe, den Turm hinauf. Sie zwang sich, ruhig zu bleiben. Zwei Stufen, einatmen, vier Stufen, ausatmen. Der erste Absatz, der zweite. Schneller. Plötzlich stolperte sie und schlug sich den Knöchel an einer Betonstufe an. Verflucht. Schnell griff sie nach dem Geländer, fing sich und biss sich auf die Lippen, um nicht laut zu schreien. Sie musste kurz stehen bleiben und abwarten, bis das Pulsieren des Schmerzes nachließ, und mit dem nächsten Atemzug konnte sie ihn aus ihrem Bewusstsein verdrängen. Sie stieg weiter, immer weiter nach oben. Als sie auf Höhe der Baumkronen war, spähte sie wieder nach oben. Nichts. Sie betete, nein, flehte: *Lieber Gott, lass sie noch leben!* Konzentrierte sich auf den Gedanken und sagte ihn sich bei jeder Stufe im Stillen vor.

Sie leben, sie leben, sie leben. Lass sie leben.

Leben. Julia erreichte die Plattform, stand ganz oben und – *niemand* war hier.

Um ganz sicher zu sein, leuchtete sie mit der Taschenlampe in jede Ecke. Machte eine Runde an der Brüstung entlang. *Wo der Himmel die Seinen küsst.*

Sie sah hinauf, zum Himmel, der nichts tat. Nicht half und erst recht nicht küsste. Der heftige Wind fegte ihr ihre patschnassen Haarsträhnen ins Gesicht. Durch die Wolken brach der Vollmond und brachte den Betonturm vor dem schwarzen Wald fast zum Leuchten. Sie trat an die Brüstung, wollte das Unrecht hinausschreien in ihren Wald.

Dann sah sie das Feuer.

Mit neuer Kraft rannte Julia durch den Wald. Zweige zerschnitten ihr Gesicht, doch sie bemerkte es kaum. Sie wusste nun auch, wohin sie musste, und mittlerweile leitete sie der Schein des Feuers direkt zur Waldkapelle. Und der Brandgeruch, der immer stärker wurde, je näher sie kam. Vor ihren Augen stiegen Bilder auf von verbrannten Körpern, einem kleinen und einem etwas größeren. Ihr Herz zerriss fast, und der Schmerz trieb sie an, ließ sie weiterlaufen.

Einige Meter vor der Kapelle hielt sie an und verbarg sich keuchend im Unterholz. Eine junge Eiche bot ihr ein wenig Sichtschutz. Sie klammerte sich an den Baum und versuchte zu verstehen, was sie sah.

Die kleine Kirche wurde an drei Seiten fast vom Wald überwuchert. Nur nahe des Eingangs führte ein breiter Forstweg vorbei. Dort, nur zwei, drei Meter von der Kapelle entfernt, prasselte das Feuer. Julia schmeckte das verbrannte Holz in der Luft. Im Schein des Feuers tanzten kleine Aschestückchen durch die Luft. Holz verbrannte. Holz, keine Menschen.

Aber Florian und Martha waren nicht zu sehen. Sie musste nachsehen, ob sie im Inneren der Kapelle waren. Doch gerade als sie losschleichen wollte, sah sie Teresa, die einen Holzstuhl aus dem Gebäude zerrte und ins Feuer hievte. Dann verschwand Teresa wieder und kam mit einem riesigen Ölgemälde zurück. Als es auf das brennende Holz traf, stoben die Flammen auf. Julia bemerkte, dass Teresas Lippen sich in einem aberwitzigen Tempo bewegten. Was machte die Mesnerin da? Teresa stand wie eine Furie vor dem Scheiterhaufen. Die eigentlich kleine, unscheinbare Frau strahlte wilde Entschlossenheit aus. Majestätisch und von einer wilden Schönheit herrschte sie über die Flammen.

Wieder verschwand sie in der Kapelle, und Julia nutzte ihre Chance: Im Schutz der Bäume rannte sie zur Rückseite des Gebäudes. Dort presste sie sich an die Steinmauern und hoffte, dass niemand die Donnerschläge ihres Herzens hören konnte. Oder zumindest nicht Teresa.

Julia drehte sich um und suchte ein Fenster. Fand eines, doch vor Schmutz war es fast blind. Sie rieb eine kleine Stelle sauber und blickte hindurch. Das Feuer erhellte die Kapelle mit einem schwachen Lichtschein. Martha und Florian saßen gefesselt an einer Seitenwand am Boden. Martha trug eine beige Sommerhose und ein helles T-Shirt, Florian kurze Jeans und ein rotes Shirt. Sie waren genauso gekleidet, wie Julia sie zuletzt gesehen hatte. Teresa musste sie schon bald, nachdem Julia sich schlafen gelegt hatte, entführt haben.

Entführt! Julia spürte, wie Wut in ihr aufstieg und sich einen Platz neben der Angst in ihr erkämpfte. Was sollte das? Wieso wollte Teresa ihre Familie zerstören?

Florian hatte die Knie angezogen und hielt sie fest umschlungen. Er saß dicht an Martha geschmiegt, den Kopf an ihre Seite gelehnt. Er sah erschöpft aus. Martha kauerte an der Wand der Kapelle, doch sie ließ Teresa nicht aus den Augen. Ihre Lippen bewegten sich ebenfalls, betete sie? War ihr Gesicht noch grauer als zuvor? Julia stöhnte. *Lass sie leben*. Sie musste die beiden da herausholen.

Teresa schien ihre Gefangenen nicht zu beachten. Sie riss ein weiteres Bild von der Wand und zerrte es hinter sich her aus der Kapelle. Julia würde mit Teresa reden, sie zur Vernunft bringen und Martha und Florian befreien.

Sie streifte den Rucksack ab. Die Schutzhülle des Jagdmessers befestigte sie hinten am Gürtel, damit sie das Messer im Rücken hatte und bei Bedarf griffbereit. Ihr T-Shirt zog sie darüber. *Reden ist Silber, Vorbereitung ist Gold*.

Dann schlich sie um die Kapelle herum, bis sie beinahe neben dem brennenden Scheiterhaufen stand. Hitze schlug ihr ins Gesicht.

Teresa war jetzt nur noch ein paar Schritte von ihr entfernt, stand zwischen dem Feuer und der Eingangstür der Kapelle, doch sie schien sie nicht zu bemerken. Stattdessen starrte sie mit weit aufgerissenen Augen ins Feuer, in den Händen hielt sie einen Rosenkranz. Ihre Finger tanzten von einer der kleinen Perlen zur nächsten. Julia ließ keine ihrer

Bewegungen aus den Augen. Sie würde versuchen, in die Kapelle zu schleichen, und ihre Familie zu befreien. Schritt für Schritt näherte sie sich dem Eingang der Kapelle.

Teresa reagierte nicht auf die Bewegung hinter ihr, sie murmelte vor sich hin: »Heilige Maria, bitte für uns Sünder.« Dann warf sie den Kopf herum und starrte hinter sich in die Dunkelheit.

Julia stockte das Herz. Hatte Teresa sie bemerkt und ihren Plan durchschaut? Sie verharrte einige Sekunden lang bewegungslos, dann sprach Teresa das Gebet weiter.

Ein Ast zerbarst mit einem Knall, und Teresa erstarrte. Regungslos schien sie die Flammen zu beschwören, streckte die Hand mit dem Rosenkranz nach dem Feuer aus, ließ sie wieder sinken. »Heiliger Benedikt, Schützer aller Verratenen. Dank sei dir, und Ehre sei Gott in der Höhe.« Plötzlich wirbelte sie herum und sah Julia direkt in die Augen.

»Hallo Julia«, sagte sie. Das Lächeln auf ihrem Gesicht machte Julia Angst.

Was sollte sie tun? Vielleicht konnte sie mit Teresa reden, und alles würde gut werden. Sie ging auf Teresa zu, fasste sie am Arm und zuckte zurück. Es war, als brenne Teresa selbst.

Ein Windstoß trieb eine Hitzewelle vom Feuer zu ihnen. Teresas Gesicht zuckte, und jetzt sah sie Julia voller Hass an.

Erneut packte Julia sie am Arm. »Teresa!«, sagte sie schärfer als beabsichtigt. »Du wolltest mit mir sprechen, hier bin ich.«

Teresas Blick blieb kalt. »Hallo, Julia.«

»Teresa«, begann sie, »was machst du hier? Was soll das?«

Teresa schüttelte ihre Hand ab. Mit Leichtigkeit.

Dann starrte sie Julia mit einem seltsamen Blick an. »Ich hatte eine Freundin. Ich habe alles für sie getan. Alles. Für. Sie. Getan.« Sie spie ihr die Worte entgegen.

Julia hielt den Atem an. »Wen meinst du damit? Meinst du mich?«

»Du hast nichts getan. Nichts für mich getan.« Sie sah Julia an. »Du bist nicht mehr meine Freundin.«

»Teresa, es tut mir so leid. Du irrst dich. Ich bin deine Freundin, glaub mir.«

»Ich habe über dich gewacht. Ich habe Markus angerufen und ihm gesagt, dass er dir das Kind nicht wegnehmen darf. Ich glaube, es hat funktioniert. Er hat Angst bekommen. Er wird dir das Kind nicht wegnehmen.«

Julia wisperte ungläubig »Du hast Markus angerufen? Du hast mein Telefon gestohlen?« Sie sah, wie Teresas Züge sich verhärteten. Nein, das war falsch. Teresa musste weiterreden. Solange sie redete, würde nichts Schlimmeres passieren.

»Danke«, beeilte sie sich hinterherzuschicken. »Danke, dass du mir geholfen hast.«

Teresa lachte verächtlich. »Wir sind keine Freunde mehr. Ich wollte es, habe es lange versucht, aber du nicht. Du wirfst mich einfach weg. Ich habe den Alten sogar gebeten, dich in Ruhe zu lassen. Er wollte nicht hören, er hat nur gelacht. Er hat immer nur gelacht. Er hat gelacht, als Kirsten gesprungen ist. Er hat gelacht. Sie war meine Freundin, sie hat sich um mich gekümmert und sich um mich gesorgt.« Tränen hinterließen helle Spuren auf ihren rußigen Wangen.

»Jetzt lacht er nicht mehr«, flüsterte Julia atemlos. » Ich

habe gelesen, was Ludwig dir angetan hat. Euch. Was er dir und Kirsten angetan hat. Was hast du gemacht?«

»Ich hab ihm gesagt, er soll aufhören, mir und meinen Freunden wehzutun. Er hat mir meine einzige Freundin weggenommen, und er wollte es wieder tun. Ich hatte doch niemanden. Niemanden außer Kirsten und dann niemanden außer dir. Er durfte das nicht noch einmal tun. Aber er hat nur gelacht. Nur gelacht. Er war ein Teufel. Als ich die Pistole gesehen habe, wusste ich, dass das der einzige Ausweg war, um dich vor ihm zu retten.«

»Du hast ihn erschossen.« Das Feuer knackte. »Was war mit dem Pfarrer, warum er?« Julia ahnte die Antwort und doch wollte, musste sie es hören.

»Er wollte, dass die Polizei denkt, du wärst eine Mörderin, aber das stimmte doch nicht. Er hat trotzdem immer weitergemacht. Er hätte nicht mehr aufgehört, dich zu beschuldigen.«

Julia schluckte schwer. »Du hättest mit ihm sprechen können. Oder mit mir!«

Teresa starrte mit leeren Augen ins Feuer. »Ich habe keine Freundin mehr. Kirsten ist tot. Ich dachte, du wärst eine Freundin für mich, ich habe dich beschützt, ich habe die Männer bestraft, die dir wehgetan haben. Aber du ... du wolltest meine Hilfe nicht. Du willst mich nicht. Ich bin nicht wichtig für dich, wenn es darauf ankommt, stößt du mich weg.«

Julias Nackenhaare stellten sich auf.

Das Feuer knallte, und ein glühendes Stückchen Kohle sprang bis vor ihre Füße. Teresa schrak auf, als erwache sie aus einer Art Trance, wandte sich ab und eilte entschlossen in die Kapelle. Julia rannte hinter ihr her. Als Florian sie sah, erhellte sich sein Gesicht. Julia stürzte zu ihm, doch Teresa war in einem Wimpernschlag bei ihr und riss sie an den Haaren zurück. Julia schrie auf.

Florian brüllte: »Mama!«

Adrenalin schoss durch Julias Adern. Sie trat nach Teresa, die gegen die Wand taumelte und vor Schmerz aufjaulte. Sie hielt ein Büschel lange, blonde Haare in der Hand, und Julia fühlte, wie ihr Kopf zu pochen begann. Mühsam stand sie auf. Teresa zog einen Revolver aus der Jeans, richtete die Mündung auf Julia, spannte den Abzug. Julia hielt erschrocken inne und hob abwehrend die Hände.

»Teresa! Bitte! Wir sind doch Freunde.« Sie machte einen kleinen Schritt auf Teresa zu. Dann noch einen.

»Bleib stehen!« Teresa flüsterte nur. Julia starrte in Teresas Augen. *Komm schon, lass den Unsinn!* Julia benetzte ihre Lippen. »Bitte, Teresa!«

Sie machte noch einen Schritt. Jetzt trennte sie nur noch ein halber Meter von Teresa und dem Revolver. Sie streckte die Hand aus.

Ein Schuss krachte. Julias linker Arm wurde nach hinten gerissen. Ein Schmerzensschrei entfuhr ihr, und sie presste die linke Hand auf ihren Oberarm. Sie starrte Teresa ungläubig an. Die Umgebung verschwamm vor ihren Augen.

»Mama«, flüsterte Florian in die Stille.

Martha richtete sich auf. Sie sah aus, als wolle sie einem Kind Benehmen beibringen. Dabei stand sie nur auf wackeligen Beinen und musste sich an der Wand abstützen. »Julia braucht einen Arzt!«, sagte sie. »Hörst du mich, Teresa, wir brauchen einen Arzt hier!«

Julia biss die Zähne zusammen und sah nervös zwischen Martha und dem Revolver in Teresas Hand hin und her.

»Teresa, sei doch vernünftig! Wir sind deine Freunde. Wir waren es immer.« Sie zeigte auf Martha und Florian. »Lass sie gehen.«

»Nein. Ich brauche sie. Sie werden mit mir sterben.«

O nein.

»Teresa, ich brauche sie auch. Sie sind meine Familie, alles was ich habe. Bitte, lass sie gehen.« Julia taumelte und stützte sich an der Wand ab. Sie ließ die Waffe nicht aus den Augen.

Teresa bewegte sich nicht. Die Mündung des Revolvers hielt sie weiter auf Julia gerichtet. »Geh jetzt, Julia! Ich habe alles für dich gegeben, und jetzt werde ich dir alles nehmen.«

»Teresa, bitte. Lass sie gehen! Ich bleibe hier, ich werde dir helfen und mit dir gehen.«

Teresa rührte sich nicht.

»Lass mich beweisen, dass ich deine Freundin bin, Teresa!«

Nun lächelte Teresa. Ein furchteinflößendes Lächeln. »Gut«, sagte sie. »Du kannst ihren Platz einnehmen.«

Julia stürzte zu Martha und Florian. Sie gab Martha das Jagdmesser, und gemeinsam entfernten sie die Fesseln. Julia ließ ihr Telefon unauffällig in Marthas Tasche gleiten und hoffte, dass Teresa es nicht bemerkte. Marthas Knie knickten ein, aber Julia konnte sie mit ihrem gesunden Arm stützen. Julia drückte die beiden und wollte sie aus der Kapelle schieben.

»Halt.« Teresa richtete die Waffe jetzt auf Florian und spannte wieder den Abzug. Sie nahm Julia das Messer aus der Hand und wisperte: »Martha kann gehen. Florian bleibt.«

Martha zögerte, aber Julia bat sie schnell: »Geh Oma, bitte geh raus!«

Julia lehnte an der Wand der Kapelle. Sie hatte Florian im Arm und drückte ihn an sich. Schmerz pochte in dem verletzten Arm. In ihrem Kopf rasten Gedanken durch den Nebel. Sie konnte sich kaum auf einen davon konzentrieren und wusste doch, dass das überlebensnotwendig war.

Teresa schleppte die übrigen Stühle nach draußen und warf einen nach dem anderen in das prasselnde Feuer. Die Hitze drang in die Kapelle, nahm ihnen fast die Luft zum Atmen.

Teresa arbeitete konzentriert und ließ dabei den Eingang und Julia nicht aus den Augen. Sie hatte ganz klar ein Ziel vor Augen, ein Ziel, das Julia erschauern ließ. Über kurz oder lang würde das Feuer den Ausgang der Kapelle versperren. Sie brauchten eine Idee.

Julia drückte Florian einen Kuss aufs Haar. Ihr wurde ein bisschen schwindelig, aber nach ein paar Sekunden schwankte die Kapelle nicht mehr ganz so stark. Sie rappelte sich auf und versuchte, durch das Fenster nach draußen hinter die Kirche zu spähen. Es war zu dunkel, um etwas Genaues zu erkennen, und doch meinte sie, eine Gestalt am Boden hinter der Kapelle zu sehen. Martha. Hoffentlich hatte das Handy Empfang! Und hoffentlich lebte ihre Großmutter noch.

Ein Geräusch ließ sie zusammenfahren und sich umblicken. Auf der Suche nach weiterem Brennmaterial bemühte sich Teresa gerade, ein riesiges Kruzifix von der Wand zu reißen. Mittlerweile verbreitete sich Rauch in dem kleinen Raum. Der Qualm biss in Julias Augen. Verzweifelt überlegte sie, was zu tun war, doch das Feuer und Teresa verhinderten jede Fluchtmöglichkeit. Ihre Gedanken drehten sich im Kreis. Florian begann zu husten, und ihr wurde klar, dass sie nicht länger zögern durfte. Der Rauch sammelte sich jetzt im oberen Teil der kleinen Kapelle.

Sie drückte Florian sanft in die Hocke und flüsterte in sein Ohr.

»Pass auf, mein Schatz, wenn ich das Kommando gebe, dann rennst du raus. Hinter der Kapelle wartet Oma. Renn zu ihr. Gib auf sie acht, bis ich komme.«

Er sah sie ängstlich an, nickte aber dann.

Julia küsste ihn auf die Stirn. »Du bist ein toller Junge. Ich bin stolz auf dich! Du wirst jetzt verschwinden, und ich komme gleich nach.« *Hoffentlich ist Martha nicht tot. Lass sie leben.*

Sie beobachtete Teresa, die endlich das Kreuz von der Wand gerissen hatte. Mit lautem Krachen war es auf dem Boden aufgeschlagen. Der geschnitzte Jesus hing halb herunter. Teresa zog und schleifte das Kreuz hinter sich her und brauchte dabei beide Hände. Den Revolver hatte sie in den Bund ihrer Jeans gesteckt.

»Jetzt!«, rief sie Florian zu, warf sich auf Teresa und riss sie zu Boden. Die beiden Frauen landeten hart auf dem Steinboden der Kapelle, und Julias linker Arm schien vor Schmerz zu explodieren.

Der Revolver wurde weggeschleudert. Er schlitterte einige Meter über die Fliesen und blieb in der Nähe des Ausgangs liegen.

Teresa schrie. Sie schlug mit beiden Händen nach Julias Kopf und Schultern und traf dabei den verletzten Oberarm. Julia heulte auf und fühlte, wie warmes Blut ihren Arm hinabsickerte. Sie rappelte sich mühsam hoch, und ihr Blick fiel auf Florian, der in der Tür der Kapelle stehen geblieben war und sie entsetzt ansah.

»Lauf«, schrie sie, »lauf zu Oma!« Ein Hustenanfall hinderte sie daran, ihm sofort zu folgen. Der verdammte Rauch.

Teresa richtete sich ebenfalls hustend auf, und bevor Julia reagieren konnte, trat sie ihr in die Seite. Julia krümmte sich vor Schmerz. Sie rollte sich weg, kam auf alle viere und stemmte sich hoch. Hustend hockte sie da und versuchte, sich zu orientieren. Wie aus dem Nichts tauchte Teresa vor ihr auf, das Gesicht vor Wut verzerrt. Julia wich zurück, bis sie mit dem Rücken an die Wand der Kapelle stieß. Teresa lachte ein irres Lachen. In ihrer Hand hielt sie Julias Jagdmesser und kam mit der erhobenen Waffe auf Julia zu.

Julia wich zur Seite aus. Dabei stolperte sie über etwas und stürzte wieder. Ihre Hände tasteten suchend über den Boden und fanden einen Kerzenständer. Ihre Finger schlossen sich fest um das Metall. Noch bevor sie richtig aufgestanden war, flog Teresa auf sie zu. Julia riss abwehrend den rechten Arm hoch und schlug mit letzter Kraft den Kerzenleuchter auf Teresas Kopf. Teresa wankte einen Schritt zurück, noch einen, dann fiel sie zu Boden und bewegte sich nicht mehr.

Julia keuchte. Sie sank auf den Boden. Ihre Kraft war aufgebraucht, ihre Lungen brannten.

Ein Hustenanfall zerriss sie fast. Sie sah Teresa vor sich auf dem Boden liegen. Bewegte sie sich? Julia mobilisierte ihre letzten Reserven und kroch auf den Ausgang der Kapelle zu.

Draußen kam sie mühsam auf die Füße. Das Feuer brannte, Wind peitschte immer noch die Bäume, und Funken stoben in alle Richtungen in den ausgetrockneten Wald. Der

Regenschauer vorhin hatte nicht ausgereicht, um den Boden zu durchfeuchten. Julia stolperte weg vom Feuer und sog gierig die kühle Nachtluft in ihre brennenden Lungen. Sie lehnte sich hustend an die Mauer der Kapelle und orientierte sich. Wo waren Oma und Florian? Sie tastete sich an der Kapelle entlang in die Dunkelheit. Nur langsam gewöhnten sich ihre Augen an das Dunkel, sie konnte fast nichts erkennen. Ganz hinten nahm sie eine Bewegung wahr. Florian. Er rannte auf sie zu und klammerte sich an sie.

Martha hob das Handy in die Luft. Sie lebten.

Rhythmisches Dröhnen, das zu einem Hubschrauber gehörte, erfüllte die Luft. Gleich darauf wurde die Dunkelheit von blinkendem Blaulicht zerrissen, und die ersten Feuerwehrautos trafen ein.

Julia umklammerte Martha und Florian. Sie würde sie nicht mehr loslassen. Nie mehr.

»Frau Sommer?« Eine sanfte Stimme. Julia öffnete die Augen und sah ein vertrautes Gesicht. Korbinian Seiwald. Er legte ihr ganz behutsam eine Hand auf die Schulter.

»Frau Sommer, wir sind da. Wir helfen Ihnen. Lassen Sie los.«

Julia blickte ihm prüfend in die braunen Augen und entschloss sich, ihm zu vertrauen. Aufstöhnend gab sie Martha und Florian frei.

Ein Sanitäter, der schon neben ihnen gestanden hatte, stürzte sich auf Oma, um ihren Blutdruck zu messen. Er winkte zwei Männer mit einer Trage herbei, sie betteten Oma darauf und brachten sie in einen der grell erleuchteten Krankenwagen.

Julia versuchte aufzustehen, schwankte aber wieder,

und ein Arzt schob Seiwald beiseite, um Julias Oberarm zu untersuchen. Er schnitt den Ärmel ihres T-Shirts weg und säuberte die Wunde mit einer Flüssigkeit, die schmerzhaft brannte. Julia ließ alles mit sich geschehen, ihre Augen blieben dabei standhaft auf Florian gerichtet.

Seiwald kümmerte sich um ihn. Er zog einen kleinen grünen Plüschdrachen mit Feuerwehrhelm aus der Tasche und schenkte ihn Florian. Grisu, der kleine Drache. Florian strahlte.

»Kommen Sie, Frau Sommer?« Der Arzt berührte sie leicht an der gesunden Schulter. »Wir müssen Sie ins Krankenhaus bringen.« Er folgte ihrem Blick.

Seiwald lächelte. »Keine Sorge. Ihr Sohn kommt mit und ich auch. Ich passe auf.«

Dankbar ließ Julia sich zu einem Krankenwagen geleiten. Florian nahm sie an der Hand, in der anderen hatte er Grisu. Sie blickte zurück.

Mehrere Löschfahrzeuge waren dabei, den Scheiterhaufen vor der Kapelle zu löschen und den umgebenden Wald zu kühlen. Florians Augen leuchteten, und er wäre wieder aus dem Krankenwagen geklettert, wenn Seiwald ihn nicht festgehalten hätte. Dann startete der Motor. Das letzte, was sie sahen, war, wie Teresa auf einer Bahre aus der Kapelle getragen wurde.

Samstag, 25. Juli 2015

Sonnenaufgang:	05:43 Uhr
Sonnenuntergang:	20:56 Uhr
Minimaltemperatur:	13,9°C
Maximaltemperatur:	35,3°C
Erdbodenzustand (6 UTC):	trocken
Niederschlag:	0 l/m²
Sonnenscheindauer:	13,1 h
Waldbrandgefahrenstufe:	4 (hoch)
Namenstage:	Jacqueline, Jacob

Siebenundvierzig

Julia saß auf ihrem Lieblingsplatz vor dem Haus in der Sonne. Auf dem schiefen Holztisch standen eine Kanne mit frischem Kaffee, Tassen und Teller. Martha, die neben ihr saß, hatte vor ein paar Stunden das Krankenhaus verlassen dürfen, musste sich aber schonen. Julias Arm hatte einen sauberen Verband. Wie sie schon vermutet hatte, hatte sie nur einen Streifschuss abbekommen. Schmerzhaft, aber das würde bald heilen. Auch Johanna war am Morgen aus dem Krankenhaus entlassen worden. Sie war vor ein paar Minuten mit Kuchen, den sie ausnahmsweise in der Bäckerei gekauft hatte, bei Julia und Martha aufgetaucht. Nun saßen sie zu dritt am Tisch, schweigend, denn niemandem war so recht zum Reden zumute, selbst Johanna war ungewöhnlich still.

Florian hatte den Rasensprenger angestellt und sprang unbeschwert immer wieder durch die kalten Tropfen. Den völlig durchnässten Grisu hatte er dabei im Arm. Er hatte das Stofftier seit dem Abend nicht mehr losgelassen.

Es war ein friedlicher Sommersamstagnachmittag, und Julia hatte die wichtigsten Menschen in ihrem Leben um sich. Nur der Schmerz in ihrem Arm erinnerte sie immer wieder an den gestrigen Tag. Sie schloss die Augen, lehnte sich an die Hauswand und lauschte dem Gesang der Vögel, der nur von Florians Juchzen unterbrochen wurde.

Autoreifen knirschten über den Kies, und Julia öffnete die Augen, um zu sehen, wer ihre Ruhe störte. Der BMW der Kommissarin hielt vor dem Gartenzaun. Julia erhob sich neugierig und ging ans Gartentor, wo sie auf Baumgartner traf. Winkler schien ausnahmsweise nicht mitgekommen zu sein.

»Hallo, Frau Sommer. Wie geht es Ihnen?« Die Polizistin sah besorgt auf Julias Verband.

»Hallo, Frau Baumgartner. Danke, es geht schon.« Sie sah zu Martha und Johanna hinüber. »Meiner Großmutter geht es auch wieder besser. Es war gestern viel Aufregung für sie. Und Johanna, Frau Vogel, scheint schon wieder fast die Alte zu sein.«

Baumgartner zögerte, »Wäre es möglich, dass wir uns kurz noch einmal unterhalten? Ich habe noch ein paar Fragen zum Abschluss.«

Julia sah sie an. Die Kommissarin wirkte wieder ziemlich müde, doch ihre dunklen Augen blickten freundlicher als je zuvor. Julia gab sich einen Ruck.

»Natürlich. Kommen Sie doch herein. Wollen Sie einen Kaffee?«

»Nein, danke, aber vielleicht etwas Kaltes? Wasser?«

Julia nickte. Sie brachte Baumgartner zu Martha und Johanna an den Gartentisch, wo sie mit neugierigen Blicken empfangen wurde. Dann eilte Julia in die Küche des Forsthauses, füllte zwei Gläser mit kaltem Wasser und kam zurück nach draußen. Julia schob Baumgartner das eine, Oma das andere Wasserglas hin.

Martha griff dankbar danach. »Du passt gut auf eine alte Frau auf, Julia.« Sie lächelte.

»Frau Sommer«, fing Baumgartner an, und zum ersten

Mal wirkte sie irgendwie unsicher, als wüsste sie nicht genau, was sie sagen sollte. »Nach gestern Nacht, na ja, es ist ja jetzt klar, dass Sie mit den Todesfällen nichts zu tun hatten. Zumindest nicht ursächlich.«

»Nicht ursächlich?« Julia wollte schon aufbrausen, da fiel Martha ihr ins Wort.

»Sie wollen damit sicher sagen, dass klar ist, dass Teresa all diese schrecklichen Verbrechen begangen hat.«

Baumgartner nickte. »Ja. Das stimmt. Allerdings haben wir noch nicht alles ganz genau verstanden. Wir konnten Teresa, also Frau Richter, nur ganz kurz vernehmen.«

»Ist sie im Gefängnis?« Julia stellte sich die zerbrechliche Gestalt hinter schweren Gitterstäben vor, und irgendwie wurde ihr das Herz dabei schwer.

»Sie ist im Moment in Untersuchungshaft. Ein Richter muss entscheiden, ob sie in eine psychiatrische Klinik verlegt werden muss oder ob sie einen Prozess bekommt.«

»In eine psychiatrische Klinik? Nach Haar?« Johannas Stimme klang fast mitleidig.

»Ähm, wenn Sie damit die gesicherte forensische Station im Klinikum meinen: ja. Sie hat, wie es aussieht, zwei Menschen umgebracht, versucht eine weitere Person zu vergiften«, dabei sah sie Johanna an, »und dazu kommt die Entführung gestern Abend. Es muss geklärt werden, inwieweit sie für sich und ihre Umwelt eine Gefahr darstellt. Aber das kann ich nicht entscheiden. Ich bin da kein Fachmann.«

Sie machte eine Pause und holte tief Luft.

»Ich weiß, die Erlebnisse von gestern sind schrecklich und Sie brauchen Zeit, um alles zu verarbeiten. Aber es scheint, als wären Sie und Frau Vogel die einzigen Menschen, zu denen Frau Richter näheren Kontakt hatte.«

»Wissen Sie denn mittlerweile, was genau mit Johanna passiert ist?«, fragte Martha.

Johanna antwortete anstelle der Kommissarin: »Teresa hat uns vergifteten Obstschnaps vorbeigebracht. Ich glaube, sie wollte mir gar nichts tun, normalerweise trinkt nur der Benedikt den Schnaps, aber an dem Tag hatte ich einen probiert, weil sie ihn ja erst vorbeigebracht hat. Ich hab nicht viel erwischt, deswegen geht es mir jetzt schon wieder gut.«

Baumgartner starrte ins Leere. »Wenn wir die Schnapsflasche früher gefunden hätten, könnte Pfarrer Neumann noch leben. Aber wir sind ja zunächst davon ausgegangen, dass die Pilze die Verursacher der Vergiftungserscheinungen waren.«

Wieder entstand eine Pause, und Julia sah den Pfarrer vor sich auf dem Fußboden seines Büros liegen. Schaum vor dem Mund. Und sie erinnerte sich, dass auf seinem Schreibtisch eine Schnapsflasche gestanden hatte, mit zwei Gläsern und einem Teller.

»Ich glaube das nicht«, wandte sie ein und berichtete dann von ihrer Beobachtung. »Ich glaube, Teresa wollte wohl sichergehen, dass der Pfarrer davon trinkt und hat ihm persönlich etwas von dem Schnaps gegeben. Sicher etwas mehr, damit es diesmal wirkt. Sie muss, nachdem sie mich niedergeschlagen hatte, ihr Glas mitgenommen haben, sonst hätten Sie es am Tatort gefunden.«

Baumgartner sah sie an. »Ja, das könnte sein. Aber es erklärt immer noch nicht, warum sie das gemacht hat.«

»Wie können wir Ihnen helfen?«, fragte Martha.

»Erzählen Sie mir, was Sie über Teresa Richter wissen.«

Johanna räusperte sich. »Teresas Mutter war die Tochter

des Gastwirts hier im Ort. Die Wirtschaft hat inzwischen geschlossen. Als sie schwanger wurde, war sie noch sehr jung, sie war bei der Geburt höchstens fünfzehn. Sie hat zunächst versucht, das Kind bei sich zu behalten, und im Gasthof gewohnt und gearbeitet. Als das Kind noch kein Jahr alt war, hat sie sich aufgehängt, im Wald, nicht weit vom Aussichtsturm weg.«

»Mein Schwiegersohn hat damals die Leiche im Wald gefunden«, warf Martha ein.

Julia starrte sie an. »Warum hast du mir das nie erzählt?«

Martha zuckte mit den Schultern. »Es gab nie einen Anlass. Außerdem sind deine Eltern wenige Tage danach tödlich verunglückt.«

»Wissen Sie auch etwas über den Vater von Frau Richter?«, fragte Baumgartner Johanna.

»Das Mädchen hat nie öffentlich zugegeben, wer es gewesen ist. Alles, was es gab, waren Gerüchte. Das Kind musste ins Waisenhaus. Als Teresa alt genug war, um zu arbeiten, hat Pfarrer Neumann sie herausgeholt und als Mesnerin angestellt«, Johanna seufzte. »Das hätte er nur für einen eigenen Fehltritt gemacht oder für einen sehr guten Freund. Und davon hatte der Benedikt nur einen einzigen.« Johanna verbarg ihr Gesicht in den Händen. Martha strich ihr beruhigend über den Rücken. Dann straffte Johanna sich und atmete tief durch. Tränen rannen ihr über das Gesicht. Leise begann sie: »Jetzt, da sie alle tot sind, muss ich das wohl nicht mehr mit mir herumtragen. Ja, das Mädchen, Teresa, war Ludwigs Tochter. Er hat das immer von sich gewiesen, wollte nichts mit ihr zu tun haben. Dein Vater, Julia, hat einen Abschiedsbrief gefunden, als er Teresas Mutter von dem Strick im Wald geschnitten hat. Darin hat sie darum gefleht, dass sich Ludwig wenigstens um seine Tochter kümmern soll, wenn schon nicht um sie. Christian Sommer ist damit zu Ludwig gegangen und hat von ihm verlangt, sich wie ein Ehrenmann zu verhalten und wenigstens Teresa ein Zuhause zu geben. Er hat ihm gedroht, sonst alles an die Presse weiterzuleiten. Ludwig hatte schon immer große Pläne, er war auf der Suche nach einer reichen Erbin. Ein derartiger Skandal hätte das alles verhindern können. Und so …« Sie brach ab.

Es wurde still. Selbst Florian, der vorhin noch wild durch den Garten getobt war, saß ganz ruhig im Sandkasten und baute an einer Burg. Den tropfenden Grisu hatte er neben sich gesetzt.

Julia sprang auf. Sie konnte jetzt nicht einfach dort sitzen. Sie eilte ins Haus, holte das kleine schwarze Tagebuch aus dem Büro und gab es Baumgartner.

»Das ist das Tagebuch von Kirsten Voss. Ich habe es in einem Schaukasten im Wald gefunden. Ziemlich am Ende kommt, glaube ich, auch Teresa vor. Teresa war ein sehr einsames Mädchen, das niemanden hatte, der für sie da war. Sie hat sich nichts sehnlicher gewünscht als eine Freundin.« Julia schluckte. »Ich befürchte, *ich* war keine gute Freundin für sie.«

Samstag, 26. September 2015

Sonnenaufgang:	07:02 Uhr
Sonnenuntergang:	18:52 Uhr
Minimaltemperatur:	6,3°C
Maximaltemperatur:	16,5°C
Erdbodenzustand (6 UTC):	feucht
Niederschlag:	0 l/m²
Sonnenscheindauer:	2,2 h
Waldbrandgefahrenstufe:	1 (sehr gering)
Namenstage:	Ägidius, Albina, Paul

Achtundvierzig

Die Blätter der Bäume begannen, ihr buntes Herbstkleid überzustreifen, und die Luft im Wald war besonders klar. Julia saß auf der Treppe des Aussichtsturms, schloss die Augen und genoss die warmen Sonnenstrahlen im Gesicht.

Ein Schatten fiel auf sie. Sie öffnete die Augen und sah in Toms Gesicht.

»Hallo Julia, ist alles in Ordnung?«

Sie grinste. »Na, hallo! Ja klar, alles bestens.«

»Irgendwie hast du so seltsam ausgesehen.«

Julia musste lachen. Sie waren zum Du übergegangen, auch wenn er jetzt offiziell ihr Chef war. Aber es hätte sich nicht richtig angefühlt, ihn nach allem, was passiert war, noch zu siezen. Tom vermutete hinter jedem Zögern, hinter jedem Zucken im Gesicht und hinter jeder Ecke ein Problem, das hatte sie in den letzten Wochen gelernt. Und meist dachte er, er sei das Problem. Die Emotionen anderer Menschen einzuschätzen fiel ihm noch schwerer als ihr. Und das war schon eine Leistung. Dann verzog sich ihr Lächeln zu einem schuldbewussten Ausdruck. Schließlich hatte sie selbst Tom lange Zeit verdächtigt, seinen Vater umgebracht zu haben. Wenigstens hatte sie diesen Unsinn nicht laut ausgesprochen.

»Ich habe entspannt ausgesehen«, gab Julia zurück, »mach dir nicht immer so viele Gedanken.«

Tom fragte: »Wann kommt Florian nach Hause?«

Julia seufzte. »Erst morgen. Markus hat mit ihm einen Ausflug in einen Freizeitpark gemacht. Dabei wollte er dann mal von Mann zu Mann mit ihm über die Hochzeit sprechen.«

Tom warf ihr einen kurzen Blick zu.

»Und will er jetzt wirklich …?«

»Nein. Anke hat ihm wohl unmissverständlich klargemacht, dass Florian zwar jederzeit willkommen ist, aber sie ansonsten schon selbst Kinder bekommen wolle. Und plötzlich ist keine Rede mehr davon, dass er Florian für immer zu sich nehmen will.«

Sie strahlte, und Tom lächelte zurück.

»Hast du eigentlich das Tagebuch von deiner Mutter endlich bekommen?«, fragte sie, plötzlich ernst.

Tom schüttelte den Kopf. »Noch nicht. Aber Hauptkommissarin Baumgartner hat mir versprochen, es mir so schnell wie möglich zu geben. Willst du mir nicht endlich erzählen, was darin steht?«

»Nein. Das solltest du selbst lesen.« Julia blieb hart.

Dann schob sie eine Hand in die Hosentasche. Ihre Finger umschlossen einen kleinen harten Gegenstand.

»Aber ich habe etwas anderes für dich. Ich habe es gefunden, als ich mit dem Glaser vor dem Schaukasten am Aussichtsturm stand. Bevor die Reparatur beginnen konnte, musste er ganz ausgeräumt werden.«

Sie zog die Hand aus der Hosentasche und streckte Tom ihre Faust entgegen. Dann drehte sie sie um und öffnete die Finger.

Auf ihrer Handfläche lag eine kleine goldene Brosche mit einem Granat in der Mitte.

»Deine Mutter hat geschrieben, dass das Einzige, was sie von ihrer Großmutter behalten hat, diese Brosche ist. Und sie wollte, dass du sie bekommst.«

Tom nahm das Schmuckstück aus ihrer Hand und betrachtete es. Sein Gesicht verzerrte sich, er schloss die Augen und presste die Hand mit der Brosche an die Brust. So verharrte er einen Moment, und Julia überlegte, ob sie ihn besser alleine lassen sollte.

Da öffnete Tom die Augen, und ein Lächeln zauberte Leben in sein Gesicht.

»Meine Mutter wird einen Gedenkstein bekommen«, verkündete er.

Julia dachte an das Telefongespräch zwischen Tom und seinem Vater, das sie mitbekommen hatte. *Nur über meine Leiche.*

Sie lachte unbeschwert.

Und ihre Sorgen fielen von ihr ab. Sie war zu Hause.

18. Juni 2010
(Fünf Jahre zuvor)

Es war ein schöner Morgen zum Sterben.

Kirsten atmete tief und schmeckte die harzige Waldluft. Die Natur war immer ihr Halt und ihre Zuflucht vor Ludwigs Zorn gewesen. Lange Zeit hatte der Wind ihre Tränen trocknen können. Sie zog ihre Wachsjacke enger um sich, verließ den Forstweg, der sie in den südlichen Teil des Ebersberger Forsts geführt hatte, und durchquerte den Wald. Der feuchte Boden heftete sich an ihre Turnschuhe, aber sie bemerkte es kaum.

Am Schaukasten vor dem Aussichtsturm machte sie Halt. Sie war außer Atem, als wäre sie gerannt. Aus ihrer Jackentasche holte sie ein kleines Medikamentenglas und schüttelte eine Tablette heraus. Sie betrachtete die Pille auf ihrer Handfläche. Früher hatte schon der Anblick sie entspannt. Sie ließ noch mehr Tabletten in ihre Hand rollen. Dann kullerten die weiß-gelackten Dragees über ihre Handkante auf den Waldboden. Nutzlos. Sie brauchte sie nicht mehr.

Sie trat einen Schritt zurück und prüfte den Schaukasten. Ihr Werk. Ihr Vermächtnis. Vieles über den Wald und natürlich den Aussichtsturm: Erbaut während des Ersten Weltkriegs, fünfunddreißig Meter hoch. Unter dem Turm der alte Bunker. Dessen Betondecke ragte einige hässliche Zentimeter aus dem Waldboden hervor. Ein Graffitikünstler hatte sie blau grundiert und weiße Schäfchenwolken darauf verteilt. Als sie eine Säuberung des Betons angeregt hatte, hatte der Förster sie überstimmt. Es war ein beliebter Platz, um Fotos zu machen. Eine kleine Attraktion, vielleicht sogar Kunst: ein Himmel auf Erden.

Umständlich nestelte sie den Schlüssel aus der Jeans. Sie war es nicht gewohnt, ohne Handtasche unterwegs zu sein. Dann sperrte sie das Schloss auf und schob die Glasscheibe des Schaukastens nach rechts. Sie zog ein Büchlein aus der Jackentasche. Ihre Finger wanderten über den abgegriffenen Ledereinband. Vielleicht hätte sie das Buch verbrennen sollen. Doch in dunklen Stunden hatte sie Trost darin gefunden, sich dem Papier anzuvertrauen. Es hatte stumm verstanden, was sie ihm über Ludwig zu sagen hatte. Hatte sie nicht angeklagt, weil sie nichts unternommen, niemandem geholfen hatte. Doch die letzte Seite, das Ende war erreicht. Vorsichtig steckte sie das Buch hinter das Plakat. Sie nahm auch die Brosche ihrer Großmutter aus der Tasche und legte sie behutsam dazu. Wenn die Zeit reif war, würden Gott oder das Schicksal oder wer auch immer dafür sorgen, dass die richtige Person das Buch und die Brosche fand. Dann rückte sie das Plakat wieder zurecht. Kontrollierte, ob die Fotos festgeklebt waren. Niemand sollte den Schaukasten öffnen müssen. Ludwig selbst würde niemals auf die Idee kommen. Er hatte ihre Liebe zum Turm und die Mühe, die sie sich mit dem Schaukasten gab, verachtet. Wenigstens hatte er sie gewähren lassen. Sie sperrte den Kasten ab. Ein letzter Kontrollblick, dann ging sie ein paar Schritte in den Wald und kratzte mit einem Zweig eine kleine Grube in den weichen Waldboden. Sie legte den Schlüssel hinein und trat die Erde wieder fest. Zur Sicherheit schob sie ein paar Blätter darüber. Endlich erlaubte sie sich den Blick auf den Turm. Majestätisch erhob er sich vor ihr, die Spitze in goldenes Licht getaucht. Sie erklomm die Stufen, Schritt für Schritt. Stufe für Stufe weiter nach oben. Ihr Herz wurde leichter. Der Weg war heute so einfach wie nie zuvor.

Oben sah sie zuerst nach Norden über den Wald. Aus dem Osten blendete die Sonne und ließ die Alpen im Süden zauberhaft leuchten. Die Berge. Ihre Berge. Sie trat an das Betongeländer. Lächelnd stieg sie auf die Brüstung. Sie breitete die Arme aus, um nicht aus Versehen das Gleichgewicht zu verlieren. Ließ den Blick schweifen. Über den Wald und den Betonhimmel zu ihren Füßen, die Alpen. »Verzeih mir, Tom«, wisperte sie.

Dann sprang sie.

Nachwort

Die geschilderten Ereignisse und Figuren sind meiner Fantasie entsprungen. Auch der Ort Grafenried ist fiktiv, aber rund um den Ebersberger Forst gibt es einige Orte, die Ähnlichkeiten aufweisen könnten. Die Sage um den Teufelstritt gibt es mindestens zweimal in Bayern, an der Frauenkirche in München und an der Kirche Mariä-Empfängnis im niederbayrischen Zulling. Der Aussichtsturm ist eines von vielen beliebten Ausflugszielen im Ebersberger Forst. Der Betonturm wurde im ersten Weltkrieg an die Stelle eines 1873 gebauten hölzernen Turms gestellt. In 35 Meter Höhe hat man einen ausgezeichneten Blick auf das Voralpenland, die Berchtesgadener Alpen bis zum Wettersteingebirge.

Besonderer Dank geht an Vera Thielenhaus, Lianne Kolf, Lea Korte, Zoë Beck und Carla Capellmann, ohne die es dieses Buch nicht geben würde. Danke für eure Hilfe und Unterstützung. Danke auch an Claudia und Michael für die wertvollen fachlichen Ratschläge.

Und nicht zuletzt, vielen Dank an Wolfgang, Kilian und Benedikt für die unendliche Geduld, die ihr immer wieder aufbringt, wenn ich mal wieder an einer Geschichte sitze.

Und natürlich danke an Oma. Bleib gesund.